Cornell Woolrich
The Black Angel

黑 夜 天 使

〔美〕康奈尔·伍尔里奇 著

朱昕辰 郑佳慧 王梦梅 译

"记忆之所以成为记忆，
是那记忆在你心里上升，而非坠落。"

人民文学出版社
PEOPLE'S LITERATURE PUBLISHING HOUSE

著作权合同登记号　图字01-2015-8332

THE BLACK ANGEL　by　CORNELL WOOLRICH

Copyright © 1943/1971 by Cornell Woolrich
Copyright © 2017 JP Morgan Chase Bank, N.A. as Trustee for the Claire Woolrich Memorial Scholarship Fund u/w of Cornell Woolrich
This edition arranged with Renaissance Literary & Talent Agency through Big Apple Agency, Inc., Labuan, Malaysia.
Simplified Chinese edition copyright © 2017
SHANGHAI 99 CULTURE CONSULTING CO., LTD.
All rights reserved.

图书在版编目(CIP)数据

黑夜天使/(美)康奈尔·伍尔里奇著；朱昕辰，郑佳慧，王梦梅译.—北京：人民文学出版社，2017
（伍尔里奇作品）
ISBN 978-7-02-012528-9

I.①黑… II.①康… ②朱… ③郑… ④王… III.①长篇小说—美国—现代 IV.①I712.45

中国版本图书馆CIP数据核字(2017)第042553号

责任编辑：叶显林　陶媛媛
特别审稿：姚翠丽
封面插画：马岱姝
封面设计：钱　珺

出版发行　人民文学出版社
社　　址　北京市朝内大街166号
邮政编码　100705
网　　址　http://www.rw-cn.com

印　　制　山东德州新华印务有限责任公司
经　　销　全国新华书店等

字　　数　185千字
开　　本　890毫米×1240毫米　1/32
印　　张　8.625
版　　次　2017年5月北京第1版
印　　次　2017年5月第1次印刷

书　　号　978-7-02-012528-9
定　　价　42.00元

如有印装质量问题，请与本社图书销售中心调换。电话：010-65233595

目录

第一章　天使在家　001
第二章　天使在行动　011
第三章　天使宣战　033
第四章　别离之痛　041
第五章　火柴光的幻像　047
　　　　第六章　克雷森特6-4824，马蒂　061
　　　　第七章　阿特沃特8-7457，莫当特　111
　　　　第八章　巴特菲尔德9-8019，梅森　173
　　　　第九章　哥伦比亚4-0011，麦基　215
　　　　第十章　再次来到巴特菲尔德9-8019
　　　　　　　（赶紧，接线，赶紧！）251
第十一章　终幕　267

※ 第一章　天使在家

他总是唤我为"天使脸蛋"。这是我俩单独相处时我的名字。这是个特别的礼物,是他送给我的。他的面庞朝下,贴近我的脸,而后低声地说出这词儿。他还会说他真想知道我到底是从哪里得到这天使般的脸蛋的,以及作为丈夫会说的种种甜言蜜语。

然后这一切突然中止了。我是在听了那些甜言蜜语几个礼拜之后才意识到情况变化的。我其实一直等着那样的事发生,却困惑为什么老是没发生。之后,我也就不再等下去。

他挂在衣柜里的蓝色西服不见了,这很奇怪。将衣物送去干洗是我常做的事。我以我的习惯将它挂得更靠里面一些,一直将那西服挂到左边,那是这衣柜中属于他的区域。

他的灰色西服也找不到了,这就更奇怪了。怎么突然间两件西服都找不到了?要知道,除了他身上穿的那件,那些是他仅有的西服了。

如果不是之前发生了一两件小事情,或许状况应该会没那么糟。仅仅是两件西服从衣柜里消失不见了而已。但因为在那之前发生了那一两件小事情，便使得一切不那么简单了。

有时，他会说一些毫无必要的谎话。曾有一次，他说一整个晚上陪一个伙伴狂喝啤酒。这倒没什么害处，我是这样对他说的。我说："我没问你，柯克，是你要告诉我的。"而后，仅仅过了一个星期，当那夜喝酒的伙伴碰巧在我们的公寓出现的时候，我笑着提起那件事，为何那时他一脸茫然错愕并给我一个那么谨慎而含糊的回答？直到柯克在一旁给他一个暗示。我假装没看见，而这暗示仿佛大大提高了他的记忆力。

然后就是那个香粉盒。他曾在路上将它拾起，而后放进他的大衣口袋中。他发觉我正看着那香粉盒，便向我诉说他是如何碰巧发现它的。总有人会丢失自己的香粉盒，即便是在上面镌刻着"克雷格送给米娅"的纯金香粉盒。

但之后，就在那天之后的一天，我再也没见到那个香粉盒了。我问他那个香粉盒到底去哪里了。他不经大脑思索地说："噢，我把它弄丢了。"

但那不是件纯金制品吗？我试着暗示他。

"不！"他纠正我的话说，"我之前也是那么认为的，不过我找了一个珠宝匠帮我检测了那东西。那不过是件镀金货，所以我就把它丢在他那里了。"

但他们盖印的时候，怎么可能将"14K"标记印在非纯金制品上呢？我暗自地疑惑起来。但我并没有告诉他我瞥见了那香粉盒上的"14K"标记。我不知道我为什么没诉他这事。当你不安地发现幸福正从你指缝滑落时，你不会使劲把它推走，而是竭尽所能地紧抓住不放；但你还是无法将这种不舒适的情绪从你身上推走。

我一想到这些小事,那两件西服丢失的事情就再一次变得没那么简单了。

但更重要的是,他现在已经有好几个礼拜没有唤我"天使脸蛋"了。他只称我为"艾伯塔",那个正式的"艾伯塔",过去他有什么事要和我说的时候,从来没有这么称呼过我。

他们说每个人都得至少经受一次这样的情况。他们还说应对这种情况的最佳方式就是随它去吧,假装像是从未察觉,这样,事情就会自行解决。他们是这样说的。在某个时候就试着这么做吧——比如当你到了二十二岁,第一次遭遇此事的时候。

我想我真是个胆小鬼。我没有告诉柯克我已经去了珠宝匠那里,就是他之前将那个香粉盒遗失的地方。这么做是为了尽我所能地取回那个香粉盒,或者至少要确认那个香粉盒的确不是纯金的,也确认一下那珠宝匠并没有欺骗柯克。"什么香粉盒?"那珠宝匠问道,"没人把香粉盒落在这儿。"他可能在撒谎。我无法判断是否真是这样。也许我压根就不想知道更确切的信息吧。

多么古怪的名字,米娅。我在回家的路上一直这样想。

我是后来才见到她的。但我不能确切地判断是否是同一个人。也许另外一个人也叫这名字,不过这是一个相当罕见的名字。难以置信,在这座城市里会有两个人取这样的名字。她出现在晚报戏剧版的宣传照片上,你知道,这种照片是被随意地用来填塞多余的版面空间的,而不是因为它有任何真正的新闻价值。

我记得我曾经在某种病态好奇心的驱使下,将那照片剪下来,把它偷偷塞进书桌抽屉里的衬纸下方。那是除了我以外任何人都不可能发现的地方。

或许,她甚至不是我所知道的那个人。但那名字的确如此特殊，几乎难以遇到。

我没有试图去告诉他这些。我害怕冒风险。我像一只鸵鸟般把自己的头埋进沙地中，希望这事被遗忘，消散。这样我就不需要面对它了。

现在，无论如何，那两件西服的事情已经这样发生了。

我在衣柜前转过身来，脸色发白。我走进门厅里的一个储藏室。他在商务旅行期间把他的一个空的且没上锁的旅行箱放在里面。我在那旅行箱旁蹲下，那些锁舌却无法打开。它们被锁起来了。我抓紧旅行箱的手柄，试着在地板上举起它，但它几乎让我手指关节脱臼，因为它太重了。旅行箱已经理好，一切准备就绪，随时可以出发。

我将那旅行箱整个地放下。眼前所见如同在湖上一艘大皮划艇周边游泳时所见到的一样。我对自己说："不是你所想的那样。这不过是一次公差。"但如果是这样，那他为什么之前没告知我？他以前都会告诉我的。他总是让我为他的旅行打包行李。

我很想知道他是什么时候抽时间整理行李的。可能是那天早上，我发现他比我早起。但是除此以外，我还想知道他是怎么忍心做出这件事的。

我又想起我曾经听说过的一些话："他们全是惧怕离别的懦夫。他们能赤手空拳地与全副武装的窃贼搏斗，却会在与女人道别的最后一刻临阵脱逃。"

我发觉自己站在电话旁边。我刚刚已经拨打了他办公室的电话。我在静默等候时低声地恳求，一定是出差。哦，拜托，千万不要是其他的事情。

我询问了大老板的秘书。她人很好。我之前曾见过她一两次。

而且，幸运的是，柯克碰巧不在，这反而给我了一个询问她的借口。

"你知道他什么时候出差去见雅各布斯先生吗？他今早离家的时候我忘记问他了，而我碰巧刚刚整理了他的几件衣服，不知是否应该把那些衣服用防潮纸包好，或者等一段时间再包，万一他得带上这些衣服。"

我很想知道对她而言我这借口听起来是否很蹩脚，就像对我而言一样。

"你无须担心，"她说，"他不会又出去好几个月再回来的，春天结束之前都不会了，事情都板上钉钉了。我是昨天听雅各布斯先生这样说的。"

这话好似冰冷的液体从听筒缓缓流进我的耳里。在那之后，我又讲了一两件小事，但全然是惯性让我继续谈话的；实际上并没有更多事情要谈。

我甚至没有说"再见"。她倒是以某种方式说了。是那种表示她并不是蠢货的方式。在她挂断电话之前，我听见她几乎是怜悯地低喃着："别让这事影响到你，亲爱的。"

我不记得在这之后的一段时间里自己做了什么。我想我只是坐在电话台旁。然后，那些有关周遭变化的记忆又一阵阵地喷涌而出。起初是缓慢地，但最后导致我做出一系列惊慌失措的举动，并以我的彻底崩溃收场。

我走进房间，打开那书桌的抽屉。我折起蒙上灰尘的衬纸，翻过衬纸，然后取出了几个礼拜前的剪报。

我已经熟记了她的长相。那张刊登她照片的剪报应该已经陈旧不堪，因为当我独自待着的时候，我曾好几次拿出那剪报，端详着。

她看起来很可爱，和宣传照上的那些女性一样。或许比真实的她更可爱。她有一头褐色的头发，就像瑞琪尔牌香粉的使用者。她的眼眸大而呆滞，嘴唇却微微翘起，显得阴沉。她看起来让人想要保持距离。但我不是男人；也许对他们（男人）而言感觉正好相反。照片上的她正用纤细而上弯的手指着自己肩上的一朵玫瑰。但我并不确定是什么支撑着那朵玫瑰不落下来。照片上没有任何标记，在那照片下的说明文字是这样写的："米娅·默瑟，一个每晚出现于戴夫轩尼诗的埃米塔什的魅惑。"

这次我没有把剪报放回抽屉。我将它紧紧抓着。我并不想抓住她的照片，我想抓住的是柯克。我把那照片带进厨房，将其搁在某个东西上。我伸出手，盲目地在橱柜上面那层摸索，直到我找到了却也掀倒了一瓶他用来款待客人的杜松子酒。我并不非常清楚——虽然我打算喝它——使用杜松子酒的礼节性步骤。那是他擅长的，不是我擅长的。他很擅长准备薄荷和柠檬这类食物来招待客人，但我现在需要的不是什么热情好客，我需要的是勇气。我把少许的杜松子酒倒在一个小玻璃杯中，之后一口喝下它。我那时觉得有一些灰泥从天花板上掉落下来，也许砸到了我的胸口上。

我坐在那里凝视着她的照片，对她的怨恨非常强烈。之后，我又多倒了点杜松子酒，又一口将其饮进肚里。这次，天花板上的灰泥没有砸到我。我反而开始感觉自己的内心正在缓慢地开始发热。我仍旧坐在那里，再一次凝视着她。

我猜想就是那瓶杜松子酒让我决定那么做的。一定是它，这瓶杜松子酒使得每件事情都变得轻松自如且合情合理了。如果没有它

第二章 天使在行动

住在赫米蒂奇那里的人告诉我她的住处就在这里，是那些由私人宅邸改造而成的公寓中的一幢。然而，它并非那种廉价的公寓，而是昂贵而奢华的。正是在这样的地段，才最大限度地给予住户们保有隐私的便利。除了一架自动电梯，这公寓的门厅没有一个招待员。门也是自动上锁的那种。是的，我苦涩地想，这个女人是极其需要隐私的。

我走进那个狭窄的小前厅，在一个小小的开门按钮的边上发现了这个女人的名字。然而，在我正要按那按钮的时候，一个男送货员正扛着一个空箱子从里面走出来。他很有礼貌地给我把住门，因此我可以不需按门铃也不需冒着被她拒绝进入的风险，就走进了她的住处。

不一会儿，我到了二楼，站在她的内室的门前。我到了这里，却想回家了；除了这里，我好像哪里都可以去。那个时候，杜松子酒所给予我的虚假胆量已经逐渐退去，我再一次发现拜访她不过是一件荒谬的、不可能成功的事情。但我还是没有在她出门并且见到我之前选择再次回去和逃避,因为我想既然我已经在这门的外面,等了足够长的时间,我好歹得知道是否我找对了人。否则,我的一切行为还有什么意义?现在我几乎肯定我是找对了。我并不喜欢赫米蒂奇那儿的人对此处的评论。默瑟小姐两三天前就写好她的公告,她将要出去休一个短期假。这是她说的,是吗?我痛苦地思索着。她和谁一起度假?

过了好长时间,她还是没回应我。我再次感到我正要做的事情是毫无希望的。我心烦意乱,用手按着自己的前额想道:"我到底期待要从中得到什么呢?这样做有什么好处呢?"

我的胆量不断地从我身体里流走。要是我必须等更长时间,我担心到了摊牌的时候我根本无法开口,那是需要一鼓作气才能完成的事情,一旦停下让自己冷静下来,就不能把自己的决定进行到底了。我再一次按了门铃,这次我按得更长,更猛,也更大声。

她不在里面。

我烦躁地拧了一下门把手。这扇门往里松动了一两寸的距离,门一直都没有上锁。我推开门缝,把脸贴着向里头探了探。我窥见一间约一英尺宽的房间一隅,房间的主色调是栩栩如生的绿松石蓝。

我清了清嗓子,甚至说得很大声。我说:"不好意思,打扰了?"但没有人回答。

我没有看见她,这使我的胆子大起来。我忘记了刚才要逃离这里的打算。我蹑手蹑脚地走进去,轻声地关上了我身后的门,手依然握着门把手,就这样停在原地片刻。之后,我慢慢把手放下,进入她的屋子。

这是敌人的势力范围,我想。

我完全明白了一些事。我想："他们在一起的时候就是这样生活的吗？"这房间的布置简直像是由专业室内装潢设计师设计的。它近乎一个舞台布景，从门口看过去，真是美极了，却并不适宜居住，因为太花哨了。屋内的椅套、地毯、帷帘和灯罩仿佛全都淹没于这极其耀眼夺目的绿松石蓝之中。一定是她或是那名装潢设计师酷爱这种颜色。然后我发现到处都有少许的鲜红色，如同斑斑血迹。

我摇了摇头，这不是出于我在道德上的谴责，而是出于起码的、普通的、日常的价值判断，我对这装潢并不认同。这不值得，并没有特别地吸引人。我高估了她。相比而言，我的生活方式更好。虽然也时不时地担心自己的账单，但至少会将客人好好送出去，然后在他们身后为了夜间的安全而锁上门。我在这房间里四处张望，对自己说，每一个房间都至少应该有一件不怎么像样的家具，这样才会让它成为一个实实在在的房间，而不是一个装饰完美的手提箱。

我再往房间深处走去。我自己的映像猝不及防地从一面镜子上一闪而过。我没注意到这面镜子，使我产生一种负罪般的惊吓。等我忽然转头，才认出了那映像是我自己。我那样子看起来格格不入，甚至在镜子中也是如此。

城郊的住宅区正在侵占受强光照射的区域，如同华盛顿高地正在窥视萨顿区。天使脸蛋，他曾如此叫我的。好吧，也许我是天使，但我是那种愚钝的、胆小羞涩的天使。无论如何尝试，我那双眼睛都无法看起来神秘，而是让人感到——毫无隐藏。我估计有人会这样描述。

当我继续向前走时，一道拱门越来越向我靠近。从那拱门处，我可以看见女人闺房的一部分。如果外间的气氛是绿松石蓝,那么里间的气氛就是豪华的珊瑚粉红,所有的墙都被涂抹上这种颜色,包括覆着锦缎的软包墙。

我看见一个珊瑚色的、光滑的躺椅椅脚伸出来,椅子上凌乱地放着床罩,一只卧室拖鞋被椅脚踩着。看样子她当时一定是急着穿衣服出门。

我在门外来来回回踱步着,起初是原地走动,直到我从我所在的位置看见房间两侧的墙。没人在里面。我之前这么做只是为了以防万一。我知道一旦有人在里边,我将会被发现并且会被责难。

我依旧在门外迟疑了一些时间。出于某些奇怪的念头,比起擅闯她的闺房私密之地而被逮到,非法侵入她的起居室而被逮到似乎不那么受谴责。我无目的地走来走去,从门边看着房内,以这样的方式,我都走进房间好几次了。当我进入的时候,我是这里看看,那里看看,碰碰这个,敲敲那个,把手指头像三脚架一样支起,放在其他的器物上。这些行为仅仅证明了我是多么紧张。

这里的每一件器物都被做了标记,这好像是她的另一个狂热的嗜好。曾经的某个时候,她一定一无所有,以至于现在当她变得富足了以后,要让每一件器物都显示出物主的名字,以宣告她的主人身份。她是不会让拜访者轻易忽视这一现象的。她甚至设计出两个M叠加在一起的标记,以至于它们看起来就好像一个大写的印刷粗体字。我想她一定是整夜通宵才想出这么个机灵的妙招。一个小学六年级的孩子都可以在十分钟内琢磨出比这更富有原创性的策略。

这些标记撒在这房间里,到处都是。我诧异的是蒸汽散热器和窗玻璃这类东西并没有标上她的名字。这些标记还印在烟盒及其里边的香烟上,还有火柴盒上,乃至坐垫的边角上,还有——

忽然，一阵电话铃声在这房间里响起。人们常说：吓得跳起脚来。我并没有被吓跑，却感到一阵令人害怕的音响波动。如果那铃声不是在富丽堂皇的地毯上响得如此清晰，我也不会有这样的反应。

我就站在那里一分钟，一动不动，直到那铃声停下来。但它老是停不下来，一直响，一直响，以至于我忍无可忍！更糟糕的是我现在还是不知道那电话到底在哪里，即便是循着声音寻找。它一定是在这房间的附近，就在我所在的房间里，却难以寻觅它的踪迹。

我鬼鬼祟祟又战战兢兢地在这房间里上上下下地仓促寻觅。好像在某个角落里，电话铃声越来越清晰。有一个涂上青绿色油漆的物件，可能是一个五斗柜。我抓住那五斗柜中间的部分，这时一片书桌大小的厚板掉了下来，电话就在那厚板的后面，它也被涂上了青绿色，与其周围的一切都很搭调，而那电话铃声如同压抑的哭诉声，简直要让人窒息而死。在这电话的旁边有一本小巧的通讯录，它的封皮是软皮革制的，也同样染上青绿色，并且同样被标记上名字。

为了让这电话安静下来，我终于拿起听筒。由于我已经将听筒握在手里，就将它靠近我的耳边，保持安静。

一名男子的声音即刻传来，带着点急促又亲昵的口气，说："嗨，是米娅吗？"他问了两次，因为我老不回答他，"嗨，是米娅吗？"

这声音！我感觉这声音好像在哪里听过。我把另一只手放在桌面上支撑着自己，身体虚弱地蜷曲着，好像胃痛时的姿势。

"嗨？"他还在问我，"嗨，是米娅吗？"

这房间里的色泽仿佛在一点点流掉，一滴两滴的绿松石蓝好像正在我的眼珠子里游泳。在这该死的地方，你甚至觉得自己已经淌下绿松石蓝的泪珠。

我不忍心做出任何令人鄙夷的诧异之举,也不接受任何惩罚性的胜利。我不想那么残酷地对他,而他却如此残酷地对待我们两个。我把听筒轻柔地、安静地放下。

我不再问自己是否找对了人。

无逻辑的疯狂想法轮流打转,冲击着我。"如果这就是他们对待你的方式,他们凭什么还要叫你学着爱他们?如果当你二十二岁的时候他们会这样对待你的话,为什么他们要在你十七岁——不会对他们做出任何事情,只关心自己的事情,没有他们一样活得挺好——的时候,他们为什么要来接近你?为什么他们不让你一个人好好地过自己的日子?"我在内心深处呜咽,虽然这呜咽声无法被真正听见,"如果他们并不是那个意思……他们为什么要撩拨你?"

我带着紊乱的思绪往回走,再次走进通向隔壁房间的拱门。我之前觉得那拱门应该是外门,现在想来好像不对。当我意识到这一点时,便停下脚步,转头,往另一处走。

但是,在一张梳妆台上,我看到她被框在水晶镜框中的相片,那样子就是在嘲笑我。她好像在对我说:"你都看到了吧?你现在后悔造访这里了吧?如果你没来这里,你还不会这么地确定呢。"恨意席卷而来,然后苦涩也席卷而来。我大步走近那相片,把它拿起来。我真想把它砸碎,又或者还想做出其他同等幼稚的举动。

我不知道要往哪里走。当我顺着妨害我前行的长躺椅的椅脚走着的时候,忽然被什么东西绊倒了。

之后,我就摸到一只人脚,然后是一条人腿。直到现在,我能看到的不过是一只被遗弃的闺房拖鞋,甚至从我目前所在的位置来看,要不是那被丝绸包裹的人腿极其清晰地显出丑样,它看起来就像是摔倒在地上的一堆闺房枕头，或是一件被丢弃的女性睡袍和床罩。这些东西都混在了一起，在地板某处团成一堆，很难被人注意到。

我猜想自己那时一定发出了令人窒息的尖叫声，但我真记不起来了。我趴到地上，犹豫不决，在一只枕头的边沿缓缓挪动。那枕头的布料是珊瑚色的棉缎，那么柔软，那么无害。但某个人却用这枕头把她活活闷死。

尽管没有一个男人像呼吸一样是她生命中不可或缺的东西，但他们中的一个却夺去了她生命的呼吸。她已经死了。

我很抱歉自己摆弄了那遮掩尸体的枕头。她吐着舌头，脸部如同扭曲的面具，与那水晶镜框里的照片完全不像。

我再次起身，感到寒气逼人，恶心且恐怖。我从没见过死人。我似乎无法把我的眼睛从她的尸体上移开。我一步一步地，蹑手蹑脚地向后退，好像惧怕一旦我转身背对着她，她就会起身向我袭来。

当我重新回到那两室之间的拱门时，内心的恐慌也随之来临。这是一种年轻的、涉世未深的恐慌，是对不光明的事物的畏惧。我已经把自己搞晕了，犹豫来，犹豫去，不知该如何是好。之后，我来到门边，加快步伐。我那恐惧的心正尖叫着："让我离开这里吧！我要离开这里！我不想待在这里——和她一起！"

最后，当我到门口的时候，我突然想起了柯克。某种自我防御的本能——我不知道那到底是什么——让我中途止步，又让我滞留在这里多一小会儿。

警察一定不可以把他和这个女人联系在一起。警察一定不可以知道他认识她。或许——我转头，看到房间另一端放在那张书桌板上的电话，以及边上的她的私人通讯录。我跑过去，拿起那通讯录，快速地翻阅查看。我看到在M页上，有他的名字和办公室号码，字写得很大。

首先，我只想先把那页撕掉，留下那残缺的通讯录。然后，我意识到警察可能会发现这一点，反而会连累他。因此我索性把整本通讯录原封不动地塞进我的手提包里，将手提包紧紧扣上。这样警察就找不到他的名字了，除非我把这本通讯录给他们。

我忧心重重地在四周查看。在我视线内，已经没有其他什么东西会牵连到他了。然后，并不是因为他的缘故，我又去了另一个房间——再一次地。

我告诉我自己快点逃离这里。其他人很可能随时闯进这里，然后——

即便如此，我也明白，不要在没有侦查得足够彻底前急于逃跑，因为有可能会在慌乱跑出时迎面撞上外面的人，这就很冒险。如果本能受制于自我的指导，将会根据离奇且未曾预料的情况而很快地适时调整。这相当奇怪，就好像在日常生活中已经对这些情况习以为常一样。因此，我并没有马上将大门打开，而是站在门口，专注地探听几刻钟，之后才采取进一步的行动。

我站在那里一动不动，把我的头倾斜到一个特定的角度，以至于我有机会注意到在奶油色的门板上有一小块不一样的颜色。那块颜色夹在门缝粘合材料之间，在两个门铰链的另一面，正好架在下面那块铰链的上方，似乎一直在下滑，直到门铰链挡住了它，让它无法继续往下移动了。

即使我看到了它，它对我来说也没什么意义。在我正感到十分焦躁紧张、急着要逃离此地的时候，它的出现太微不足道了。然而，当我转动门把手，把门向自己的方向慢慢开启的时候，它动了，那一小块颜色的移动让我的眼睛重新注意到了它。我发现，随着门缝的开启，它掉了下来，落在了地板上。从我站的地方看过去，那是一块邮票大小的方形纸片。我蹲下去捡了起来，然后我才知道那到底是什么。

它不过是一张火柴盒的外包装，毋宁说半张火柴盒的外包装被撕下来，折叠成了更小的方形，塞在门缝里面当作门挡。显而易见，它的用处是为了让门不能够完全被关上。如果不仔细检查，门看起来的确是合上了。或者说，这样做，只需要转动门把手，门就可以从外面被重新开启，就像我进屋时所做的那样。

它在第三次有人进入公寓时就在那儿了。我非常肯定：那个杀了她的人在进入和离开的时候使用了它，我刚才进入的时候也碰了，而最终在我要离开而开门时，它被第四次移动了位置。显而易见的是，直到刚才，它都在开门时下滑，直到下面的门铰链阻挡了它。

在我没有什么经验的头脑看来，这或许是一个重大的线索，但当我屏住呼吸将它铺展开来时，我那激动人心的希望又重新消逝了。我发现它什么也不是，它什么信息都没法透露，除了它本身的存在这个事实之外。

这是属于她的东西。上面同样标记了一个不容置疑的"M"。它也是蓝色的，但是比绿松石蓝更深一些。它一定是在绿松石蓝这个系列之前的色彩设计的一部分。我正要将它扔回去，让警察去发现并且挖掘它的用途。这时，我的未经训练的大脑突然想到了指纹一事，我已经把我自己的指纹留在上面了。基于普通人对于科学神秘性的害怕与敬畏，我把这张纸片扔进了手包里，和那本通讯录放在一起。

我从已经打开的门缝里偷望出去。一个人也没有。我迅速地大步跨到外面,关上了身后的门。自动电梯旁边有一段楼梯,我选择走楼梯而不是乘坐电梯,因为更快且更不容易被人发现。楼下也是一个人都没有。这幢公寓的确非常好地保护了住户们的隐私。

我打开了通往街道的门,走了出去。第一缕新鲜的空气让我对我方才所到的地方、所见的事物产生了一种强烈的不真实感。我快速地离开这个不祥的地方,没有往回再看一眼。在经历过这样的事情之后,我的内心感到十分不安与恐惧,然而除此以外,却有另一个声音在我脑中持续不断地回响着:"现在他又回到我身边了,她不可能再把他从我身边夺走了,再也不能了。"

在一段时间内,我为自己在他回家之前到家而感到高兴。只是这一段时间而已。我需要时间,一个属于我自己的一小段时间,让自己忘掉刚刚发生的事情,让自己重新振作起来。我的全身因为紧张而僵硬,手掌冰冷而潮湿。每过一小段时间,我都会不由自主地颤抖,然后又戛然而止。我脱下了细心挑选的外套,把它置于我的视线之外。它没机会受人赞赏了。

一旦这件外套——这个糟糕经历的见证者——离开了我的视线,我立刻感觉舒服了,冷静了。然后,突然,正当我为了让自己重新平静下来而要给自己泡一杯黑咖啡时,恐惧再次袭来。这次是完完全全的恐惧,它是径直而来的、非常私人的。恐惧就环绕在这里,就在此处,我生活的地方,并且直接与我和他相关。这并非是由于在我本来无权访问的陌生之地看到陌生人的尸体而产生的那种孩子气的恐惧。突然间,我意识到什么是真正让我恐惧的。

他也许会去那里,然后被绝望击垮。我必须留住他,警告他不要靠近那个地方,远离那里。他已经尝试过用电话联系她。也许在我离开以后,他重复地这样做了,那么然后,当试图用电话联系她再次失败之后,他也许会亲自到那里去。

我骤然停下手头在做的事情,像突然被什么烫伤了一样逃了出去,冲到了电话机前。我仍然无法理解自己为什么直到现在才想到这个问题。我甚至还相当提防地把写着他名字的通讯录带走了,却一直没意识到最要紧且最该做的防范措施是:提前警告他。不知怎么,我的脑袋一定是哪里出了错。因为我知道她发生了什么,我就自然而然地认定他也知道了。他怎么可能知道?除非他去了那里,然后像我一样被她的尸体绊倒。

我焦急地拨弄着电话机的圆形拨号盘,以至于圆盘上的号码在我手下因为快速的转动变得模糊不清。我不应该等了那么久才试着联络他。我仍然不能理解是什么让我忽视了这件如此明显而必要的事情。我应该一离开那里时就打给他,在第一个转角处的药店那里。

电话又是那个女秘书接的。

我一阵一阵间歇性地发出声音,无法说出连贯的词句,只有内心情绪的传递。"柯克——默里先生——快!"至少她听懂了。

她说:"你凑巧错过他了。如果你早一分钟打来的话就好了!他出去了,刚刚经过我这儿,在你——"

我的眼睛慢慢地闭上,吸着我自己呼出的气。

我再次说起话来,带着不由自主的慌乱。"弗朗西丝,追上他啊!你试试能不能叫他回来!这事儿极其迫切!我必须在他离开这幢房子前跟他说话!"

我知道他的办公室离电梯有一段距离。

她也被我急切的状态感染了。"稍等,也许我能够在大厅里追上他!"我听到了她离开接线总机时的咔哒声,甚至听见了她横穿地板的脚步声在逐渐消失。当她推开办公室外门的时候,他一定还在她的视野里,因为我甚至听到了她叫他的名字,声音空洞地从远处传过来,从一条又长又空的走廊里传来回声:"默里先生!"

我等了很久,久得好像永远不会结束。那是让彼此尴尬的地狱,那是让人缺乏自信的地狱,我们现在已经赤裸相见了。我们坦诚相待,彼此间再没有虚情假意,再没有秘密与隐瞒。我会说:"柯克,离那个女人远一点!不要问我说的是谁或者我是怎么知道的!如果你以前从来没有听过我说话,那么现在照我说的去做,不要接近那里!"然后我还会告诉他,"她已经死了——她出事了!"接着,他需要一些建议,温和的、善解人意的、没有憎意的建议:"回家吧。回到属于你的家里来——我会给你准备晚餐,然后我们不会再讨论这件事。"

我们不会再讨论这件事。不,我们不会。只要把他给我带回到这个电话机这边来,我就再不会提起这件事了。即使是在我心里,也不会再提了。

她的脚步声回来了。在她说话之前,我听到她因为方才努力追赶而急促的呼吸声。她应该说:"他在这里,默里太太。我刚巧碰见他在——"

可是她说:"我看见他去了电梯间。我喊他的名字,但他没及时听见。在我赶到那里之前,操作员已经关上了电梯门。那一定是直达电梯,不管怎样敲打玻璃,它们都不会停的。"

哦,然后就是那些话,那些说给一个在垂死挣扎的痛苦之中的人儿最没有用的话:"对不起,默里太太。"

现在无论如何我都不可能及时联系上他了。他一定正在去往那个地方的路上,我完全没有办法阻止。那根紧绷着的弦断了。我曾有一个小时的补救时间,从我出来的那一刻,到我回到这里,而我把那时间浪费掉了。与此同时,与他擦肩而过。与此同时,也使自己迷失了。

我在夕阳中跌跌撞撞,好像在土耳其浴池蒸汽腾腾的房间里一个失焦的轮廓。那也是我内心的景象,不管怎样,不管外表看起来如何。而比任何东西都更糟糕的是,我知道我正在这里无助地踉跄地走着,一步比一步更绝望,无法干预,无法阻止,而他正在一点点地穿过街道——走路,或是搭计程车,或是乘地铁——向着那个冷酷的终点而去。而在我过于丰富的想象中,我可以看到一个微笑着死去的脑袋在那闺房门后等着他,伸出瘦骨嶙峋的手臂紧紧抓住他,比她活着时给予的任何拥抱都要可怕。她要缠着他,再也不让他走。

突然间,我意识到我刚才可以用报警的方式救他,如果我及时地这么做了,那么至少他会在警察赶到之后才去那里,而不是之前。我知道我为什么不及时这么做。我害怕牵连到他。然而现在已经太晚了,我现在不敢这样做了。那只会成功地将他们带到案发现场,将他逮个正着。

黄昏渐变成夜晚,而我仍然没有开灯。为什么要开灯呢?我想要看到什么呢?灯光是用来看东西的,但我唯一想看到的是他的面庞。灯光不可能让我看到,因为那张脸不在这里。

在时钟摆放的地方,一只嵌着十二只倾斜眼睛的淡绿色圆状物正在凝视着我。它所能做的所有事情只是让人痛苦,让人痛苦,让人更加痛苦。起初的一小会儿,至少还有非常渺茫的希望,也许他一开始就打算回到这里来,即使只是为了取走他整理好的旅行箱,即使只是为了说:"艾伯塔,我要离开你了。"可是现在这个渺茫的希望也早已消逝了。时钟上的眼睛说,毁掉了。现在已经远远晚于他应该到家的时间了。他一开始就没有打算回来。现在已经是我洗碗的时间了,已经是他打开"鲍勃希望"这档电视节目,一边坐着收看一边大笑、发出那种他对着自己笑时仿佛窒息了的声调的时间了。

房间里很暗。并没有大笑的声音,也没有香烟的味道。我独自一人,一个迷失的、惊慌失措的人,我的全部世界在我周围像一只碎鸡蛋壳一样支离破碎。

于是我取下时钟,举着它,将这个冰冷的圆状体用双手使劲挤压,像是要挤进去一些怜悯,一些恳求:"哦,让他回来——求求你了,让他回来!把他还回来——"

而它只是窃笑:"嗒——嗒——嗒——"

一些时候,我在窗边站着,用玻璃冷却我那灼热的脸。另一些时候,我坐着一动不动,用手掌按住我的双眼。一些时候,我站起身来,踱来踱去,从一个房间到另一个房间,进去又出来,但从来没有真正的目的地。另一些时候,我会走到门前,将门大幅度甩开,然后站着搜寻他的身影,仿佛希望开门时的那一阵风可以把他吹向我。但是那阵风从来没有成功过,他一直没有回来。

感觉好像已经过去很久很久了。这一定不可能是同一个夜晚,可能吗?这一定是一整个星期的夜晚,一整个月的夜晚,被某种戏法串了起来,紧实地装在一块,中间没有插入任何白天。

接着,好像是我身体里的一个不容置疑的警告,我终于在某一时刻感到我再也不能在这里这么待着了。是的,我曾经千百次地对自己说过我已经再也不承受什么了,但那只是说说而已。而现在,我是真的感受到了。这是歇斯底里之前诡异的冷静与镇定。我知道如果我再不出去,哪怕是去外面街上到处乱逛,也会在下一分钟开始大喊他的名字,然后邻居会打开他们的窗户,然后——

我在黑暗中把头塞进了帽子里——这是我第一次,最后一次,也是唯一的一次这么做。我找到了通往大门的路。我把门使劲扭开——他就在那里,在门的另一边站着,几乎把窄窄的门框整个都填满了。

这太奇异了;简直像是某种心灵感应。我抬起手,在他领带塞进背心的地方抚摸他。他的触感很好,又舒服又温暖又实在。我从来不知道欢欣会像杜松子酒一样,能一样地在身体里像魔鬼一样灼烧。

歇斯底里的情绪塌方成了几声湿漉漉的啜泣,它们缓慢地挤出来,又很快地溜走了,好似对自己感到羞愧,然后就结束了,没有了声音。

我伸出另一只手猛地打开了灯把他照亮。从他的前面,从我们的家照着他,也用远处楼梯间里昏暗的灯光把他照亮。

他就那么站着,呈现一种奇怪的姿势。我猜他是在寻找着他的钥匙,他从来没在必要的时候找到过钥匙。我甚至听见在他摸索时口袋里发出的隐约的金属摩擦声。

他刚刚应该打过架了。我一点都不在乎!他甚至可以做任何愚蠢危险的事情,只要他现在回到我身边来。他的嘴唇裂开了,一只眼睛上有一道伤口,一撮头发垂在他的额前,像一只湿乎乎的鱼钩。只缺酒精的气味,这令人感到奇怪。

我上前去,充满爱意地把那撮鱼钩形状的头发推回它原本应该在的地方,但它又掉了下来。我将双臂围在他的脖子上,围得很紧,埋头重重地叹了一口气。

我一直等着他用双臂环绕着抱紧我,但他没有。"他还在生我的气。"我伤心地想。

但是我不在乎;他可以随便怎么样对我发脾气,只要在他发脾气时和我在一起。

他突然毫无防备地把我推回到他的跟前。当我惊讶地仰起头时,我看到推我的并不是他,而是和他在一起的两个人,一边一个,是他们推了他。

直到现在我才意识到他们的存在。毕竟门廊并不宽——而且那里只有他让我全神凝视。我看到一条闪亮的铁链从他的一只手连到他们其中一人的手上,虽然他抓着链子塞进口袋,试图不让我看见。他的另一只手——好吧,被另一个人扣在了身上,用一只扭曲得像绞扭机的手铐。

然而正是那条铁链让人感到痛苦。可我的眼睛却没有办法从那条铁链身上移开,它是那样紧实地缠绕着——我的心。

他温和地对我说:"不要害怕,艾伯塔。不会有事的。"

紧挨着我俩的其中一个陌生人也说道:"没关系,不会有事的。"

但我们的眼里只有对方,即使当他们和他一起关上了门,走进了屋子里。我们站在那里,只有我们俩,在我们自己小小的、充满恐惧的世界里,那里没有其他人。

他说:"他们认为我——"他停顿了一下,又重新说道,"好吧,你看,发生了一件——"

"我知道,我知道这件事。并不是你做的。告诉他们。柯克,并不是你做的。告诉他们。"

"是啊,告诉我们,柯克。"一个人说道。

我们听不到他们说的。我们甚至不知道他们在那里。反正其中一个已经漫步走开了,正在四下观望。

"你是怎么知道的?收音机新闻?"

"我当时在那里,"我说,"我当时就在那里,当你——"

我看见他露出惊讶的神情。他用他那只自由的手以一种爱抚的方式轻触我的嘴角,但是用一只手指同时盖住我的两瓣嘴唇,上嘴唇和下嘴唇,于是我知道他为什么要轻抚我了。

一个声音从我们之外的什么地方传过来:"你刚刚说了什么,女士?"

柯克小声地说:"她什么也没有说。"

他的脚沿着地毯让人无法察觉地向外滑出去了一些,警告性地碰了碰我。我心领神会不往下看。

"她说她是从收音机里听到的。"柯克说。

"告诉他们,柯克,"我一直无力地重复着。这是我唯一能想到可以说的。

他看着我,微微笑着。"在过去的几个小时里,我一直在告诉他们,但无济于事。"重点在于,他又回到我这里来了,随着每一分钟的逝去而离我越来越近,我可以感觉得到。我的意思并不是他从这桩刑事案件中回来,而是从她那里回来。

"你不认为是我做的,对吗?"当我用迷茫的眼神竭尽全力地告诉了他我的想法后,他说,"好吧,至少我拥有你的信任。"

我又重新得到他了。

我转向站在我们身边的那个人。因为那条小小的铁链,他只能站在他身边。"他不可能做那种事的,你不明白吗?"我拉扯着铁链,孩子般企图扯掉它,但那样做除了将被链子连在一起的两只手同时拉扯成了某种恐怖的手势之外,一点用都没有。"他不可能做那种事的,"我重复着说,"他在他的办公室。他在他的办公室一直待到六点。我给他打过电话,那时候他才刚刚离开。那个秘书女孩会告诉你——"

我感觉就像是在对着石头说话,甚至连他的眼睛都是石头做的。它们盯着我,但没有任何会动的迹象。

另一位警察从门厅那里进来了,带着柯克整理好的旅行箱。"啊,就是这个了。"他小声地宣布。

和我们在一起的人说:"我们最好放他走,弗勒德。她说了,他没有做。"他甚至连个笑容都没有。他有一种如科学般精准的残酷,或者他自己根本没意识到自己显得很残忍。

弗勒德带着一种懒洋洋的同情心,一种顶多算是被迫的宽容说道:"啊,不要逗她。我也有老婆,我知道她们是什么样的。"

"对哦,"布伦南惊奇地说道,好像我完全听不到他们说话似的,"她们会为这些家伙辩护,难道不是一件很奇妙的事情吗?她们甚至不知道发生了什么,在哪里发生,或者这件事的任何相关方面,但是立马就认定不是他们干的,就因为他们自己是这么说的。"他吸进了什么东西,使他脸颊里面发出嘭的一声。"好了,准备好了吗?我们走吧。"

我猛地伸出手臂,绕在柯克的脖子上,好像要把他留在我身边。越过他的肩膀,我向那个叫弗勒德的人请求,因为在他身上我察觉到了一些柔软的东西:"但是他六点时还在办公室里,你不明白吗?我在那个女人那里。我在那里。我告诉你,是五点左右,而她已经——"

柯克的手铐伙伴用让人害怕难堪的眼神看了我一眼，他很显然对如此明目张胆的谎言感到厌恶，这是对他们智商的侮辱。"是啊，"他冷冰冰地说，"你当时在那里，我猜你正和她一起喝茶。他们准备今晚一起离开，所以你跑过去作临别前的探望，或者去帮她理东西。"

即使是那个叫弗勒德的人——从他看我的方式，我可以感觉到他没有认真对待我说的话——只是为我感到遗憾。他试图在让我死心的同时用尽量温和的方式说话："我很抱歉，默里太太，"他说，"即使那是真的，也没什么用。你知道，她——这件事发生在下午一点到两点之间。我们有专业人士，可以告诉我们事件发生的时间。而这位默里，"——从他提到这个名字以及看向柯克时的严肃样子看得出来他只对我感到同情，并没有为柯克而遗憾——"而这位默里在你六点左右打电话的时候可能已经回到了他的办公室，但他承认在那个时候他正巧在默瑟那里。事实上，他在两点十五分的时候被人目击正离开那幢楼，所以不管他承认或是否认，都没有什么用。"

柯克用气声在我耳边带着悲伤的温柔轻轻地说："不要再说你去过那个地方的事情。求你了，为了我，好吗？感谢你。"我发现连他也不相信我。现在他已经思考了一阵了，想得多过其他两个人。在特定的情境下，雄性的大脑似乎总是往同一个方向思考。

"我没法进去，她没有应门铃，"他继续说，"于是我等了一两分钟，然后就离开了。"但这次是越过我脑袋上方对他们说的，不是对我。因为他对自己所隐藏的信息感到羞愧，他不敢直接对着我说。

布伦南突然抬起了手,顺便抬起柯克的手给我看。那只手上有几道红色划痕。

"是她的猫抓的。"柯克说,继续对着他们说,"我已经一遍又一遍地告诉过你们那些划痕的来历了。"

布伦南对弗勒德说:"她不让他进去,但她的猫抓伤了他的手。"

"那是在门厅外面,那只猫跑出来了。在我试图抓住它时,它向我挥了挥爪子,然后跑掉了。它的行为像是有什么东西让它受到了惊吓。但是它总是像那样跑出来,跑到房顶上或是其他地方,所以我放它走了——"

"很好的不在场证明,那只猫,"布伦南说道,放下了他们的手,"但是还不够好。来吧。"突然,他的手腕有方向感地动了一下,拉直了链条。柯克跟随着,只好转动了手腕。我看到他像一条被皮带牵着的猎狗一样,被迫顺从地转动手腕。我心里受到了巨大的冲击。

我跑进卧室,漫无目的地四处张望,从床上的一个枕头下面随便抓起了什么东西。我猜好像是一套条纹睡衣。我不是很确定。

我知道,我知道,这是愚蠢的,但是我从来没有过丈夫因为谋杀指控而被带走的经历,更没有学习过应该怎样恰当而得体地处理类似的事。

我带着睡衣跑了回去。当我回到那里时,门却大开着,走廊上空无一人。他们没有等我,已经走了。

我站在空荡荡的门厅里,卷起来的睡衣毫无怜悯之心地掉到地上,就这么躺在我的脚旁。

第三章 天使宣战

我不相信这一切就算了结了,当我坐在贝内迪克特的办公室里等他回来的时候,我这样想着。那些漫长的、令人难熬而拖沓的时间,好像就在几分钟内一闪而过。我幼稚地想,他们忽略了某些事情,或者他们过于匆忙地处理事务,比处理其他事务时更加草率。贝内迪克特否认了,他们是按业务日程表办的事。但这不可能是处理案件的最后阶段,不可能在这之后就没有机会了。为什么事情会变成这样?仿佛是昨天,他还和我一起坐在桌子边上,对我发着牢骚:"哎!你对这杯咖啡动了什么手脚?你都可以在里面种天竺葵了!"为什么?仿佛是昨天夜里,他们把他从我身边带走,我赶紧追到大门口,可还是太迟了,他的睡衣掉到地上,掉在我的双脚上。

现在,一切都已经结束了。那糟糕透顶的一天已经是上个礼拜的事了。今天,只是一个令人扫兴的结尾,最后的一步。这就是为什么贝内迪克特可以说服我在他的办公室里等待而不是走到议事厅里。他还要我待在家里,但我无法忍受。至少在这里,在这中途车站，我能更早一点听到风吹草动——我早就知道的消息。

贝内迪克特的办公室小姐是一位极富怜悯之心的年轻人，她坐在我边上那间待客室里一张硬邦邦的小型靠墙长椅上，时不时地给我倒水。我想她不知道还能为我做些什么。她还滔滔不绝地和我谈话，试着鼓励我。

"这只是技术上的问题。我知道这让人感到恐慌，但这并不是最后的结局，并非无可挽救。那些话不过是法律用语，对于所有案件，他们都会脱口而出那种话。亲爱的女士，我常常见到贝内迪克特先生靠上诉和推翻指控让更多的人脱罪。你没见过吗，莫特？你说呢？莫特？"

莫特是一名年轻的文书员，他也很有同情心。他先前已经离开，之后在休庭时间回来。我注意到他并不善攀谈，也没有表现得很乐观。也许这是因为他比那服务小姐更懂法律的缘故吧。

"他甚至不让我出庭作证。你不认为让我出庭作证会对事情有所帮助吗？"

"但是，亲爱的，即使你出庭作证了，你能做什么呢？你能说什么呢？如果这么做的确有用，你想想为什么他不首先叫你出庭呢？他从来不会放过任何一个有助于诉讼获胜的证人，他也从不会采用任何一个不利于诉讼获胜的证人。他是这样的吧，莫特？莫特，他是吗？那天，没人看见你去了那里，这是最不幸的地方。陪审团不会比逮到罪犯的侦探更相信你说的话，他们会认为你只是在编故事以包庇你的丈夫。你想召唤起同情心，反而会适得其反。如果你这么做，会让他们较之前更怀疑他。这就是为什么贝内迪克特先生尽可能地不让你参与诉讼，并且让你带上面纱，坐在远离审判席的后排位置，在那里，陪审团不会注意到你。你看看你，亲爱的，你太有吸引力、太令人着迷了。你不得不承认他是和她鬼混在一起了，是要和她私奔的，纵然只是一段时间。你会成为一个妨碍，因为你的身份与美貌会妨碍我们，而不是帮忙。你是受害者，但是——请原谅我这么说，亲爱的女士——你所受的伤害正是我的老板试图为之辩护的男人所造成的。"

"那就让他再次伤害我吧，"我情绪低落地想着，"我只想要我丈夫回来，就让他为了内心的满足而伤害我吧！"

"即便贝内迪克特先生自己并不那样认为，"她继续说，"默里先生也特地请求他别让你出席，除非他同意。那是他的希求。如果可以防范于未然，他不希望你受这案子连累。"

这是真的，柯克曾亲自告诉我同样的话。

我一直望着那办公室的门，一直望着它，等着门开。"他不是该回来了吗？怎么要这么久？"

"他个把钟头后就会回来了，亲爱的，请耐心等待。"

门终于开了，他回来了，手里还带着一份的报告。

我试着从接待室里尽一切办法读懂他的表情。当他向我走来的时候，我的眼睛牢牢盯着他，无声地恳求着他，跟着他。他经过我，转身穿过分隔栏内的小门。他避开我全神贯注地盯着他的眼神，就像他没有看到我一样。直到我站起来，他才无法假装下去。

他说道："你过来吧，来我办公室一下。"也对那办公室小姐问道："露丝，你怎么让她坐在外面？怎么不让她在办公室里等我？"

那女孩答道："她不想一个人待在那里，贝内迪克特先生，她问我是否可以和我坐在一起，但我必须在办公室外面接电话。"

他为我把住他私人办公室的门，我走了进去。此时此地，我感觉自己好像要被依法处决一样。毫无疑问，我知道他将对我说些什么。言语总是令人害怕的，而我们还得在那上面标注上日期。

他起初没有看我，而是焦躁不安地翻阅着那些他刚才带回来的文件。我等着他忙完，眼神却牢牢盯着他。

终于，他在那些文件上签了字，对我说道："现在你不要太难过了。真正考验的日子还没来，你有能力经受考验。你相当勇敢。"

我觉得如果他在我家里看见我用枕头的边角塞进自己嘴里的情形，是不会讲这种话的。

他到底是否准备说出来了？他准备就那么站一整个下午吗？"是不是——"

"要上诉，当然。"

"没有给他——其他东西吗？"

"不可以，法庭上没有同情心可言。"

"说吧，我受得住。你就说得快一点，让这事快点过去。"

但是，他没说出那个词。我不得不自己开口。

"椅子？电刑椅？"

他低头看着书桌，表示肯定。

我的脑袋要爆炸了！我的丈夫已被判了死刑。我们曾遵守的、生活于其中的国家的法律已经裁决他必须离开我，而且是在他身体健康的情形下，他的尸体还要被绑在——

我闭上了眼睛，又睁开。相较于眼睛看到的外在事物，我脑海中的东西更令人恐惧。

他很担心我。我正要坐下来，他给我搬来一张椅子。他试着从书桌的抽屉里拿出一瓶酒，藏这酒是以防万一。我则提示他别拿了。"别担心。"我咕哝着。

"这事还没完。你这是外行人的典型想法。"他试着宽慰我,或者做一些类似的举动。

我也提到那方面。事情当然了结了,大难已然临头。对于我和我丈夫,判决已经在部分施行了,至少在我们的心头。我们怎么可能还会与之前相同呢?在这判决已经提交的时候,上诉又会有什么好处呢?他们是绝不会还给我和被关押之前一模一样的男人了!他们也不会还给他一个在离开他之前一模一样的妻子了。

过了一会儿,我用一种完全不像是我的、小心克制住的声音问道:"他是怎么应对此事的?"

"他抬起头,双眼直视着法官。"

"这种时候,我本应该在那里的,在靠近他的地方。他都是一个人在那房间里,可怜的人!"

"他说他很欣慰你没在那里听到判决。当他们把他带走的时候,他感谢我没让你去。"

时间过得真慢。"我想现在我得回家了,"我绝望地说道,"再没什么需要等待了,我想。"

他站起来,和我一起出门。他说:"我送你下楼,帮你叫辆计程车。你要莫特或者那女孩送你回家吗?"

"不了,"我说,"我会好好的。我想,从今天开始,我得习惯自己一个人生活了。"

在他为我关上计程车车门并告诉司机我家的住址后,在他即将转头的当儿,我快速地把手伸出车窗外,抓住他的衣袖,问道:"什么时候行刑?告诉我日期。"

"到了现在,你怎么还想要——"他质疑我的提问。

我没让他的胳膊从我的手中脱离。"我得知道。请告诉我。"

"五月十六号所在的那个星期。"

我往后重重地坐向车椅。回家路上,一个想法一直在我脑子里盘旋:"我只有二十二岁,但是他们竟要我结婚才三个月就变成寡妇。"

第四章　别离之痛

在任何时刻，任何地方，好好地说再见都是令人难受的。而隔着铁丝网说再见更令人难过。我看过去，那纵横交错的铁丝网把他的脸划上一个个小小的交叉对角线，给我一种分子逐次分裂的感觉。我们每一次吻别，这铁丝网就给我们印上一个冷酷而刻板的边框。但没有什么能阻碍一个男人与他妻子的吻别。

他说了一些话，直接击中了我。"每个人至少有一次被宽恕的机会。连一只狗，人们也可以接受被它咬三次。"

"我原谅你。我之前就原谅你了，很早以前，哦，很早很早以前，我就已经原谅你了。"

"好吧，那肯定会是剩下的最后一件轻率而愚蠢之事。从那时起，如果他们肯放过我，我就会成为一个好丈夫。我会是任何女人身边表现最好的男子。我会在每天夜里回家的时候给你带上糖果和鲜花，我也决不再乱洒咖啡。"

"别说了，"我哽咽起来，"你会带给我鲜花，你会带给我糖果，你会随你心意地地乱洒咖啡，随你任何心意。你会的，你会再一次洒咖啡，我们走着瞧。"

他笑了，好像有所怀疑。"但是万一，万一我做不到，以后，在这一切结束以后——天使脸蛋，你会不会让其他人在夜里把鲜花带到你家，或者让其他人乱洒咖啡？别让其他人那么做——我知道你还年轻——但是那些事儿只有我可以做!"

"绝不，"我喘着气，绝望地说道，"除了你，我决不会让任何人那么做。只有你才可以那么做。再，再，再吻吻我吧！哦，再一次就好！时间不会一直待着。柯克，我们怎么能让时间再待久一点？"我希望这时间永远停止。

"还有一件事我想对你说，那天晚上我就想告诉你了。这是我最后一次机会，我现在必须说，只剩下一分钟了。你还记得那天晚上吗？"

我怎么可能忘记那天晚上的事？

"我去那里只是想告诉她，我要改变主意了，我和她的旅行取消了。到了那天下午两点，我才去那里。在我知道出了什么事以前，在我知道这事儿与我无关以前，我就已经深思熟虑过了。我知道那个人曾经是你，之前是你，也将永远是你。那段婚外情只是周末的狂欢纵乐，和孩子下午逃学翘课没什么两样——结果后来却得了毒藤疹发作而回家，于是他不会再匆匆忙忙地做这种事了！只是，我本来是要去车站见她，我不能让她在那里等我而不露面。我不想对她那样做，毕竟她是个女人。所以我去那里只是想提前告诉她我想毁约。两点的时候，没人回应我，那是我那天第一次去那里。接着，我又回到办公室，在那期间，我试着打电话联系她好几次。然后，当我依然不能联络上她的时候，我又离开办公室，并在下午六点回到那里。我要告诉你的是,我去她那里的目的就是告诉她,旅行取消了。"

他悔恨地在铁丝网上划着他的拇指指甲,好像在拨弄竖琴的琴弦。"我不期望你相信我。如果你不相信,我也不会责怪你。这些话就好像晚些时候的酸葡萄。但是,天使脸蛋,我说的都是真的。我是不会和她在一起的。这就是我要对你说的。"

我脆弱地将前额靠在铁丝网上,朝他靠过来。"亲爱的,"我说,"我总能分辨你何时在说谎,何时在讲真话。现在我依然可以。所以你别担心,我相信你。"

"谢谢你!"他感激地叹息道,"这样就好了。"

他们走过来,把他再次关押进去。因此,事已至此,言语已然变为空洞的声响。"你要回来。这不是道别。现在,你要记着——我刚才对你说的那么长的话。保重自己,亲爱的——直到——直到我再次见到你。哦,等一下,就让我再亲他一次吧——"

"请多准备一些难喝的咖啡吧,亲爱的,让我有些可以怒吼的事吧,当我——"

"我会带着那些难喝的咖啡等你回来的。"

"那你得久等了,天使脸蛋。"

当两个人彼此都知道在相互说谎的时候,却还要哄骗他们自己,这是多么令人心碎啊!

那框起我们的吻的铁丝网已经空了;他的唇已经离去。他说话时的低语声还萦绕在这里好一阵儿,好似我依然能听见他在诉说,尽管他已经不在那里。"久等了,天使脸蛋。"

至少我又得回了我的称呼。他总是叫我天使脸蛋,那是一份特殊的礼物,是他送给我的。

第五章　火柴光的幻像

现在,那公寓已经不见了,那地方只是一间带家具的屋子,只有四面狭促的墙壁。我不再想拥有那套公寓,即便我有足够的钱来保住它。我一天内会碰见他上千次,在每一张椅子上,在每一个角落里。我会听到他洗澡时的喘息声,叫我拿那从不挂在浴室里的毛巾的吼声。我会听到他在收音机旁的角落里的偷笑声,我会听到他夜里很晚的时候睡在另一张床上的打鼾声……

生活变得更单调了。生活是一剂麻醉剂。生活是一整天穿着室内拖鞋,是一件浴袍,以及不曾梳理的头发。生活是一张不在其上睡只在其上哭的东倒西歪的铁床。生活是一个每天被戳孔的罐头,不是因为饥饿,而是因为一种责任感。生活是一次敲门声,然后一句"女士,你还好吗?我是房东太太;最近我三四天都没见着你,我想确认有没有出什么事。"

"我还好。当然,我好好的。如果你一整个星期没有看见我或听到我的声音,请别担心。我还在这里呢。我还坐在这里呢。"

"你想要我给你一份报纸陪你打发时光吗？"

我尖叫起来，不过她没听到，因为我是在自己的内心尖叫道："我不要时光流走！时间走得太快了！我想要它静止不动！我想要它凝固。"

"不，谢谢你，报上没有我想读或想知道的事。"

生活就像这样。

我已经到了最低点，人生曲线图下降的最底端。这天夜里，某个来自警务办公室的职员登门拜访，送回他的物件。好像他们是物归原主。他们把一切都归还了，除了那最重要的东西：那个在牢房里的人。他们还是把他留下了，那是他们的，用来接通照明系统，然后再把他抛掉。

这只是例行公事，是他们把他逮到那地方去的通常流程。但我并不知道，我一看到他们把他的胳膊架空起来，就感到一阵可怖的剧痛，好像一切都完了，他也已经走了。我接收了那些物件，并且签了字，谢过他们，然后关上门。如果我之后能竭尽全力、成功地救出他来，那就仅仅剩下我和他的这些衣服之间的小事了。

即便如此，当我待在小房间里的时候，只有头顶上的电灯泡看着我时。当我躺在那里，把脸深埋在他的夹克衫的折痕里时，我知道我从未有过如此心碎与自暴自弃般的绝望。从那时开始，不论有没有希望，有没有机会，人生的曲线必然会向上走。对我来说，情况一定不会更令人如此沮丧了。你只需那样哭泣一次，为了一个男人一次。我给了他我的哭泣，那是我的爱情证明。

后来，我记得我沉闷地坐在床边，轻抚我膝上的、他外套的空空衣袖，并在泪水漫溢浸透衣裳之后，缓缓地让自己振作起来。在昨晚送回来的他的外套口袋里的，是两封小型马尼拉纸做的信封，被牢牢系在那外套的一个纽扣孔处。我取下信封，倒出了里面的东西。其中一封里有他随身带的钱、他的手表和钥匙套，还有他的印章戒指。而另一封信里则是不怎么值钱的物品：一个铬合金铅笔（已经缺了笔套）、一两张商业信函和上面写着中文的洗衣票。洗衣票是用来取回他的衬衫的，这些衬衫现在还在某处等他来取。

这些物件一件一件在我眼前被拿出来，好像那些常见的、令人怀想的念珠串。

还有一盒他抽的牌子的香烟，里面还剩下两支烟，那一定是他被捕的那天晚上剩下的。哦，这些警察这么老实！他们没去碰一个被判刑的男子的最后两支烟，但是他们却因为他没做过的事情而将他逮捕入狱，把他送去见他的——

那两张写着幸运数字的票根是我们上次一起看演出时留下的。你知道它们是什么样的票根——将抽奖部分撕下来，并放进一个盒子里。之后，礼拜四后的一个星期，如果特定的数字碰巧被抽到了——我又想起了那天夜里他说过的话："在这种抽奖的把戏上，我从来都没走过运。"他在更多事情上不走运，可怜的人。

现在，那两个信封已经空了。那些令人心碎的东西全都陈列在我的膝盖处。不，等一下——最后一件东西。它在我抖动信封的时候掉了出来。

没什么，完全没什么价值的东西，一盒火柴。就连这个他们都会认真负责地还给我。每一件东西，他们都务必保证我将它们拿回来，除了他。

这是她的东西，特价商品里面的。我从那青绿色的封皮和其上写着显而易见的两个"M"认出它来。一个"M"叠加在另外一个"M"上，看起来就好像一个有着双重轮廓线的"M"字。

我不禁感觉这东西正一点一点地、不断地提醒我那些令人伤心的事,尽管今天晚些时候我已经不那么痛苦了。在他最后一次到那里的时候,他一定是将其拿起来用了一下,然后又心不在焉地将其放进自己的外套口袋而没有放回原处。因为任何人都有可能这么做。这东西现在就在我的手中,那上面留下的只有她那令人鄙夷而转瞬即逝的魅力。那东西已经表现了这一点,她认为优雅的精髓就是将自己名字的大写字母批量地印在每一件物品上——在火柴盒的外面,在高球杯上,我猜测,还有内衣上。我并不恨她。今晚,我发现自己从未恨过她。那一天,有一到两个小时,我感到相当恐惧。从此以后,我便为她感到遗憾。不过,我仍然从销毁那一两根剩下的写着"M"记号的火柴中感到一种怪异而刻薄的满足感。我划擦那些火柴,让其火光闪烁,却短暂,如同她的生命。之后——她如今已经死了。她像这样离世了:噗!掉到地板上,一个要被丢掉的东西。

一件小事闯入我的脑海。我不知道它是怎么来、从哪里来的。当我想到这事,并对此事难以释怀的时候,它就变得越来越重大,直到它排挤掉其他一切事情。我在那里看到过一个火柴盒的外包装。它被嵌入进门缝中,以防止门闩太快关上。我那天站在那里等着溜出去的时候注意到了它。我捡起了它,把它展开,又将它再次扔掉。它就像我手中的这个一样;上面写着一个"M",它的纸板外面是蓝色的。

但是,有个想法变得越来越重大。那火柴盒其实并不像这个。

它是蓝色的,但不是青蓝色的,色调更深。那上面的"M"也没有写两笔,而是只写了一笔。

如果她允许改变这种标记,把那种不匹配的标记写在那一个火柴盒上的话，那为什么她要那么麻烦地去选用一种特殊的标记——尽管这样做很幼稚——然后散布这种标记在目之所及的每一件东西上？这东西与其他被标记的物品并不相称。对她而言，在物品上做标记是时髦有品位的做法，未将这种标记及时地写在每一件物品上应是一个错误。

此外，现在我手上的这个火柴盒显示她已经将那标记写在火柴盒以及一切其他的事物上。因此，我之前在那里看到的火柴盒并不是她的！

那大写的首字母是别人的。其上的标记代表此人的名字是以"M"开头的，而且正是这个人杀死了她！

到现在，我才从这三重巧合中意识到这个事实。首先，她和杀她的人的名字都以同一个字母"M"起头。就这一点来说，正如柯克自己所做的，他从来不会把自己名字的首字母写在火柴盒或者其他东西上。他还会嘲笑这种想法，因为这真的很可笑。第二，这未知的杀人者与她一样生性愚蠢，都用自己名字的首字母来使他的东西私有化。第三，恰巧那张纸板是蓝色的，虽然从色调方面来看，这蓝色与她所钟爱的蓝色有着不同的色值。

那一天，在发现她被谋杀的震撼之后，我心情激动，以至并没有发现这些差异有什么意义。

现在，这些东西有意义了。有一个名字以"M"开头的人曾在那天拜访过她，发现了他并不喜欢的事情。他把门固定住，以便他可以回来，杀她个措手不及。而当他回来的时候——

哎，要是我知道她认识的所有名字以"M"开头的人就好了！等一下，有一本册子！不是有一本按字母顺序列出名单的通讯录吗？那天我惊慌失措地离开时不是把这本通讯录抢走了吗？我竟然一直没有想到它,也一直没有看到过它!但事实是,如果我真的把它拿走,它仍然会在某处。

我取出我的手提包,并用手往手提包的深处和裂缝处搜寻。从来没有哪个女人可以在某个时间绝对肯定她的手提包里装着的所有东西。总有些东西被忽视,那些她曾遗忘的东西,潜藏在手提包里的无数隔层和拉链缝中,等待着被发现。

我这个手提包也是。但是我还没找到我要找的。但我肯定我已经把那手册带上了,我记得它的封皮是青绿色软皮革的,页边距是梯状的,而且我还记得那个火柴盒面上单笔的"M"。除了撕开手提包的衬里,我都摸索遍了。我坐着,沮丧地让手提包在我膝上晃来晃去。

然后我回忆起我那天穿着非常讲究,为了给她留下一个我所希求的印象,我一定带上了另外一个特殊的、考究的手提包。我都忘了我拥有那样的手提包,在那之后我从没用过。那是最后一次,衣服和配饰对我还有意义。从那以后,我的衣食住行一切从简。

因此,我拿出那另外一个手提包,往包里看。当我的手指一接触到里面,就拿出了一面镜子,一个青绿色的东西在我面前闪过,如同黑色内衬上的一块补丁。

我打开那通讯录的M那页。我的手指头开始颤抖了。我心想:"一定是这本册子里的某个人杀死了她。他的名字一定在里面。我把这一页摊开。他的名字正看着我呢,盯着我的脸蛋呢。我也正盯着它看。但我不清楚哪个名字是他的。"

马蒂——克雷森特 6-4824

莫当特——阿特沃特 8-7457

梅森——巴特菲尔德 9—8019

麦基——哥伦布4—0011

"我正盯着它看呢,"我重复着自己的想法,"虽然我不清楚哪个名字是他的。"

但是我得找出他的名字。

我不知道他的名字,或者警衔,或者在哪一片管辖区。因此除了知道他的姓氏,我没有更多的信息,我可能会找错人。实际上,我根本不了解他。如果他没那么残酷,更有人性一点,那天夜里他们就会把柯克带回公寓了。我得向某人求助,自己一个人不可能完成任务。

因此,我去了离那女人住处最近的辖区警局询问:"这里有一位弗勒德先生吗?"

"韦斯利·弗勒德,他在凶杀科。你要找的是他吗?"

"我——我想是的。"

"请报上名字?"

"就说一位年轻女士找他。"

他们给我看了看后面的某个房间。他看到了我,正是他。他一开始并没认出我来,我却认得他。之后,他才想起来。"你是默里的妻子,就是你!"

我满面愁容地告诉他,是的,我就是默里的妻子。

他暗自打量了我一番。我猜他此举的目的是看我如何默默忍受他的目光,我在他的眼里感觉到一闪而过的同情心,但我猜想他并没有意识到这一点。我真的不希望出现这种情形。我来这里,只是想要咨询并获得指导。

我告诉他我在默瑟公寓里的发现。我告诉他我对于那些事情的想法以及我打算做些什么。

他坐在一旁认真倾听。他听我把话说完，但我并没有误解他的神情。最后，我不得不说："你还是不认为那天我在那里，是吧？"

"也许你确实在——"

"那么，给你那本通讯录，你看，就在这里，她的通讯录。"他粗略地翻阅那本通讯录，以拇指指甲轻击它好几次，然后还给我。他的态度是明确无误的：这案子已经结束了，如同桥下的水流走了。我是否去过那里不再有意义了，而且已经被认定没有去过。该案已经了结。

他首先试图说服我别管这件案子。"你看，即便考虑您的观点，甚至判默里——你的丈夫——无罪，那么那个逍遥法外的凶手是谁？你有没有想过你可能正从一个错误的前提出发？基于这本通讯录和你说你曾见过的那只火柴盒的外皮？并没有绝对的准则规定她所认识的所有人的名字都得写在这本通讯录上。这本很有可能反而是倒过来的，不是吗？反而那些她深交的人，她最熟悉的人，可能根本就不在本子上。如果她已经用心记住了她所熟知的人的电话号码，她就不会写下来。只有那些她不怎么认识的人才会写在这本通讯录上。"

我想到了柯克的名字。她够熟悉他了，以至于要勾引他，让他跟她一起私奔。柯克的名字就在这通讯录上。但我没有告诉他这件事，因为我那旧伤口还很痛。

"你知道，之前就有些谋杀案，"他继续说，"就是一些根本没有电话号码的人干的。我说这些就是告诉你，不能确定——"

"但没有什么是永远确定的，对吧？只有你们这些人抓错人是确定的。"

他不以为然地闭上眼睛:"啊,你这么做只是在自找麻烦。你这人也太好心了吧,默里夫人。别费劲了。你又不是她那样的女人,你不懂怎么应对那一种人。"

"我会去学的。"

或许我的表情已经透露了想法,或许他知道他打击我并夺走我唯一的寄托会怎样,或许他认为相较于我无希望地坐着数过去的日子、一天天划掉日历上的日期、直到那红色字母的日期在五月十六日所在的那一周出现,让我进行一场注定无望的追查终究是要好一点。

我只知道他突然改变了主意。并没什么显而易见的缘由,因为我说的事情无法让他信服。"不管怎么样,你试试看吧,"他突然同意了,"去吧,放胆去试试吧。"

无论如何,不管他祝福与否,我早已打算找出真凶。但我需要有人能鼓励我,即便是为被他所定的罪翻案。

"他们会不会——你认为在审判的时候我会被认出来吗?"

"好吧,一开始我并不认识你,而我按理是被训练过能记住人脸的。你并没有出庭作证,而是乖乖地待在法庭的隐蔽位置。我敢说,如果你稍微改变你自己的外貌,你很有可能不被认出来。"

"那么现在,我需要什么样的证据才有用呢?需要什么书面证据吗?需要在谈话过程中录下一些不慎失言的话吗?从警察办案的角度,有什么样的要求呢?"

"像你这种案子,不会有任何书面证据,"他让我明白这一点。"你不可能在白纸黑字上发现一桩谋杀案,比如银行对账单。要是你知道了什么,就来告诉我,即使只是一个谣言,或是一则八卦消息。从我这个警察的角度看,这就足够了,我们会看看有没有什么可以转成书面材料的。这件事就留给我们吧。"

他送我到门口。"去吧,祝你好运,保持联系。你总能在这里找到我。"但到了最后,我猜想他纯粹出于好心,忍不住又补充道:"但你愿意为我做一件事吗?别把这事太放在心上。如果这事情并不——按你期待的方式发展,你也不要太伤心了。"

我知道他真的不相信人不是柯克杀的。他没想到我会揭露一些事情,因为他认为一切应该被发现的事情都已经被发现。是他的同情心令他鼓舞我。他认为与其叫我坐在那里等着,不如让我引火烧身,这让我更舒适些。

当我离开他的时候,我明白这一点了。我能在他的脸上读懂他的想法。

"我会给他看的,"我发誓,"我会给他们所有人看到真相的。"

"我彻夜未眠,在我的手指上搓揉肥皂,"我告诉当铺,"但我只能把它升到关节处这么高了,就是这里。它移不过那个关节。"

他试着用手推戒指好几次。"你可以把它割开。"他说。

"我知道我可以,但我不希望对它这么做。我想也许你有一把钳子或者某个你得心应手的工具,我并不怎么在意它会伤到手。我只要把它拿下来。"

"我看看我能做些什么,"他说。他回来了,把一两滴油滴在我的手指正上方,然后用钳子牢牢钳住那枚戒指。然后他紧紧地握住钳子往下推,同时支撑起我的胳膊,开始拉扯。

成功了。那戒指飞出手指,飞过整个典当行,他不得不追过去。

直到现在,原本戴戒指的地方看起来还是有趣。戒指在我的手指上留下了一个粉红色的小圈,这是自我十七岁以来它第一次离开我。

他打磨它,检查它,并说道:"你想马上就把它卖了,还是只是典当?"

"我宁愿只是典当了它。我——我想在将来的某天把它赎回来。"

"五块钱。"他说。

"但这是纯金的,它是——"

"我知道,但一枚结婚戒指能有多少黄金呢?七块半吧。这可不是因为它是一枚戒指,而是因为我收到一颗心,那颗心是我无法得到的。"

我伸出手。"在你拿走他之前,请让我再看它一眼吧。"我倾斜着拿着它,以便我可以看到里面的刻的字。

K. M.——A. F., 1937.

我的姐夫一开始假装没听出我的声音。好吧,也许他真的没认出我。自从他们搬去特伦顿,我已经三年多没见过他们了。

我说:"我是艾伯塔。我从市区里打来。"

他的声音压得更低了,变得谨慎起来:"哦——嗯——是的,"他说,"艾伯塔,你还好吗?我们收到了你的信——嗯——一直想回复你。你看,我们很困顿——好吧,这房子很小,考虑到孩子,我还没想出——"

"但是,你没明白我的意思。我没要你收留我。我觉我已经在信里说得挺清楚了。我不要你为我做什么事;我会照顾好我自己。我只求你能借一笔钱给我。我会按惯常的利率付你利息的,你会拿回每一个便士。"

"是为了？你还在试图帮他吗？"他说话的方式让我转了话题。

"露丝在吗？让我跟她说一会儿话。"反正我从来就没喜欢过他。

"她——呃——刚离开去商店。"应答的间隔有鬼，他答复得太慢了，像是转头与对方打手势磋商。我知道这些信号意味着什么，我仿佛正与他们待在那房间里一样。这信号意味着一方在询问而另一方在拒绝。

我自己的姐姐这样对我。不，因为我是一个死刑犯的妻子，我可能会让他们家声名狼藉。他们得为自己孩子的福利着想，也得考虑他们的朋友，乃至他们的社会地位。

我怀着一种低声下气的尊严说道："好吧，哈维，没关系。我现在最好还是挂了。"

"你可以撤销上诉。"他以屈尊的语气说道。

我极度需要钱，甚至连这一通短短的电话都要花钱。我知道我在做很愚蠢的事情，然而这并不是因为骄傲或怒气，这本身就是一腔热血推动的结果。现在我不再接受他廉价的慰藉了。

"不，"我冷静而坚定地说，"这么做是值得的，就算只是一次经历——"

我挂了电话。我再也没有见他们中的任何一位，再没跟他们说话，再没听到他们说话，再没想到他们。

第六章 克雷森特6—4824，马蒂

他的名字被划了一条线，我不知道她为何这么做。它是唯一一个在该页被划了线的。我翻遍了各处，注意到在其他一些页面也有名字的电话号码被划了一条线，并添上一个新的号码。这好理解，是因为住址变了。但从没有一个名字和号码同时像这个一样被划线。无论他们搬去哪里，即使他们改了号码，他们也还有相同的名字，那些是不变的。

那么这被划线的名字和号码是怎么回事？

可能那人过世了，我想。我害怕追查一个死去的人。或者，可能是因为绝交了。我希望是这两个原因中的一个。但有一件事是肯定的：这条线有某种意味，划上去是有原因的，而不是无意义的。

约定的时间到了，就是现在，瓷蓝色夜晚的五点半。时间一小时一小时地过去，为那约定时间的到来而准备着。这准备肉眼无法看见，没有外在的迹象，可能会被误以为是沉默寡言的琢磨或心不在焉的遐想。但无论如何，这准备在我的内心却很活跃。

到最后，当那个时刻越来越接近时，我也一点点地越来越靠近它。我的意思是那个电话。我在电话前来来回回地踱步，口中喃喃低语，回忆当初的教训。当我这么做的时候，有时会抬头看着天花板，有时俯视地板。每走几步就转身，再沿着之前的路线朝相反方向走。反反复复，反反复复，低声地念念有词。

"如果电话那头的声音很年轻，充满活力，洪亮，那么我一开口就是：'你不认识我，但我觉得好像我认识你；我听说了很多关于你的事。'然后从那里开始，最关键的是，话音要妖冶，要风情万种。

"如果电话那头的声音是枯燥无味的，没活力的，疲惫不堪的，那么我的开口辞是：'我有一些你会感兴趣的信息。'最关键的是，给人一种是关于金钱或者个人利益方面的感觉。

"如果声音是爽快的，公事公办的，客观的，那么最好的方法是和他同样直接，客观，不要遮遮掩掩，或者含沙射影。'我是某某，我想占用你几分钟的工夫，以个人的名义和你说些事。'

"如果声音是不可确定的，不能分析的，不属于以上任一类别，那么我就采用第三个办法，直接并务实地与其谈话，这仍然是最好的。"

我已经停止走动。我记住了这些想法。

我在那个工具前坐了下来，让自己振作起来，两只手分别僵硬地触碰小桌子的两端。

每一次我这么做的时候，就会想起他来。"祝我好运吧，亲爱的。也许这事情很快会有个了结。"我深吸一口气作为准备。电话的拨轮在我的手指下转动，我的思绪也随之转动。"如果声音很年轻，充满活力——如果声音是枯燥无味的，拘谨的——如果声音是公事公办的——"

"您好？"从这句话里听不出任何有关声音的信息。

"马蒂在吗？"

"哪个马蒂？"

"就是马蒂啊。"

"你得告诉我他姓什么。"

我早知道我会碰到这种情况；我就害怕这一点，但我并没回答他。

我招架得住。我用自己已准备好的问题回应。"请问，我这是在和谁说话？"

"这里是圣奥尔本斯酒店的服务台。"

"哦——"所有的排练都白费了，"嗯，我不知道他的姓。我在找一个人，我只知道他叫马蒂。你能不能帮帮我找到此人？你能不能告诉我，是否有一位名叫马蒂的人在你那里登记过？"

"我不知道该怎么做。"他相当不客气地说道。

在这对话的过程中，从开始到结束，我都不承认任何的挫败感。我早已知道事情一定会成这样。我下定了决心。我不会让自己被拒绝、被怠慢以及被断然回绝。或者更确切地说，他们没有阻止我的力量。

"我不知道要怎么帮你。我现在很忙。"

我让我的话音愉快而合情合理："这对我很重要。这不是一件微不足道的事，而是一件严肃认真的事。如果我亲自上门拜访，而不是花时间打你电话，你会不会乐意尽量帮我追查这个人？"

他的话音变温和了。"如果你来光临敝酒店，我可以找人为你查看那些登记的人。"

这是一个令人愉快的、看上去富丽堂皇的地方，一栋住宅型酒店。就在这看似上层社会的顶级漂亮外表下，却透露着一种确凿的、本质上的中产阶级的富足。这很可能会证明一个对我有利的观点，当我进来的时候，我就即刻意识到这点。这类型的酒店吸引了一小部分流动人员。相比普通商务酒店，这种酒店的顾客群更换得慢，房客更有可能在私下里被管理者熟知，在他们离开后，也更有可能被记起来。

他们待我彬彬有礼。直接面对面明显提升了我的地位，该副经理亲自出来接待我。

"很抱歉，小姐——怎么称呼您？"

"弗伦奇小姐。"

"很抱歉，弗伦奇小姐。正如服务台已经告知您的，现在并没有一位名字叫做'马蒂'或马丁的人在我们这儿登记，我已经派人查阅了登记册。您确定您把所知的一切信息都告诉我们了吗？"

"恐怕这就是我所知道的。"

"您能告诉我那个人长什么样子吗？"

"恐怕不行，"我不得不承认，"你得知道，我不认识这个人。但我得联系上他，这很要紧。他的名字和地址是我掌握的唯一线索。"至少我以我的真诚打动了他，我看得出来。

"很抱歉，如果能帮助你，我会非常高兴。"他抚摸着他刮得一尘不染的下颌，"但我不知道我该怎么帮你。"

我知道，于是我毫不犹豫地提出了建议。"我不喜欢打扰你们，但如果我在这里等着，可以劳驾你查看一下过去的登记册吗？——只不过是很短的一段时间——看看此人从前是否住在这里？"

"这个——这个——"他说，"请稍等一会儿。"

他让我坐在那里,而他走进去,吩咐某个员工去做事。我知道我至少在这事上说服了他们。

我等了相当长的时间。我坐在那里,将其他常客的相貌拼凑在一起,试着形塑这个神秘的"马蒂"的形象。不,我知道曾经住在那里并不代表他就必然会与其他的房客相似,他可能是一个异类,却仅仅碰巧暂时与别人住在同一栋房子里。但毕竟"物以类聚,人以群分"的古谚还是有一定道理的,而且我觉得,如果他与我现在所瞥见的那些人——他们有的搭电梯到马路上或搭电梯上楼,有的在桌边停留片刻,或与相识的人在酒店大堂聊天——如果没有共同之处,他不可能在这里寄宿。

那么,要是他和那些人类似的话,他可能是这个样子:一个已然经历了二十岁时的经济危机,进入中年时的繁华平静,而钱在该赚够的时候就已经大赚一笔。也就是说,不是他中断了赚钱的过程,而是赚钱的方式已经被确定了,或多或少地依据自身的发展势头运行着,使得个人从早前巨大的经济负担和压力中释放出来。他会懂得享受,沾沾自喜,还有点独断(他有权利这么做)。他的腰际开始变圆了,但还不至于担心会超重。他的头发开始薄了一点,但那还只是他与他的理发师之间的秘密。他将四处溜达一下,抽一根昂贵的哈瓦那雪茄,并且对陌生女性有鉴赏力,这种鉴赏力会随着时间的流逝而越发锐利。这里的访客没有一个不打量他,虽然不是以一种露骨的、令人尴尬的方式。

好吧,他可能就是这个样子。其中有些可能是他的性格,当然,还有一些别的特征是他这个人所独有的。

副经理又出来见我了。他已经将一些信息草草记在一张纸片上,那些信息是某个员工在他的吩咐下从酒店登记册上转抄下来的。

"我不知道你是不是指这两位的其中一位?"他说,"我让他们查阅了之前的整整三个季度。不幸的是——或者我应该说幸运——近几年,我们极少接收到名字叫做马丁的房客。前一段时间,有一个叫做马丁·埃布灵的住在我们这儿。就在那个时候,他留给我们的转信地址是在克利夫兰。当然,我不知道这个地址是否还有效。那么,另一位是马丁·布莱尔。他留给我们的转信地址是在这个城市的另一家酒店。"他撇着嘴唇,显示出一种职业性的轻蔑,"是在塞纳托尔,我想你会在离市中心更远的地方找到那里。"他的声音听起来就好像那些信息是每天都需要被清除的。

我把那两个地址都记了下来,向他道谢后,便离开了酒店。只有当我到了第二家酒店、并走进去的时候,我才完全理解他撇嘴唇的用意。

"他发生了什么事?"我想着,"从圣奥尔本斯到塞纳托尔。"地位不是降低了一点,而是直线下降。

在这里他们不是观察你,他们实际上是用视线脱你的衣服。从二十岁左右起,就一直入不敷出,早年所有的压力与冒险却一成不变。作为一部分的补偿,他们保持了青年时纤细的腰,他们的头发也更浓密。为什么他们能保留住他们的头发?我不知道原因,除非是因为他们负担不起理发费,也难以承受预防性治疗的开支,因此才没有掉很多头发。也许只有平和与完全的安全感才会带来身体的衰败。他们到处阔步走着,大口抽便宜的香烟,他们的行为带有一些直率和贪婪,如狼似虎。

这并不是说他们是彼此的摹本,你得明白这一点;只是这地方的整体风气是如此而已。相对于另一群人,他们更加自我独断,但是有一个差别:他们从不聆听。

店员的门牙已被蛀坏,他的眼睛冷眼旁观一切发生在电灯下的邪恶的事情。

"马蒂·布莱尔,"他说,"是啊,我记得他。"他并不愿意追忆那段往事。他的眼角出现了些许皱纹,嘴角也是。

"他还在这里吗?"我问。

"很久以前他就被撵走了,我们没法儿再和他处在一起。"他轻蔑地笑道,"撵他一次还不够,我们必须不断地撵他出去。每一次撵他走后,他又会试着偷偷回来,即便把门反锁,还是一样。最后,我们终于让他死心了。"他说话时的手势表现出他对此不屑一顾的态度,没有怜悯,也没有同情心。

我好想知道他那时究竟是为了坚持什么,执着什么,为什么每次被撵出去后都要回到此处?是为了体面,我猜想着。即使是为了已经破成碎片的体面,他也会坚持。

"那你不知道他去了哪儿?"

他冷漠地看着我。"无论他们这号人去哪里,"他说,"他们都是穷困潦倒、精疲力尽的。我猜,他可能会去鲍厄里街①。"

"鲍厄里街?"我无助地说,"我如何寻找一个住在鲍厄里街的人?"

"一旦他们到了那地方,"他说,"他们通常就不再值得我们去寻找。没有人会在意他们,那里就是一个活人的墓地。"

他说的话对我而言就是一首歌的唱词;对于周遭的一切,我有很多事情需要了解清楚。"我再也不会去那里了。"类似这样的话,我很想弄清楚缘由。

---

① 美国纽约市一条以低级旅馆、廉价酒吧而著称的街。

"假设他仍然是值得去寻找的,我该怎么办?"

"那你就去一家一家店里找,直到你看到他在其中一家店里——如果你还能够认出他来。"

我甚至不知道他长什么样子。

"夫人,那你可给自己找活干了。"当我告诉他我不认识他时,他说了这话。他太市侩了,也太乏味了,甚至没有问我为何要见他,也没有问我想了解他的什么情况。这不会与他之前曾听说过的任何一种情况相同。对他而言,电灯下没有新鲜事。我想知道是否我自己有一天也会变成他这副样子。

"他只是一个长相普通的家伙,一个一抓一大把的那种家伙,"他说,"哎呀,认出他很难的。但是,我三番两次地帮忙把他撵走,所以我想我能记住他的样子——他又瘦又高,浅色头发,是浅棕色的头发。我就记得这么多了。"

又瘦又高,浅棕色的头发。他是对的,我有活干了。

他们正从每一个角落看着我的腿,我能感觉到他们。我想离开。"谢谢。"我说。

"希望你有好运,夫人。"他沮丧地说。

电灯下没有新鲜事。我心想,要是知道和他一样多的、人性不太美好的那方面,那一定很糟糕。

我猜那些是廉价旅馆。它们自称酒店;在招牌上写着住一晚要花二十五或三十五美分,并且在那周边一带有许多这样的廉价旅馆,总得向楼上走一段才能看到入口,从不会沿街开放。而在旅馆的深处,你会看到一个很长的空房间,里面坐着的绝望人儿,读着报纸,或者只是前后摇晃,慢慢把地摇晃进自己的坟墓。这些身影也曾充满活力地真正地活过。

这不是他们的穿着或是外表的问题，这是来自他们内心的问题。一个富有生气的人，即使比他们穿得还要衣衫褴褛，仍然是一个真正活着的人。即使他们中的一员穿得再怎么时髦，依然无法改变自己真正的样子。一盏灯的灯芯会被燃烧殆尽，一个灯泡的灯丝也会磨损。一些事物虽然表面上可以保持完好无损的状态，却不再散发光芒。

这附近有许多这样的廉价旅馆，从头到尾都是。因为，毕竟有一件事必须有人提供服务，即便在这昏暗的世界里——那就是住宿。一开始，当我每次隔晚再回到这里的时候，从不能肯定前天晚上我去了哪一家，因为这里的廉价旅馆的样子都差不多。我发现自己有点混乱了。所以我带了一小支粉笔，在我晚归入眠之前，在最后一个旅馆的门口做一个小记号，打上一个勾。然后当我隔天晚上再次来到那家旅馆的时候，就知道要从哪里往下寻找，一家接一家地寻找。

我一遍又一遍、一遍又一遍地寻找着。被微弱灯光照着的通往小隔间的楼梯前放置着一张小桌板，被用作收银台。每次抬头看见房客正辛苦地走上楼梯的时候，收银台那里都会发出无声的叹息声，甚至在我开口说话以前，就不可避免地受到了来自收银台那边的拒绝："对不起，小姐，我们不接纳女士入住。"

"我知道，但是我来找人。马蒂，他的名字叫马蒂，个子又高又瘦，留着浅棕色的头发。布莱尔是他的姓氏，他叫马蒂·布莱尔。"

然而我发现了一件事，只用他的第一个名字(马蒂)查询更容易找到他，因为这里并不登记房客的姓氏。究其原因，是不是因为这些房客羞于启齿、想保守秘密，还是由于既然他们都同样是社会底层地位的人，就不再需要使用自己的姓氏了。他们更多地是靠第一个名字彼此认识，或者更多的靠这鲍厄里街区给他们命名的绰号。

他浏览了那随意地用铅笔书写的字迹潦草的登记名册，时不时向身边的人询问有关讯息："'猪肉'的真实名字是叫马蒂吗？你们谁知道？"

而他们却挠挠头，百思不得其解，最后有人说道："不——他叫马文，我想我曾经听他说他叫马文。不管怎么说，他不是这女士想要找的人。他是个有点矮又有点肥的男人。难道你不记得他了？两夜前他才来这儿住过，他的床正好在我的对面。"

一遍又一遍、一遍又一遍地重复着，那些话在我耳边隆隆作响，好像电力火车一样，我不得不等着它从面前经过。终于又能听见说话了。

"我们不能接纳女士入住。"

"我知道，但是我想找个人。马蒂，他的名字叫马蒂。他又高又瘦，留着浅棕色的头发。"

我再次走下楼，走到下一家旅店门口，再上楼。

"不收女客。我们这里只有宿舍，所以你可能得下楼。"

"马蒂，他的名字叫马蒂，留着浅棕色的头发。"

我再次下楼，走到下一家旅店门口，再上楼。

"马蒂，他有浅棕色的头发——"

其中一个倚窗读报的房客抬起头，咯咯地笑道："哈格蒂，我敢打赌我知道她想找谁，她想找'心碎儿'，那个总是和一个不存在的女人说话的家伙。"

我停了下来，往回走了一两步。

那门板后边的男子看了看四周，问通常被称为"阅览室"里的人：“有人知道他姓什么吗？”

"布莱克或者布莱尔，是这种短姓氏。我想我曾经听过他告诉某个人他姓这个。"

"布莱尔。"我点头道，"就是布莱尔。"

他慢吞吞地走向前，为我提供查询服务。但他得间接地通过店员来查询，害怕以私人的方式处理我的情况。"我可以告诉你怎么找到他。从叫'丹'的地方往下走，只要走一小段路就到了。"

现在，店员更加和善地看着我："小姐，我劝你最好别一个人去那里。我帮你叫些伙计去那里把他带到这里来吧。"

"不了，没关系，我还是自己去那里比较好。"

我之前从未去过鲍厄里街区喝酒的地方。我听说过这样一个习语："更低的深处。"我不记得在哪里听过这习语。我想我曾经读到它，现在我也读到它。一切事情都到了最低的深处，那是坟墓的边沿。除此之外，没有任何进展。随之而来的，除了死亡那条巨流别无他物。这些人不是活着的人，他们是鬼影。

有比他们自己更可悲且比他们所遭遇的处境更意味深长的事情。当我走进去的时候，我变得缄默。我屏住了呼吸。在那之后，我去过许多地方，但再也不会遇到同样的情形了。当一位女士走进酒吧时，里边的男性通常会保持沉默，但在这里不是那么回事。这些男人的表现不是赞美，甚至也不是贪婪。我不知道该称之为什么。这是每个男人在其过往生命里对某个人的怀念，是某个像我一样的女子。当他们用视觉模糊的双眼盯着我看的时候，那在很久以前、很遥远的地方的人与事，又再次暂时浮现于他们的脑海中。就这么一下下，在他们的记忆再次黯淡而消逝之前——他们会永远保留这种记忆。当我从他们身旁擦身而过的时候，人生的最后余辉正拂过这些已死之人的脸颊。

我走向酒保。"这里有个叫'心碎儿'的人吗？我在找一个叫做'心碎儿'的人。"

他的下巴松弛。他忘了继续打磨正在打磨的东西，看着我，看了又看，好像没理解我的意思。一开始，我不懂他这是什么意思。他仅仅是在那里做事，只是在为那些已死的人做事，他并不是那些已死的人。他不应该给人那样的感觉。

"'心碎儿'？"他带着不可置信的语气问。

"是的，'心碎儿'。"

他对自己喃喃低语，听起来像是在说："那么，真的有，归根结底……"

然后我有点明白了。他们之前在廉价旅店说什么来着？他总是谈到一位不在场的女士，或是和她交谈。直到现在为止，他们还是不相信有这样一位女士存在。现在，他们看到我，以为我是她。他们认为我是就是他梦寐以求的、来鲍厄里街区追寻他的梦中情人，到这儿来为的就是把他带回现实，与我一起生活。

他们错了。我不是她，但是我知道她可能是谁。

最后，他听到了他的声音，便指着某处说："就是他，他回来了。看他那样子，一路上是背着墙回来的吗？"

我看见一个脑袋瓜一动不动地倒在其中一张厚木板桌上，一条胳膊半抱着那张桌子，而另一条胳膊悬在半空，毫无生气地直向地板垂着。我看到两个空的顶针状的玻璃杯，一个在他面前，一个在他身旁的空椅子前。

我迟疑地向酒保问道："你认为我能——当他醉成这样的时候，怎么才叫醒他呢？"

"要我为你走过去摇晃他吗?"

"不,我——我看看能怎么办。别让其他人靠近那张桌子。"我在包里摸索了一阵子,递给他一枚硬币。

"小姐,你想要点什么?"

"没什么。付这钱,只是为了来这里跟他坐一会儿。"

我回过头,走向他躺倒之处。所经之处跟随着我的步伐突然依次缄默,如同一艘船的尾波。那些站在我身边的人都侧着身子,给我让道,之后又再次在我身后聚拢。这地方的每一个脑袋可能都转头看着我。我不知道,也不关心。我站到他边上,站在那里俯看着他,感到许多不确定性。我甚至不能肯定他是不是就是我要找的人,只有一种难以形容的猜测。

我小心翼翼地在他旁边的椅子上坐下,侧身转向他。他没动弹。不知道他是不是还活着。他甚至都没有表现出呼吸的状态。

我拍了他的肩膀,等待他醒来。

没有效果。

我轻敲他的肩膀,更使劲地向下压。

没有效果。

我试着摇晃他。

还是没有效果。他那摊在桌上的手以另一种方式垂下。摊开手掌,就这样而已。

在这节骨眼上,酒保不请自来,帮我带来一杯冷水。他之前一定在看我。

"站起来,这样你就不会沾到水了。"他建议,然后把他破旧的衣领向后拉一点点,露出了颈背处,巧妙地让水像条细而连续的线一样倒在上面。这效果肯定如针般穿透那层层的无意识。

他终于微微动了一下，哼了一声，头不情愿地转动了一下。他沿着桌面平呼了一口气，一种空洞而哼着鼻子的声音。

酒保抓着他的头发，抬起他的脑袋，将之维持在那里，身子前倾，倚靠在他的脑袋前面。"睁开你的眼睛，心碎儿。这儿有人想要和你说话。这位女士想要和你说话。"

他的双眼仍然紧闭着，像两道褶皱一样深深地嵌在他的脸上。

酒保抓着头发把他的脑袋递给了站着围观我们的男人中的一个。"这里，像这样拎着他，直到我一分钟以后回来。"他回到了吧台后面弄了些什么。

这个男人高高地拎着他的头，却一直在看我，仿佛猫头鹰一样严肃认真，而不是看着他手中的病人。

"我自己也经常那样。"他试探性地对我说。我想，对他来说，说什么并不重要，他在意的是自己跟我说话了这件事本身。他想要收藏这件事，好像有的人会收集绳子和瓶盖或是其他诸如此类的东西。这些其他人并不看重的事情，却丰富了他们一无所有的人生。

酒保回来了，带着一只平底玻璃杯，里面装着一些浑浊的液体，或许是氨水？我不清楚。

"给你一杯酒，心碎儿。请你的。"

他的眼睛眨了眨，试图要睁开，却没有成功，然后它们拼命地尝试着，尽管无济于事。我对自己说："这个男还是死了好。为什么我们会认为死亡很残忍？不，活着才残忍。死亡是自然给予人们的最好的礼物，动物是不会经历类似的事情的。"

显然，酒保把酒灌进了他的喉咙。我没法看见——他用背挡在我们之间，但他的手收回来的时候，手里的平底玻璃杯已经空了。

他抓着他的脑袋又过了一段时间，然后放开了手。脑袋左右摇晃，划出了一个圣环，但仍然挺立不倒。

酒保准备离开了："回到你们各自的地方去吧，你们这些人。任何人都不能靠近这张桌椅，明白了吗？这位女士想坐在这里。"然后在离开时看着我说："我会时刻注意的。如果任何人想要围攻你或者企图触碰你，马上叫我。"

"谢谢你。"我说。

我悄无声息地在椅子里坐下来，那挺立着的、闭着双眼的脑袋就在旁边，一下子，整个地方和所有人的脸都在视野里消失了，嘈杂声和烟雾也一同消失了，只剩下我们俩独自相处——我，以及这个在某人的书里被划去的人，并不只是在那女人的那本廉价的通讯录里，同时也在记录天使自己的书里被划去了姓名。那本命运之书。

我等待着，等到他四处观望并看到我坐在他身旁。我希望他会主动地发现我而有所反应，可他正直勾勾地盯着什么都没有的前方，那个日日夜夜在他眼前的前方。我很想知道他在那里看到了什么，是谋杀吗？

是她让他变成这样的，一定是她，毫无疑问。问题是，她是在活着的时候还是死了以后使他变成这样的？这两件事，哪一件是先发生的，是他的堕落还是她的被杀？是他的堕落，这几乎是肯定的。她才死了几个月。而他在一两年前，早在这件事发生之前就离开了圣阿尔班斯，开始走下坡路。他甚至曾经被另一个叫塞纳托尔的旅馆撵了出来，这里大概是这向下的阶梯中的最后一级。那么，也许，他会不会回去把她找出来对她进行报复？看来很有可能。

他移动了一点点，我看见他朝下望着双脚周围的地板。他四处张望，在这个人们整日踩踏吐口水的地方找寻着什么。不久我猜出了他想要的东西，打开手提包，把我给自己准备的香烟取了出来，并把烟盒对着他递过去，身子微微前倾，作为我第一次主动向他示意。

他的眼睛突然停止了四处张望，发现了我的鞋子的小圆头，在他意料之外地站立在他身旁的地板上，然后是从鞋子里延伸出来的、包裹在黄棕色丝袜里的脚踝。

我观看着，屏住呼吸，不敢移动。他镇定地注视着，然后眼睛里突然蒙上了一层痛苦的神色，转过头去面对着墙壁，但仍然像刚才那样向下蜷曲着。这个梦太古老了，曾经欺骗了他太多次，以至于他现在都不相信了。

然后他再次转过头来，看看那个在地板上的幻觉是否已经消失了。可它没有消失。当他克制着不让自己抬起头看向那张脸应该位于的方向的时候——他知道不会在那里了——我可以看到他脖子一侧的血管突了出来。他害怕往上看。他用颤抖的手遮盖住前额，我听到他小声嘟哝："如果我这么做了，你会不见的。"

我向外伸展着我的前臂，手上拿着香烟，沿着桌沿向他伸去。这吸引了他的注意力，他看见了。他闭上眼睛想等待它消失，但当他再次睁开眼睛时，却发现那只手还在那里。

"啊，米娅，不要，"他乞求着，"不要像这样跟我开玩笑！"然后他用双手罩在眼窝上，企图把着幻觉从双眼里揉捏出去。

于是，就这样，他告诉了我她的名字。假如我的目的只是为了找到他，那么至少我知道，对"马蒂"这个人的追寻，已经告一段落。

我轻声安慰着跟他说话，就好像对着一个孩子，或者某个必须鼓起勇气重拾自信的病人。"是的，我在这里，"我说，"我是真的。我真的在这里。"

我猜这个声音使他清醒了。他茫然地转过头，于是我们终于互相看到了对方。流浪者和寡妇。

他试探性地向我伸出手来，仍然带着谨慎和害怕，而且那只手并没有真正靠近我。

"你是马蒂，不是吗？马蒂·布莱尔。"

他因为努力回忆而楞住了，由此我看出他已经很久没有听到过这个名字了。他惊觉这个名字是他自己的，或者更确切地说，曾经是他自己的。

"这儿，拿一支去。"我安慰他。我甚至得把香烟放到他的嘴边，为它擦燃火柴。他看起来茫然不知，完全无法动弹，除了不可置信地看着我以外，什么也做不了。

然后他终于说道："但是你坐在她的位置上。"他的眼睛看向一直在桌上的空着的玻璃杯，"可是你做了什么？喝光了她的酒？每次我来这里的时候都会给她买一杯酒。即使我自己什么也买不了的时候，她至少总得有一杯。可是有时候她不想要，她会让我喝掉。"

我不知道该说什么。"她今天不会来这里了，马蒂，她来不了了。这就是她让我来的原因。我是米娅的朋友，马蒂，我是米娅非常好的朋友。"

我等待着，想看看他听见这个名字会作出什么样的反应。反应很强烈。他的脸因为痛苦而铁青，好像他的整个脸庞被什么东西切割开了。

我给了他一些时间。我想再给他点一杯酒，但是我害怕这会让他再次迷失自我，陷入黑暗。最后我尽我所能，温和地说："你时常想念她，不是吗，马蒂？"

他对着我可怜而无助地笑着。哎，这是个惨不忍睹的笑容。

它是——我不知道该怎么描述；你曾经看过一只愚蠢的动物鲁莽地穿越街道结果被撞得后肢瘫痪吗？它不再感到任何疼痛，但是将它的残肢就这么一直拖着，在这之前，它给出一个痉挛的、恶毒的傻笑。

我心里暗想："他很有可能是凶手，很简单就可以得出是他杀了她的结论。"证据就在刚刚的那个笑容里，那个糟糕的笑容里。痛苦和逐渐溃烂恶化的爱，这份爱不再明白自己的所作所为，不再能区分谋杀的对与错。

紧接着那个微笑，他回答了我刚才的问题。他的回答完全出乎我的意料，就像炸弹一样我面前突然爆裂。他轻声地说，不带任何感情色彩："我曾经是她的丈夫；她跟你说过吗？"

即使是在骤然知晓的极度震惊下，我的脑袋依然有时间揣摩他给的时态。他说的是"曾经是"。

如果我面对的是一个正常人，就不需要对他如此小心谨慎；可是现在的他还是有些精神恍惚，脑子也有些迷糊。"是的，我知道这些。"我有些害羞地说。我低头看着餐桌，企图减少他的怀疑。"你们曾经有过——有过离婚或是其他类似的什么？"

"没有，"他说，"我只是被抛弃了，当她开始有其他朋友以及——"

"你最后一次见到她是什么时候？"我一直低着头。我用我的指尖沿着想象中的一条线在肮脏的餐桌上划着，然后调转方向沿着另一条线前进。

"我每天晚上都见到她。当烟雾散去时，她就出现了。她在我身边坐着，然后我给她买饮料。当我来到每一个这样的地方，她都和我在一起——"

"是的,但是你最后一次真正见到她是什么时候?"我温和地劝诱着,催促着。我微微笑着,试图向他表示我并没有不相信他脑海中幻想的她,只是想在现实层面多了解她一些。

我等待着,但他没有回答。

"你有时候也去探望她,不是吗?同时她也会过来看望你?"然后为了给出如此断言的依据,我又说道:"她告诉我,你曾经这么做。"

"是的。"他说,"我曾经去过,曾经经常去那里。但那样太痛苦了,所以大多数时候我并不进去。她对此并不知情。我只是在街道另一边的阴影里望着她的窗户,无论是下雨还是下雪——"

我一遍又一遍地比划着那条想象中的线。他的视线现在落在了我的手指上,像是着了迷一样目不转睛。

"当他们走了之后,我也会离开——带着一种愉快的情绪——因为终于又只剩下她独自一人了。"

"他们?"我用气声说道,嘴唇几乎没有动。

"我不管他是谁。我不可能见到他,也从来没有接近到看清楚里面的男人的程度,但是可以从熄灭的灯光中得知他离开了,一小段时间之后,就会有人从门廊中走出来。"

"然后你就会愉快地离开?"

"因为我又重新得到她了。"

他停住了。我仍然比划着那条线,仿佛在描绘他内心那个不可见的秘密。"只是大多数时候,"他突然又开口说道,"他们并没有再出来。而我得先离开了,不然警察会来抓我的。这让我很难过。"他按住肚子的一边,"不过,抽烟会让我好受些。"

"那么,谋杀呢?"我这样想。

我不能在那里和他继续聊这些了,那些痛苦的事对他来说就像刚刚发生一样。我已经有了一个好的开端,但是我得让他重新回到我关心的问题上来,这样我才可以更好评估他的反应。

我说:"马蒂,我想为你做些什么。你今天想睡在床上而不是睡在走道里或长凳上吗?"

他看着我,带着一种毫无矫饰的悲怆说道:"有些人是能睡在床上的,不是吗?"

"今晚你也可以睡在床上。你愿意吗?马蒂?如果我给你买一间带床的、完全属于你的房间,你能保证不再喝酒,直到——直到明天我看到你吗?"

他可以毫无障碍地行走,完全不像醉酒者一样走得歪歪扭扭。他已经学会怎样做了,熟能生巧。他把双脚紧贴着地面走路,几乎不抬起来,这样他就可以稳健地直线行走,头和肩膀向前倾,鬼鬼祟祟地拖着脚走着。就这样。

我挽着他的手臂。我们看上去一定像一对正离开这个地方的奇怪情侣,一个女人和一个行尸走肉般的男人。

在出去的路上,我请示了酒保:"我想要带他去一个地方睡觉,他会在那个地方一直待到明天早上。"

至少酒保没有误解,但是,任何人要是仔细打量并排站着的我们,真不会误解?

"可以试试康美思旅店,在布鲁美街那边,"他说。他往玻璃杯里倒入了一些啤酒,又加了点其他的什么东西,因为加得太快了,我没来得及看清楚是什么,他就鬼祟地摇了摇。"先给他喝下这个。"

在布鲁美街,我为他的房间付了一块钱,然后和他一起上了楼,直到他房间门前。我让他脱掉衣服睡一会儿,然后在外面的大厅里等了几分钟。接着我叫了一个服务生把他的鞋子悄悄地带出来给我，它们几乎已经无法辨认——没有形状的鞋底和鞋面。我让他带着那双鞋一起下楼，把它们用纸包好然后放在那里。在任何情况下都不许还给他，即使他在我返回这里之前想要回它们也不行。

"明天我回来的时候，必须在这里看见他，并且没有再喝酒。"

"我不知道，"桌子后面的男人心有疑虑地说道，"我知道这些人，只是没有鞋子穿，是留不住他们的。"

"那么如果他企图出去，告诉他房间还没有付款，要等我回来才能把他赎出去。反正，你必须把他留在这里，不管用什么手段。"

我又去了住所，回到了另一个世界。我整个晚上躺着，却全无睡意，一直思考着这件事，从头到尾想了一遍又一遍。

是他做的吗？不是他做的吗？他那时那个尖嘴獠牙的、丑陋的笑容。为什么？那几乎是我那天在她公寓里、在她脸上看到的死亡微笑的复制品。那是谋杀的烙印或标记吗？自她的脸传染到他的面孔上？当然不是，这想法简直荒谬之极。

他曾经是她的丈夫，曾经为她疯狂，一开始只是通俗意义上的疯狂，而现在他真的因为她而疯了。他会在每一次坐下时为她张罗好一张椅子和一杯饮品。那个下层的世界叫他心碎儿。在她的通讯录里，他的名字被划去了。他耐心地在雨里、在雪里等待着，望着她的窗户，在每次有人离开后重新拥有她。直到一天，那一天——难道他从来没有想过其实有更好的永远拥有她的办法、再也不需要小心地监视她、再也不需要另一场关于他是否拥有她的争吵？

一定是那样的。事实就像在蓝白色的晨曦中伸到我面前的手一样清晰可见。

"马蒂，我知道你对米娅做了什么。"我在做着其他的事情时突然像这样对他说。不行,那样一点用也没有。他会否认。可以预料,他即使是在这种状态下,也会矢口否认。但是我又能期待什么呢?即使我的猜测是对的,即使我恰好完全正确,又能期待什么呢?难道只是一个惊恐的、诡诈的表情从他脸上一闪而过吗?为什么?就此事来说,即使我的猜测是错误的,我仍然可能会如此开口,只是为了这个指控。不,我需要更多的证据,好呈交给弗勒德看。

对我来说,他已经有了一个令人信服的动机,一个完美的动机。我已经知道了他曾经在她窗外监视着她,这是可以归罪的,而警察至今没有怀疑或发现。我感到现在我所需要的仅仅是这个嫌犯他面对指控时反应出内心的慌张与内疚,但是这反应必须由实际动作展现,要显得要有理有据,比一个惊恐的表情或支支吾吾的否认更加实在。那样,我就有足够的理由去找警察了,他们会从此处开始继续追查下去。

突然间,在入睡前有时会出现的极度清晰的思维中,我想到了引出我要的这种反应的另一种方式,是一个比设置语言陷阱更可靠更可取的方法。指控或者否认必须从他的口中自然而然地说出来,绝对不能会含有胁迫和暗示的成分。他绝对不能意识到自己在说什么。那么他的行为就是有效的,就会足够有理有据,用来呈交给弗勒德。

我会故意指控另外一个人,然后看他会有什么反应。

想到这里,我终于合上了眼睛。在初升朝阳的照射下,双眼紧闭处反映出一片胭脂红色。

我带着包好的鞋子走到门前敲了几下。没有回应,在一瞬间,我有些慌乱,怀疑自己又要到处找不见他了。但我记得他们告诉我窗户外面并没有消防楼梯。我打开了门,向里张望。

他就在那里,已经穿上了衣服,正迟钝而顺从地坐在床上,双手垂于两腿之间。我在身后合上了门,将鞋子放在离他不远处的地面上,然后站了一会儿,看着他。他也回过头来看着我。

"那么昨晚确实有一个像你这样的人坐着和我对话了。"他终于开口说话了。

"是的,确实有。你睡得怎样?"

他回过头去看着床垫,好像这是对它而不是他的发问。"我不知道,"他毫无兴致地说,"我大概已经习惯了那种硬邦邦的转角,就像长凳上的那样。我一直很怀念那些凳子。"

"你最好穿上鞋子。"

他没有问我为什么要拿走这双鞋,看来他对此不感兴趣。"我还在想它们去哪儿了。"他满不在乎地说。

我仔细地端详着他。这是我第一次在日光中看到他的样子,虽然我到这里来只是为了要亲自折磨他,可是这时,当我终于可以更好地端详他时,我才完完整整地看到了她的行为对他的冲击和影响。她已经让他无数次经历折磨和痛苦,而我仅仅是一次而已。他一定曾经是个好看的男人,仍然能从他的头形、尤其是后脑勺的形状、五官的比例和偶尔转动的脑袋中依稀可见他曾经英俊的样子。他也一定曾经很聪明,他的眼睛透露了这一点,然而不再是从他眼睛里所蕴含的东西,而是从他不变的外部特征——颜色、大小和宽度看出来的。

好吧,她很彻底地改变了他,毁灭了他。我无法忍受。看到她将他变成这样,我在内心呐喊道:"这世界上有千千万万个优雅美丽的女人,到底是什么不幸的力量让他偏偏挑中了她?她为什么让他着迷?难道他看不见?难道他无法辨别?"

而答案,当然,是显而易见的。他们为什么让我们着迷?我们为什么又让他们着迷?是我们在脑海中塑造的影像。不是别人眼中的现实,而在脑海中塑造的影像。所以,他如何能看见?他如何能辨别?他如何能让自己免受其难?一直以来,即使到了现在,他在脑海中塑造的她的影像都是一个可爱的尤物,是灿烂的阳光、漂亮的玫瑰和甜美的蜂蜜,甚至可以说是天使般的神圣之物,女性的珍宝。谁又会愿意从这样美好的影像中挣脱出来?当心你在脑海里塑造的影像!

他终于系好鞋带直起身来。那是一个艰难的工作,因为鞋带洞口都已经变了形,但并没有被完全阻塞。他需要将鞋带头弄湿,捏成尖形,才能穿过每个鞋洞。他直起身,然后站了起来。

我说:"他们正要给我们送来两杯咖啡和一些肉卷。我让他们送的。"

他有些犹豫不决地把一只手指慢慢移到鼻子底下,嘟哝道:"呀,你对我真好。"

出于普通的、日常所见的人道主义,我先让他这么待一会儿,至少等他喝了些咖啡,再开始我的计划。我不知道为什么要这样仁慈地对待他,可能我觉得,等到他的状态稳定下来以后才能更好地达到我自己的目的。

咖啡送来了。在很长一段时间里,我们各自忙着喝咖啡。他坐在床边,一部分身体陷在里面,用双手握住杯子,低到几乎碰到地面。我站着,在一个像是书桌的废弃物上喝着我的咖啡。

突然间,我意识到,如果有人在这里看到我们俩在一起的画面,该有多么怪异。这看起来就像是女猎手和猎物,一边安静地小口喝着不透明杯子里令人作呕的物体,一边透过布满灰尘的、破旧不堪的、阳光刺眼的房间,警觉地注视着对方。他是那个被毁坏了的男人,而我是那个奇怪的、不可捉摸的女人。房间里很安静。我们之间保持着距离,眼睛严肃地看向对面,即使要越过那不透明的瓶瓶罐罐的上方——它让本来应该轻松友好的举动变成了一种紧张的僵局,敌不动,我也不动。当然我并不是指身体上的移动。

他把已经空了的杯子放在地上。我把我的放在它旁边,仍有四分之三是满的。我把自己带来的香烟递给他。

接着我回到了刚才站着的地方,把胳膊肘放在了书桌上面。我说:"你想要读报纸吗?你读报纸吗?"

他摇头。我不清楚这是否是在同时回答两个问题,于是我又重新问了一遍我真正感兴趣的那个问题:"你读报纸吗?"

"不,我从来不感兴趣。那上面没有和我相关的东西。"他又看了我一会儿,然后带着一种消极而冷漠的情绪问我:"你想要我做什么?"

"我认识米娅,你知道。"

他的脸上显露出被捕获时会有的恐惧的表情,立马把头别到一边去。或者说那是个忧愁烦恼的表情?我不知道。

他并没有回答我的意思,所以我需要继续发问。

"她对我来说很重要。我想,也许我能为你做些什么。"

"什么?"他问。这并没有要找麻烦的意味,只是反应迟钝地发问。

我悄悄地移动身体,移到一个使得自己可以在那面肮脏的镜子里看到他的表情的位置,同时当他看着我时却并不会立刻察觉我的眼睛正在注视着他。

"当我最后一次看到她——哦,大概三四个礼拜之前——她让我——"

他的面部表情突然变得严肃而僵硬,特别是在嘴巴周围,呈现出一丝冷酷无情。"她已经死了。"他说。

我装作他什么也没说,继续小声道。"我知道。但是你是怎么知道的?我以为你不看报纸。"

他并没有表现出料想中的愧疚之情,只是闭上双眼,神情茫然地搜索着什么,像是在努力回想他当时是如何不通过报纸就知道此事的。

我给他时间。"我以为你不看报纸。那你是怎么知道的?"

他望着对面的墙壁,但那里并没有答案。他望向天花板,那里也没有答案。他看着自己空荡荡的双手,那里更没有答案。

"那么,你是怎么知道的?你是怎么知道的?"

"不要。"他无助地呻吟,"每次一开口,答案就被赶走了。我正要想起来,你的声音就把它赶走了。"

"或许你到那里去了,看到了她被杀之后躺倒在地上?不要害怕,那样没有什么危害。"我向他挥手,坦率地表明疑议,"不是吗,马蒂?你正好去了那里,发现她就那样躺着,一条丝绸裤袜被扭成一束缠绕着她的脖子。她被勒死了,不是那样吗?"

"不是,她是——被一个枕头闷死的。"

我没有犯任何策略性的错误,用一样冷静而随便的语气说道:"你看,你确实去那儿了,所以你才会知道。那没有关系,不需要为此感到紧张。你一打开门便看到她躺在那里,就在你的跟前,在她前厅的地板上,所以你迅速关上门又离开了。没有人会因此而责怪你——"

他用带着孩子气的怨声道:"她不是在前厅,她是在前厅后面的房间里,在她睡觉的房间。"

"你看,你知道发生的一切。"我轻声说,开始故意透过镜子调整发型,"你说你不读报纸,所以你一定去了那里,亲自看到了这些。对了,你是怎么进去的?"我故意用钦佩奉承的语调问。

他开始摇头,一开始只是不易觉察地轻轻摇头,然后越来越笃定,脸上却仍然挂着困惑的表情。"我没有去那里,"他小声说道,"我没有去那里,因为她不希望我上去。上次我去她家时她把我赶了出来,她要求我再也不许接近那里。她感到耻辱。我猜,因为我看起来很脏,而且——对了,你知道的,她说如果我再接近她,她就会叫警察。她说:'去参加救世军吧,你这个流浪汉!'自此之后,我就只是从街对面看着她了。"他叹了一口气,但是仍然摇着头。

我心里暗想,他开始拒绝和否认了。但他已经说得够多,甚至过多了。我向我的手提包望去,看了看包里还剩下的香烟,却假装没看到。我干脆地咔哒一声扣下,把手提包合上了。"我们需要更多香烟。"我说,"我下去买香烟,马上回来。"其实我是要给弗勒德打电话。我已经有足够的信息可以告诉他了。自此,就是他该做的事了。他曾警告我不要去寻找任何书面的证据。那么,还能有什么比现在得到的信息更多?他已经说了,他从来不看报纸,却知道她已经死了,而且他知道得很多:他知道确切的谋杀手法,甚至于她是躺在哪个房间。他承认他曾经不停地在街对面监视着她,被恶性肿瘤般无可救药的爱情折磨着。还有什么比她的所作所为更能引发一个男人的杀人动机?

弗勒德会知道怎样快速地从他那里得到我无从获知的余下信息。

到了明天的这个时候，也许，甚至今天晚上，一切就都会结束。

"你想要我在这里等你吗？"他用那一贯的无助语气问道。

"就待在你现在待着的地方。我马上就回来。"我打开了门。

邻近小隔间里廉价的收音机发出的喋喋不休的声音从外面涌了进来。

他傻乎乎地歪着头，使劲眨着眼睛。接着他又开始轻微地摇着脑袋，就像之前一样，只是这次变成了上下而非左右摇摆。"就是那样。"他神秘兮兮地小声嘟哝。

"什么？"我在跨过门槛时问。

"我就是那么听说的，我记起来了。我没有在报纸上读到它，也没有去那里，我是从银币那地方的收音机里听来的。他们在收银处旁放置了一只收音机，那天晚上他们好像想要收听某场拳击赛，所以他们打开了收音机，等待比赛开始。我刚到那里，那时候我还没有喝任何酒，所以我能够听懂收音机里的话。我仍然可以记得每一个字。我只听过一次，但我可以从头到尾复述一遍。有时候他们会自己在我脑海中念出来，完全不用我去回忆。它们现在又响起来了，我没办法阻止。'警察在今天傍晚发现一个漂亮的年轻女人在她的公寓里被谋杀。被害者是米娅·默瑟，一名二十八岁左右的褐发女子。她最近在赫米蒂奇做演艺人员——'"

他的一张脸满是皱纹，看起来就像是一大片白色的伤疤。他慢慢地低下头，于是渐渐地看不到他的这张脸了，但是那些话语仍然不受抑制地持续涌过来。是那种声音，听了以后才知道什么是悲恸。他没有啜泣，声音也没有嘶哑，没有这些让人仍然感觉温暖而富有生命力的东西。他的声音如同中国孩子在课堂上单调而毫无起伏地背书一般空洞而无趣，就像是鹦鹉学舌。

"'——她活着时最后一次被看到是星期四晚上，那天她回家很迟，但可以肯定的是，谋杀是直到今天凌晨一点或两点才发生的。警察已经锁定了一个疑犯，他的姓名暂时不会公布，他们准备——，"

我关上了门，又进入房间。我走向他，用我的手封住了他的嘴巴，阻止它继续源源不断地机械地发出这可怕而难以忍受的声音，仿佛他的嘴巴是一部机器，一部没有智慧或自我意识的机器。我对他说了他刚刚对我说的话："不要。"我毕竟是一个女人。

演戏可以通过诱导达到表演的高潮，但是毫不装腔作势的真情流露效果更好。

他可以继续这样待着，但这并不代表无罪。

好几个小时过去了。我们仍然一起待在房间里。那个房间早早地暗下去了，要比外面污秽不洁的世界黑得更早。太阳刚开始下沉的时候，房间里已然昏暗，而在其他地方，午后的太阳依然高挂天空。

他的声音像细线一样没精打采地缝合了寂静。

"那天晚上，她穿着一条小蓝裙，我还能看到那条裙子。有意思的是，你有时会去一些地方，但并不会想到你会遇见从此改变你一生的人。你去舞池或是派对，只是因为你没有其他更好的事情可做，而且你认为到了第二天晚上你就会完全不记得这回事，结果十年之后你仍然记得所有的细节，好像它们是昨天晚上刚刚发生的。你不记得其他的任何一个晚上，或者其他的几个月甚至几年的时光，但只是那一晚，你将它原本的样子完完全全地保留下来。"

他的声音停止了。我等待着，没有出声，害怕他会因为意识到我的存在而不再继续。他更像是在对自己而不是对我说话，我只是他用来增强音响效果的传声板。马上,他又继续说话了。

"她穿着一条蓝色的小蓬裙,好像从这里往下就是外摆了。她一定还没超过十八岁,我就站在那里看着她。"

像我一样,我想,就像我一样。我也是在一个这样的舞会上第一次遇见柯克。

"甚至我还记得他们那时演奏的曲子,《永远》。从此每当我听到这首曲子时,它就意味着穿蓝色小蓬裙的她,意味着我见她的第一面。当我们在一起时,那是我们的歌曲,她的和我的。但是现在我们不在一起了,它只是我的歌曲,我想。

"我猜我会像那样整晚站在那里,只是看着。那对我来说已经足够了。但是带我去舞会的伙伴回到我这里,说:'你怎么了?你准备做什么,只是站在这里吗?你不想跳舞或是干些别的吗?'我说:'是啊,但是只和一个女孩跳舞,那边的那个。'然后我把她指给他看。他是那种对任何事情都不会逃避的人,大笑起来,说道:'那太容易办到了。'然后他抓着我的手臂,把我拉到她面前,根本没在意她正和谁在一起。于是从那时开始了我的——"他没办法想到那个词。

"不幸的命运。"我默默地对自己说。

"所以说,这就是你第一次遇见她时的情景,这是你第一次遇见她时她的样子。"

房间里变得愈来愈昏暗模糊了。他张开四肢斜斜地仰躺在床上,胳膊肘向上,说话的同时拨弄着床罩。我坐在他身边的椅子上。椅背对着床,我倒叉腿跨坐在椅子上,双臂折叠放在椅靠上,将我的下巴紧贴手臂。

他和床铺杵在我和门之间。我不可能及时地逃离这个房间,如果发生任何事情——

我刚才在楼下,在几分钟以前,我让他们在十分钟之后派个人上来敲门。不能提前,不能晚到。现在,十分钟里的七分钟已经过去了。

床上躺着两个枕头,长得和闷死她的枕头差不多,但一直没被动过。以他躺着的方式,他可以轻易抓到它们。窗户对着一整面没有窗户的墙,而我们两人独自在房间里,与外界隔绝。他并不知道有人正在上楼,并将在三分钟之后敲门。据他所知,今夜之后的时光,不会有人再靠近这里了。

我把我的手腕朝椅靠稍稍移动了一下,扫了手表一眼。还有两分半钟。

"我知道是谁做的,马蒂。"我小声说。

他的眼珠像是珠子一样向上滚动,然后一动不动地看着我,从他的上眼皮下方朝我凝视。终于,他有些犹豫地说:"是啊,是那个他们已经抓住的男人。每个人都知道了。"

"不是的,不是的,我并不是指他。我知道是谁真的做了。"我的眼睫毛一直向下垂,让人无法看透。"我是唯一知道的人。除了我之外,没有人知道这件事情,而现在我要告诉你。事情发生的时候我在场。我就在那里。我看见了他,但他并不知道。他没有看到我。"

他脸上的一根筋脉开始跳动。我看到它开始跳动,接着移开双眼不再去看它。我觉得他脸颊上的一条血管比一分钟以前更加凸显,但我并不是非常肯定。

我知道他接下来要问什么,但是我还是得等他发问后才能回答。他花了一阵子,好似想到那些词句非常困难似的。

"那你为什么——没有早些告诉别人？"他收回了句子的中间部分。我几乎看到那些词从他喉咙里吞咽了下去。

"也许我不想被搅进去的。"

"你确——你确定你真的看到他做了？"

"我看到他蹲在她上面，正在杀死她。"

"你为什么没有尖叫或是呼喊，尝试去救她？"

"我当时害怕他也会对我做同样的事情，如果我叫的话。我为自己的生命感到害怕。我把一块毛巾的一角塞进嘴巴，确保不会发出声音让他听到。"

"你是怎么进去那里的？他为什么没有看到你，如果你正好待在发生的现场？"

房间里突然充满了紧张与不安，像是慢慢膨胀的气体一样，挤满了周围的空气，让我们在呼吸时感到困难。然而同时，我们两个都很沉默，气氛几近凝固。他拉扯着床罩，而我则把我的脸靠在椅子沉思。

"我是顺便拜访一下她。那没有什么，我以前经常这样做。没有什么特别的原因，只是排遣时间。我们的关系很好，你知道。我们一起在那儿聊天胡扯，什么也不做，就好像两个女人在下午的时候会干的事情。她甚至还没有穿上衣服。"

我从亲身经历中寻找灵感，只记得那么多了。

"然后我突然想要去冲个澡。我不知道为什么；我就是这么想去。她让我自己去洗。我进去了以后，把厕所门留了大概一英尺的缝。我脱掉了衣服，走到那扇不透明的绿色玻璃门后面。那扇门我也留了一英尺左右。但我还没有开启墙上的水龙头。我站在那里，正在整理女人用的那种橡胶帽子，没有发出任何声音，我想。在调整时我遇到了一些问题——那是她的帽子——这花了又几分钟。突然间我觉得自己听见了一个男人的声音,是从她待着的地方传来的。我蹑着脚走出盥洗室去关厕所的门,这样他就看不到里面了。我听到她倒在地上的声音,倒在外面的房间。我抓起浴巾围上,从门缝里往外望。我看到他正在使劲地按压着地上的什么东西,明白他在做什么。我又把自己藏在了盥洗室里,那里很黑。我藏了很长一段时间,直到我确定他已经离开了。

"所以你看到他了?"

他说话的声音很低沉。即使我离他那么近,也几乎听不见。他的嘴唇只挪动了一点点。又是一分钟过去了,现在只剩下一分半钟了。

"我当然看到了,看到他正在作案。我从头到脚完完全全地看到了他。"

"但是你从没告诉任何人?"这次他的嘴唇甚至没有动,嘴唇前的空气就这么震动了,就是这样。

"我没有告诉任何一个人。我是唯一知道的。"

那只一直在拉扯着床罩的手拍了拍,把床罩抚平。"到这里来,"他说,"过来,近一些,到我身边来。"他的眼睛一直向下垂着,没有抬起来看我。"到床上来,到我身边来。"

我的心开始剧烈疼痛,就好像有个外科医生正在用针线缝补着。那两个看着毫无危害的枕头就在那里,并排放着——他的手又有力地拍了拍床,然后又拍了拍。

我用手臂向椅背用力,逼迫自己从椅子上站起来,然后我绕过椅子走向他,抬起膝盖倚靠在床的边沿。

他的眼睛依然向下垂着。他重复着轻拍床面,意思是:"躺下，在我身边这里躺下。"我扫了一眼枕头，然后看向他。我把我的膝盖放在床上，接着从侧面躺下。

我们的脑袋现在非常近了，尽管我们的身体向相反方向伸展，他的身体覆盖了床的一边，而我则躺在了另一边。

他举起手伸向床头，抓起其中的一个枕头，然后开始与床面平行地向我移来。

我沉着地望着天花板。我想："一分钟以后，一大团白色的物体会向我袭下来，然后眼前的一切都会消失了。"

"你确定你看到他了？"他的声音在我耳边小声说。

"我看到他了，也看到了他做的一切。你想要干什么？你为什么要我离你这样近？"

现在，枕头会往上一举然后向下猛烈一掷。

然而他却把枕头塞进了我脑袋下面然后收回了手。他把它留在了那里，支撑我的头部。或许这是一种引诱，我不知道。"告诉我他是谁，"他用一种嘶哑的声音轻声说，"我想要知道。我需要知道。"

如果真是他的话，他不应该需要知道。他应该已经知道了。

紧张与不安从空气里慢慢被抽去了，只剩下一团真空。我感到全身发软，毫无力气。我的额头微湿。我因瞬间的精疲力尽而闭上了双眼。

当我双眼紧闭的时候，传来了敲门的声音。测试已经结束了。马蒂转过了头，不甚理解。这敲门声是来救我命的。"是。"我虚弱地地回答道。一个旅馆服务员看了进来，然后我告诉他去买点香烟或是其他什么。我不记得了。

我尝试分析我的情绪。现在他站着，已经被宣定无罪。还有什么比这更加肯定的结论吗？然而出乎意料的，在感到失望与烦躁之外，在我内心深处还有一种羞于启齿的、带着惭愧的宽慰。我惊奇地想到："哦，上帝，我一定是对这个可怜的家伙产生了好感才会这样觉得。也许只是一种运动员精神，对给予一个已经凄惨的人最后的致命打击、对这种想法的厌恶。"

我站起身，走向书桌上那满是污渍的玻璃杯。我的双腿仍然因为刚才发生的危机而有些颤抖。"我现在还是走了好。"我思考着。这里没有什么我需要的了。我已经有了我希望的所有证据。

我忘了他。或者说我忘了自己在一段对话中离开了他。我忘了这对我来说是一段谈话的结束，对他来说却是刚刚开始。他随即下了床，跟在我后面。我感到他的手抓住了我的胳膊，但我没有回头。我继续调整我的帽子。

"告诉我他是谁，告诉我。"

"为什么？你知道了会有什么好处？已经有一个男人为此进了监狱，而他们就快要处死他了——"

"那不够，那对我没有好处。我不是政府。我为什么要在乎政府为此杀了谁？我爱她。我想要知道是谁真正杀了她，谁的手真正闷死了她！你不能把这种事情从一个人身上转嫁到另一个人身上。谁真的做了就是谁真的做了，不管政府责怪到谁的头上！"

"我不知道。"

"你说了你知道。你说了你看到他了。"

"我只是那么说说罢了。"

"你现在要打退堂鼓了。你觉得我是一个不值得告之以真相的鲍厄里流浪汉。我只想要你做那一件事，你听见我说的吗？就那一件事。我想要知道你看到的凶手是谁。"

我向着门口走去。他从我身旁绕了过去，率先到了门口，挡在我和门之间。

"我不会让你从这里出去的。你知道，在我也知道凶手之前，你不会从这里出去。"

我试图把他推到一边。他没有主动地举起手来威胁我，他只是把我手按下，定在那里。我幻想着他就像是酒精瓶子里衣衫褴褛的神仙，或者说，现在我再也赶不走他了。

"我并没有在那里，我告诉你！"

"我说过你在，这是我第一次相信你。你对她的地方太了解了，甚至知道她的洗浴室的绿色玻璃门！现在告诉我，你看到的是谁？你必须告诉我。"

他从后面绕过来抓住了我的手腕。他开始把它向肩膀反方向弯曲，很痛。这是小男孩热衷的捉弄人的办法，但是这很有效。

我们用尽全力地挣扎着，即使是被动地，他比我想象的强壮多了。于是，即使在目前的处境中我依然想到，如果他确实是凶手，那么在刚才的测试中我存活的几率很小，不管有没有人来敲门阻止。

"不要！放开，你弄疼我了！"我畏缩了，"你这个傻瓜！"我可以这么叫，但如果把事情闹大，吸引了别人注意，对我比对他更不利。

我再也承受不了这个疼痛了，只是说我不知道，并不管用，他不会相信的。

"你是要告诉我吗？你是要告诉我吗？"他一直对着我试图避开的脸说话。

我想不到任何一个名字，也想不到任何一个地址。

"好吧，我会告诉你怎样找到他，我会告诉你他在哪里。他在那里的第三层,那个——"我随便给了他一个名字和一个地址。"现在让我出去!"我的眼睛因为身体上的疼痛而流泪了。

他朝旁边闪开,我一把将门抓开冲进了走道。在我仓促逃跑的同时,使劲摩擦着我已经麻木了的手臂,企图加快血液循环,同时愤恨地向后面扫了几眼。我突然意识到我给他的名字和地址——因为压力临时瞎编的名字和地址——正是我自己的!而在这种情况下,我已经不可能知道他想要用这些信息做什么。

坐在黑暗中等待是艰难的,等待着门把手被人悄悄地转动,等待着一个模糊的身影偷偷进入房间,以施行一项与死亡有关的任务。外面的夜晚非常安静,但是这个房间里依然显得更安静,唯一让人知道我就在这儿的标识是烟头的红色火光,时明时暗,时明时暗。与此同时,我身旁的时钟滴答滴答地向前走动。

虽然我并非有意计划,从某种意义上来说,这是对他的第三次也是最后一次测试。第一次测试出了他对犯罪现场细节的熟悉程度,一种只有亲身经历过才能获得的熟悉。但他又用从收音机里得知这些情况的解释消除了他犯罪的可能。但那毕竟只是口头上说的,无法辨别真假。所以这个测试的结果仍然不利于他。第二次测试时,当我声称自己是知道凶手的唯一证人时,他并没有尝试杀人灭口。由此得出,我假称自己拥有的信息并不会对他产生危害。所以他成功地通过了这个测试。非常偶然的,第三个也是最后一个测试现在将要开始了,这个测试将会决定结论。三局两胜制。现在他得到了有关谁杀了他最心爱的人儿的确凿信息,一个叫"弗伦奇"的人——他会在楼下的入口处发现这个名字——这个人和我住在同一幢房,同一层楼,同一间屋,就在我待着的地方。他当时如此迫切地想要这个信息，迫切到用蛮力逼我说了出来。这是他想要的信息吗？他又会用这个信息做什么？

我对此有自己的理解，而这就是为什么现在凌晨三点了，我蜷坐在椅子里，而不躺在我应躺的床上。我把一张椅子移到我力所能及的、离床和房门同时最远的地方，椅背朝外，当作我在椅子底下蜷缩着的身体的保护屏障。

两个多小时之前，我已经脱掉了衣服，在黑暗中躺在床上。但是我突然感到不安，一种即将来临的危机——也可以称呼它为预感——向我袭来，并且愈来愈强烈。在他相信我知道凶手时，他为何会如此迫切地想得到他确切的名字和住址？并不只是为了满足某种病态的满足感，并不只是为了在他与"她"坐在烟馆里打发夜晚时光时可以更深地伤害自己，为此他不需要确切的名字和地址，代词"某个人"就足够了。

这时我已经拉了身旁的灯链，坐了起来。我想："我该起来离开这里，而不是躺在这张床上，否则我可能会再也没办法在早晨醒来。"

就是那样，当然。那就是他想要那信息的原因。

我随便穿上什么，开着灯在椅子里坐了一会儿。但这时我意识到这样做只是在推迟事情的发生，直到其他的某个夜晚，未来的某个夜晚，当我不再警惕时。早点吸引他过来会更好，当我预期它会发生的时候马上处理掉这件事，不是吗？于是，终于有了这个决定性的最终测试。如果他为了某个血腥的目的来到这里，那么他将毫无疑问地、一劳永逸地证明了自己的清白。可以肯定的是，如果他自己做了那件事，那么他绝不会对因为其他人的所作所为而进行报复，即使是疯子也不会那样做，即使是他们，也多多少少记得自己才是罪犯。

诚然,他不可能从街上来到这里。但是那只会耽误他一到两个晚上,最终他还是会以某种方式成功地到这里来的。而我并不希望这件事情被推迟。于是我爬下两段楼梯,将大门的门锁反转过来,这样从外面就可以把门打开了。如果他现在尝试开启这扇门的话,它就会像任何普通的房门一样为他打开。

我又回到了自己的房间,小心翼翼地关上了门,但是并没有上锁。我从浴室门背的钩子上取下了装满脏衣服的洗衣袋,把它放到了床上,放在我刚刚躺着的地方。它的轮廓臃肿而粗糙,于是我不断地揉捏敲打它,把它拉扯得更长、更接近于一个圆柱体的样子,这样它看着就更像一个人的躯干了。然后我仔细地整理铺在上面的被子,关上了灯。于是,在黑暗中,看起来就像是有个人躺在那里。

我知道不管将自己隐藏得多好,只要留在这里,仍然会有风险。但是如果要让这个测试生效,我就必须亲眼证实将要发生的一切,就不可以整晚在楼梯上蜷缩着,透过楼梯扶手偷偷往下望向这里。于是我搬来了一把椅子,将它放置在远处的角落里,自己则躲在椅子的后面,继续监视着——等待着已蜕变成死亡的爱情。

他也许正在下面街上的阴影里潜伏的,如同他曾经望着她的一样望着我的窗口。他已经看到窗后的灯光熄灭了,那么现在,再过一小段时间,他就会开始行动,斗胆攀爬到门前,然后突然从门外消失,进入房里,就像被匆匆带走的东西。

里里外外都非常安静。半弦月高悬在空中,月光柔和,正好可以照亮空气里的尘埃,却不至于明亮刺眼。我把遮阳罩放下四分之三,这样,从剩下的长方形里透进来的月光正好斜斜地照到门把手上。门把手是玻璃的,当它被转动时,会变得模糊,发出像风车一样转动的瞬间光亮。另一个警示是这样的：楼梯从上往下数的第三个阶梯是坏的，被踩时会吱吱作响。我已经学会了在每次上楼的时候跳过它，但他不会知道。

现在已经是四点钟了，而我从刚过一点时就这么坐着了。我想到了他们，他们两个人。然后，又由此想到了我们，柯克和我自己。他们的爱情故事是以如此奇特的方式结束的：一个十八岁的、无害而肤浅的小女孩，在十年前一个夜晚的舞会上对着《永远》这首曲子跳着舞，这时一个男孩走了进来，看到了她，只是看了一眼，便从此爱上了她。与此同时，另一个男孩和另一个女孩，在或许是千里之外的别处，并不知道他们的存在，也不知道彼此的存在。事实上，那女孩还只是一个穿着水手校服、留着刘海的孩子，也许正在夜晚的桌灯下咬着铅笔头、盯着算术题苦苦思索着。而十年之后的今天，第一个女孩已经死了，被谋杀了，手段卑鄙而臭名昭著。而那个曾经的男孩已经变成了一个废物、疯了的流浪汉，现在正在陌生房子的楼梯上攀爬着，要在深夜里去谋杀一个从未谋面的人。而第二个男孩，现在是个剃光了头、瘦得双颊凹陷的罪犯，正在监狱里为他不曾做过的事情等待着被处死。第二个女孩，那个"小"女孩，正躲在黑暗里一张椅子的后面，在同一个陌生的房间，等待着看到一场不会杀死人的谋杀，一次没有结果的行动。

我突然感到，人类体验的模式是多么奇怪啊！无意义的生命线条如此单纯地从这里、那里单独出发，伸展出去，然后在某一段时间里向另一条生命线条慢慢靠拢，直到它们终于碰在了一起、互相缠绕，发展出了不可能根据之前所发生的事件而被猜测、被预言的设计。而最后完成的纺织物，则是所有支线碰撞在一起的总和。

如果那个男孩那晚没有去舞会、也没有看到那个穿着蓝裙子在

《永远》的乐声中舞蹈的女儿，那么和我结婚的那个男孩如今也不会待在牢狱里、被判处死刑，那么现在我更不会在躲在黑暗中，将我的脸颊紧贴着椅背倾听着、等待着。

时钟滴答、滴答、滴答地响着。

房门的外面，楼梯从上向下数的第三个台阶，突然呀的一声吼了出来，就好像刚刚轻推了一下挡着路的、躺着熟睡的人儿，这是它时常会发出的声音，如同一条狗的吼叫声。接着，当阶梯上的压力被撤销时，它一度弯曲的平面再次陷入沉默。

我赶紧伸出我的手，将一直拿在手上带着红色火光的香烟熄灭了。然后我抱成一团，让自己变得更小，畏缩着，从椅靠下部的侧面偷偷地观察着那个起警示作用的门把手。

在很长一段时间里，什么都没有发生，让人感觉比实际度过的时间更长。滴答、滴答、滴答。听起来仿佛已经有一百声滴答响过了。如果外面真的有人，他一定正站立着，将耳朵贴近门缝，仔细分辨房间里面是否有人还醒着。或许正在对门进行研究，用指尖偷偷地轻推门板。一开始他并不会想到门会在探索中直接开启，然而最自然、最符合直觉的事情就是尝试转动门把手，紧接着他就会知道门并没有上锁了。

我很害怕，因为我知道暴力近在眼前，正在向我待着的地方前行。

滴答、滴答、滴答。哦，它总是这么响亮吗？还是只有现在才如此？听起来就像是一个小型的旅行用锤正在敲打着什么。

突然间，门把手警示性地闪了一下，接着是一阵闪烁，因为月光连续打在了慢慢转动的门把手的每一个面上。他早在那外面了，现在他要进来了。门把手转动得如此缓慢，又如此坚定，好似全世界不会有任何能量可以阻止它完成注定的旋转轨迹，与此同时，没有发出任何预警的声音。如果我正睡在那张床上，如果我的眼睛不是像现在这样睁着并且全神贯注地注视着，我不可能察觉到有人要进来。这时我应该已经从轻度睡眠过渡到了深度睡眠，眼皮几乎不再眨动。那样的话，我们的故事，柯克和我的故事，就会有一个和他们一样的结局。

我甚至不能准确地知晓门是什么时候与门框分离、向里开启的。低沉的空气移动着，乘着旋涡走到我跟前，证明有东西或是人已经进来了。门已经被推回原处，一个朦胧的轮廓出现了，挡在我和门之间，使我看不到门把手。

这种模糊，这个陈旧黑夜中的崭新黑影，一动不动地站了一会儿，然后逐渐开始向睡床移动。在它朝床的方向偷偷靠近时，其背后的门把手再次变得清晰透明，但是它已不再能激起我的兴趣。黑影带给了他周遭静止物体一个相对的运动，从而察觉出它自己的移动轨迹。这就好像当你从火车窗口望出去，会觉得窗外的事物似乎正朝相反方向移动一样。白色的床面仿佛正悄悄前进，并把黑影自膝盖以下切除了，但事实上，并非床在移动，而是那个黑色人影在动。

突然，他又一动不动地站着了，向下近距离地看着床面。在慢慢聚集的紧张中，在慢慢释放的怒火中，呼吸声越来越重。呼吸更深了，呼吸更粗了，呼吸变成了窒息般的声音，最终变成了一个鼻黏膜炎病人所发出的那种声音。我自己也已经停止了呼吸，或者仿佛停止了。

滴答、滴答、滴答——

突然间，在烟熏昏暗中，那个模糊身影的下半部分闪光乍现，向上逼近。哦，那并不是明亮的光芒，而是幽灵般灰色火焰的火舌。紧接着，铮亮的刀片已经弹出，发出与木头撞击时滴的一声。

我咬住嘴唇，靠在软垫椅面上无声地喘气。

那刀片被举过头顶，捕捉了更多的光亮，接着模糊成一道低色调的银色闪光。它被举在那里，缩小成了一个点。紧张的呼吸开始窒息，变成一声呜咽。我能听到的所有词语都在痛苦和煎熬的屏息发作中一齐发了出来："你这个肮脏的魔鬼！你为什么不能放过她，让她和我在一起？"

银色的光芒直削下来，然后消失了，发出了钢铁刺透层层织物的嘎吱声。睡床抖动着。那黑色的身影低伏在床上，然后再次伸直，带着沉重而呆滞的脚步走向门口。

他已经杀了床上的空无，并没有杀死那个女人。这是最后的测试。再没有比这更好的测试了。

我什么也不想，把脸从椅子后面伸出来，并拉了附近的一个灯链。灯光绽放而出，像黑暗后的旭日一样令人头晕目眩。我不知道他是否清晰地看到了我。在突然涌上来的光亮里，我看起来一定像角落里的幽灵。

他向我这里投射了一个暴躁但并无攻击性的眼神，只是确认了那里有灯光，也有人，看到了他所做的一切。紧接着，当我从椅子背后完全站直身子时，他慌张地穿过门，踉跄着逃了出去。

我把椅子猛推到一边，试图追上他。"马蒂！"我叫道，"等等！不要这样子逃跑！"

他已经像着了魔一样急速地跑下楼梯。他一定将我的声音也当成了他头脑里因过于紧张而产生的幻觉，只能刺激得他更加疯狂地逃跑。我到了楼梯口，可以看到他跳跃着的身影，他从下方的墙边向上一瞥。这里没有顶灯，但有一只从下面照上来的脚灯。我不停地向下面叫喊:"马蒂,回来!等等,你并没有——"我害怕叫得太大声,害怕会吵醒房子里的所有人。我不认为他会听从我,无论我叫得多大声。

通往街道的门响起了空洞的拍击声,他已经置身于空旷的黑夜中了。有什么东西触碰了我的脚,那把刀正躺在最高的台阶上,刀刃依然向外亮着。

我转身跑回房间,冲到了窗口,希望可以喊住他。我看到他一口气从楼下飞奔而过,经过每一个门厅时都绕道而行。我把身体向窗外探出去,喊道:"马蒂,等等!回来听我跟你说!不要跑!"

我看到他在奔跑的同时举起手臂,用双手捂住耳朵,挡住声音。他一定把我的声音当成了在黑夜中他的良心对他自己响亮的谴责。他飞奔到更深的另一侧,然后消失了。一会儿工夫,街上便已空无一人。

我慢慢地转身回到房间。将那把刀扔到床上,让它躺在扎满空洞的衣服堆上。我沮丧地想:只要他花点时间仔细看看,就能发现刀刃上并没有血迹。

夜晚再次变得安静而空洞,就像之前一样。房间里有什么东西在响着:"滴答、滴答、滴答。"

我需要找到他,告诉他事情的真相,所以我又去了那个活死人聚集的地方去把他找出来,想在他身边坐上一小会儿,说:"昨晚你在那个房间里没有杀人,不要害怕。我撒谎了。没有人知道是谁杀了她,马蒂。我们现在得放手了。"我带了一张十元纸钞。我打算在离开的时候轻轻触碰他的手,把纸钞留下。看起来是一件微不足道、几乎没有意义的事。可是我还能、任何人还能为他做些什么呢?把他的爱人还给他吗?还是把他的生活还给他?

我进去的时候，酒保朝上看了看。我可以肯定，他记得我，因上次的见面而认得我。但他那时正忙着，于是我就自己开路，在我经过的一群毫无希望的病弱之徒中间寻找他。像我第一次来这里一样，周遭也是奇怪的突然缄默。一个活人在一群死人中行走，许多空洞无神的眼窝朝上，望向我。在我经过时，一只手甚至突然向我摸过来，这是一只不属于活人的手，于是也不令人感到非常厌恶。手臂不够长，于是又缩回去了。它仿佛在央求一些帮助，虽然不知道是什么样的帮助。

我发现自己最终到了这个地方的后面，就在上次他坐着的桌子旁。"他的"桌子，我猜想他每次来这里都坐这边，因为习惯是一种奇妙的东西，甚至能够挺过理智的纠缠。那里有一个明显的空位。两张空椅子，前方各放置着一只空杯。他和她的酒。于是我知道他刚刚离开。

我站在那里，沉默地往下看着，两只手触碰着桌面，十块钱纸钞仍然被我用拇指顶在手心里揣着。真令人恼火。

酒保已经过来了，正站在我身边。"你在找心碎儿？"他说，"他刚刚在这里，又走了，就在刚才，在你来之前没多久。"他调整了一张椅子的摆放，用一只手的手指夹起两只空杯，说："对啊，我看到他站起来离开了。"

他想要和我对话。在这种地方，我就像四轮马车一样稀有。"他做了一件奇怪的事。今晚他难以捉摸。他身上只有两个子儿了，我知道是他最后两个子儿，因为这是我在他要了最后两杯酒之后亲自还给他的。然后在他走出去时停了下来，让我换成五分镍币。他把四枚分别送给了站在他身边的四个男人，甚至连看都没看他们一眼，然后拿着第五枚镍币去了自动点唱机那里，就那么站着选曲子，花了很长时间才他找到他想要的。这里的人们从来不这么干，你知道，他们要的是实实在在的饱肚子的东西。他把镍币放进去后启动了点唱机，可是他并没有等着听完整首歌曲，而是在演奏了一半的时候直接走了，"他向入口前的黑暗处挥了挥手臂，"走得很稳，比平常走得更加笔直，带着不露齿的微笑，好像听到了什么好消息或者要去见将会带给他好消息的人。那时候我们都在看着他。"

"那么，那首歌是？"我轻声嘀咕，注视着餐桌，却什么也没看见。他不需要告诉我。

"《永远》。"

我知道。

我记得第一个夜晚我到这里来寻找他的时候，我想着什么。我觉得这个地方是更低的深处，而最低的深处就在坟墓的那边，再没什么比这里更低的了，除了——在那条河里。

女孩已经死了，现在男孩也死了。故事已经结束了，那个开始于十年前一个舞会上的《永远》音乐中的故事结束了。

"他可能过会儿会回来。"酒保试图建议，"他们总来来去去——"

我知道他不会再回来了。无论如何，永远不会。

我转身慢慢走向入口处。当我开始思考起自身时，外面的景象慢慢消失了。这时困扰着我的是："是我杀害了这个男人吗？是不是因为我昨晚的行为？"

答案显而易见，无法驳斥。我缓慢地、毫不虚伪地摇头。我对他很友好，给了他死的理由，那比他之前拥有的更多。与其漫无目的地活着，不如有价值地死去。我赋予了他完整与自我证明。他没有听到我昨晚在那个房间里对他的叫喊。在那个床上躺着的是他最心爱的人的杀手,他用自己的双手让其抵罪。我给予了他那么多:我给了他已经为她报仇了的幻影。

不,我没有杀他。我只是给他死的理由。我在自动点唱机旁停了下来,取出了一枚镍币。我在不同唱片夹中寻找,终于找到了我想要的。我把镍币投了进去,站着等待那段音乐响起。然后它们唱起来了,他她之歌——

不只一个小时,不只一天
不只一年,而是
永远

我将手微曲,放置在靠近太阳穴处向前挥动前臂,向一个看不见的人告别致敬。

"再见了,'心碎儿'。以后运气好一点,在别的什么地方——"

我转身缓慢地走进外面的黑暗中,而这首廉价的曲子,这首昂贵的、弥足珍贵的曲子,在我身后渐渐消散。

第七章 阿特沃特 8-7457，莫当特

保持放松，就都可以搞定。我发现之前的自我彩排有些多此一举，电话接通的那一刻，便从那头传来一位年轻女士甜美的声音："你好，这里是莫当特医生办公室。"

原来他是医生。他曾是她的主治医生，虽然在她的通讯录中并不是这样写的。正常情况下，记录医生名字的方式应该是"莫当特医生"。但她直呼其名，称他为"莫当特"，如同称呼她认识的其他男士一样。

停顿了一会儿，由于知道他是医生，我差点想挂掉电话，不打算继续通话了。我心里对自己说道："医生是救死扶伤的，不会杀害病患。"但我又转念一想，或许他并不是她的主治医生，或许他只是她认识的一个医生而已，又或者只是一个做医生的朋友而已，或是她的别的什么人……

毕竟，医生也是人，就像其他人一样。一个医生会爱，会恨，会恐惧，也会复仇。

这些念头在我脑中一闪而过。同时，电话的那一头，年轻的女士还在等待我的回应。

我说："能帮我接一下莫当特医生吗？"

"您是他的老客户吗？请告诉我您的姓名？"

"不，我不是。"

"那么很抱歉，我不能为您转接。我可以帮您预约，如果您需要的话。现在需要预约吗？"

看来只能按照她说的做了。我回答，是的，我需要预约。

"周四的四点，方便吗？"今天是周三，我跟她说没问题。从现在开始倒计时，有二十三个小时的缓冲时间。

"请告诉我你的姓名？"

"艾伯塔·弗伦奇。"在嫁给柯克之前，弗伦奇曾是我的名字。多亏了现行的国家政策，让我重新使用这个名字。因此，为什么不告诉她这些名义上的东西呢？

"该称呼您女士还是太太呢？"

似乎，她想要了解我的每一件事情。因为显而易见的缘由，我选择告诉她我是未婚的女士。因为米娅·默瑟，我又成了没有结婚的人了。

"能告知是哪位推荐给您这位医生的？"

果不其然，她还是问了这个问题，我本可以说是她推荐的。我最终也打算这么说，但不是对她说。我不打算轻易在第三者身上浪费任何可能的令人惊讶的价值。我要为他留着那些话，直接当着他的面说出来。

我回答她说："见了莫当特医生，我会亲自告诉他的。"

我怕她会对这个答案争论不休甚至取消预约，只好挂掉电话表示默认预约安排，以避免更多的麻烦。

我挂完电话，坐在电话旁想了很久。我开始筹划能让自己顺利地通过初次诊疗的方案。处理这情况并不像处理马蒂的事情那么简单，这里有一条不成文的限制，我必须在单次拜访医生的流程内完成任务，拜访的时长最好在半个小时以上，四十分钟则绰绰有余。在这段时间内，我可以试着迈出第二步，接着第三步，等等。然而，目前的首要问题是，需要找出一个预约诊疗的、说得过去的表面理由。

我的身体并没有什么明显的症状要去看医生。我严重心绞痛，但表现不出丝毫的症状。既然我无法提供具体的临床症状，只能瞎编乱造。如果他是专科医生，会不会一眼看穿这些谎言？那样就会让他提高警惕而有所防备。要是我服用一些短时间内影响身体机能而不造成永久性伤害的药物，或者使用某种一擦皮肤就能造成敏感红疹的东西就好了。我甚至想过将双手浸入热水中一两下，以烫伤双手，那或多或少足以需要他的治疗了。但当我眼见水管里冒出团团雾气、热气腾腾的时候，我的勇气就丧失殆尽了。仅仅是一两滴滚烫的热水滴到手臂上，就足以让我痛得全身颤抖。

在二十二个半小时之后，我从目的地所在的拐弯处下车，一边走，一边仍然在揣摩如何解决这些问题。时间所剩无几，我只得即兴编造一些临床症状。我现在意识到，说出一些抽象无形的、他无法立马确诊的病症，比起一个药方就能解决的小病小痛，恐怕是更好的办法。这样，我就能争取更多待在他身边的时间。

我询问了门牌号码，走过拐弯处，身体差点一晃，又停驻片刻。初到那里，我不禁有些震惊，被负责这片地区的总机误导了。我之前料想这里至少会有一栋高耸的大楼，或是低矮但至少现代时尚的建筑，结果眼前是一栋老旧的褐色石屋。这屋子饱经风霜，甚至不是很干净。我常常想，像她那样的人，她的主治医生应该会是那种时尚且具备专业态度的医生。这里却给我一种不同寻常的感觉：一个夜场女郎、一位夜生活丰富多彩的妇女和一个来自旧式家庭的医生。也罢，我还无法证明他就是她的私人医生，也许他只是她的一个普通朋友。

这里的景象散发着古老的气息，似乎在诉说着被时间遗忘的失落，诉说着这条街上岁岁年年的风雨历程。公寓的外观古迹斑斑，更不用说那独具一格、代表旧时代的造型。有些过时的独特窗帘挂在落地窗上，一排整齐的流苏垂落下来，这就是他们所谓的临街一楼。非同寻常的是，这里的门口并没有挂着印有门头的黄铜广告牌，只有一块印着黑色字体的公告牌夹在窗框里，透过窗格玻璃，看到的正是他的名字：J. 莫当特医师。"

我一直顺着台阶爬上了门廊，按了按门铃。这样进门真奇怪，我暗想，以现代人的眼光看，这座公寓楼着实有些降低档次。站在那里等待开门的时候，看看四周，有一种居高临下的感觉，鸟瞰整条街上人来人往，车水马龙。

晃动的窗帘引起了我的注意，我朝旁边的房间望了望。就在刚才，一定有人透过窗帘的缝隙一直观察着我。我还没来得及看清，那个人已经走开了。被放下的窗帘在原地来回摇摆，引起了我的注意。

这种对病人拜访过度提防的做法令我感到十分不满。在这里，医生诊疗室的门在病人拜访时段更应该一直保持敞开状态。

门廊后的内门打开了，一位矮壮的中年妇女站在那里看着我，她的口音听起来有点像芬兰人，又有几分北方蒙古人的口音。

"医生在里面吗？"我问了她，语气充满诚恳。

"您是预约今天，是吗？"她有点不耐烦。

"我预约了四点。"

正当我觉得没必要再次点头表示确认的时候，她突然提高了嗓门，大声说道："说话能大点声吗？我听不清你说什么。"

我又大声地重复了一遍："我预约了四点。"

"那进来吧。"

乍一看，她的头发是白色的，滋润光亮。仔细端详，却有几分不自然。很显然，那不是它原本的颜色。整体看来，我发现，原来那是金色的头发慢慢变白了。

我有些好奇，她是怎么成为这里的助理的？能确定的是，她的声音和昨天电话里那个甜美的声音不同。

她领着我穿过走廊。走廊上一片灰暗，冷清得让人有点不寒而栗。"进去吧。"她径直地走向昏暗大厅的另一层。一步一步，离我越来越远，直到看不清她的背影，也分辨不清是上楼梯还是下楼梯。

这房间里到处都散发着陈腐的气味，是只有占老公寓才有的特殊味道。这不是因为此处落满灰尘，而是因为每面墙壁里都会渗出一股子陈腐的味道。这间所谓的候诊室里，整体的装饰偏向最后的停泊港的风格，整个房间弥漫着医疗废弃物的气味，各种怪味混杂在一起，就差第一次世界大战时期的残骸了。

此处，我看到以前只是耳闻而从未亲眼见到的东西。比如，桌子中间放着一盘圆玻璃罩着的打蜡水果，旁边唱片机的手摇柄凸出在一边，音乐从郁金香花朵似的喇叭里嘶吼着，几乎充斥着整个房间。在另一面墙上挂着两只野鸭的浮雕，透过凸透镜看去，更加栩栩如生。搁在我背后的一个小东西被我拿出来以后，我才感觉舒服了些，那东西是一个有些破旧的方形皮革枕头，上面以烫花作为装饰。

此处，她和其他人会被要求做些什么？其中又有怎样的联系呢？

他一定不是很情愿地从楼上下来的。虽然离这房间有一段距离，但是我仍然很清楚地听到一阵刚劲有力的男性脚步声正一步步下楼梯，并径直朝着我等候在此的房间走过来。他的脚步很慢，毫无热情，即使这是一个已安排了预约的会诊，也被他看作枯燥乏味而不受欢迎的任务。那脚步声在这房间的门前停了下来。接着，房门被打开，他进来后又关上了那扇门。

他走进了另一个房间。那房间的门设计得很隐蔽，很难发现。高能检测灯发出的银色光束从门缝里透出来，另一边不时传来模模糊糊的、设备启动的声音，听起来令人烦躁不安。

那声音像是陶瓷锅里放满餐具互相碰撞的声音，尖锐刺耳，穿透整个房间。而后，水龙头关上了，水流声停止了，接着听到挤肥皂液继而搓手掌的声音。

这一切让我感觉糟糕透顶。在这之前，我还处心积虑地伪装成一个真心实意的病人，现在我开始犹豫了。我是不是应该逃出这里而不是在这里故意等着这个不修边幅且稀奇古怪的人来勾引？

他在房间里踱来踱去，地板不断吱吱作响；我猜想他已经洗完手，正用毛巾擦手。很显然，这是个多么枯燥乏味的等待过程。过了一会儿，房间里传来拍打上浆麻布或者类似的材质较硬的纺织物的声音。他在拍打自己的裤子，表示一切准备就绪！

这个房间的女主人一定在深情脉脉地看着他。门吱的一声开了，她突然说了一句："你把眼镜落在楼上了。"

我听见他说:"她的预约是怎么安排的?"由于女主人有些失聪,他说话的声音很大,我在外面可以很清楚地听到。这样总比窃窃私语好。

女主人的语气依然不太和蔼,这种不耐烦在我来的时候就领教过,她回答他:"我点头表示同意。你应该问她,不要问我。"

很明显,他的助理今天不值班。或者,那助理只是这里的临时工。

仅凭他的工作环境和另外一扇门后的声音,就对他做出判断,这样似乎不是很妥当。说不定他会是个天才,一个未被授予封号的医学专家。尽管想到了这些,我在潜意识里还是坚持先前的定论:"这个男的不是个好人,起码不是个好医生。"

对于这个确定无疑的结论,当然,我还没来得及搜集更多充分的理由来证明。事实是:"他不想成为一名医生,因为他对这工作不感兴趣,可是,如果他不想做医生,如果他对这份职业毫无兴趣,那么为什么他又要选择这份工作呢?"

门被推开了,一大片银色灯光迎面扑来,一切终于准备就绪了。

他站在那里打量我,我也在观察他。

当然他和我都知道彼此在暗地里较劲。他看起来很壮实,略显几分笨拙,但是很有精神。有些驼背,不是因为虚弱,而是长期的不正确站姿造成的。他的发色较深,竟然是有些古怪的秃顶,令人过目不忘。他仅有的几根头发从一边梳到另一边,以掩饰脱发严重。

他穿着白色夹克,上面有几滴碘酒的污渍,看起来有些年头了,衣服的颜色已经泛黄。他光脚踏着一双脱了皮的皮革拖鞋。

我开口道:"你好吗?医生!"我一边说着,一边小心翼翼地踮踮脚。

他回了句:"到这边来,尽你所能,到这边来吧。"

他的语气古板冷淡,令人莫名其妙。为什么他说"尽你所能"?那正是我此行的目的,即使露出破绽,也会忽略不计。难道他已经有所察觉?

我走近他,他身上有几分怪味。很难说清楚是什么味儿,估摸是过期的抗菌剂、煤油或者其他的味道,或许是他刚刚使用的肥皂的味道,也可能是他身上的其他部位没有洗干净的异味。

当他和我坐在桌子的两边时,我对他不禁有些反感。

他说:"我的助理把你的预约安排错地方了,可否介意再告知你的姓名及其他个人信息?你得明白,我必须这么做。"

是的,我料想你必会这么做。

"我叫艾伯塔·弗伦奇。"

"我相信在这之前我从未对你进行过治疗,是吧?弗伦奇小姐?"

"是的,确实没有。我很少生病。"

他推开正在上面做记录的病历,很显然刚才的记录还没有登记完。他还没问我推荐他给我看病的那个人是谁,之前我很确定他会好奇这一问题。

"啊,"他听到我很少生病后说道,"那您现面临什么困扰呢,弗伦奇小姐?"

我决定向他提供一些之前编造好的临床症状。也就是说,这些症状不能轻而易举地被识破是瞎编乱造的,我只能说一些目前了解的常见症状。"医生,最近我经常感到头晕眼花,这症状越来越频繁,我很痛苦。"

"嗯。"他应了一声,无法判断他是了解还是不了解。

"前几天，在我回家的路上，我突然眼前一片漆黑。我甚至只能扶着墙，休息一会儿才能继续前行。"

"这种症状有多长时间了？"他看向我。通常，他脸上的表情会跟治疗进度完美契合，这习惯我已有所闻。目前我看不出他对病情是否极度关心或者有其他反应。"那种情形，"我想，"我希望目前的这种谈话情形，会在我提到那人的名字时发生变化。"

"只是最近比较频繁，有几个月了吧，一开始我没在意——"

他试图从抽屉里拿些东西。靠近他身边的抽屉有点不听使唤，他只好用力拽出来。而后，他若有所思地咬着下唇，站起来陷入思考。

"请脱下你的大衣，把袖子卷起来。卷到那里就行了。不，再往上卷一点。"

说不出是为什么，他简要地说明，可这简简单单几句话却让我感觉有些害怕。或许是因为气氛使然，或许是由于他的性格带来的不适感。

"握紧拳头！"他拿了一根橡胶皮管晃着。

他试着将橡胶皮管紧紧扎在我的胳膊上，我有些疼痛难忍。他开始给我量血压。

我顺便观察了他那双手，粗糙结实，手背上凸显的血管犹如一根根绳子，泛黄的指甲看起来脏脏的，粗笨的手指有些肿胀。那双手足以轻易地把一个人用枕头闷死。

对我来说，这些诊疗完全没有必要——可以说是有几分挑衅的否定——手臂感觉很紧，即使不是他，也是他那双手，因对我不满而发出无声的抗议，好像他的想法被赋予在那双笨拙的手掌上。

我调整呼吸，冷静下来，闭上眼睛。

他一直没有解开绑着的橡胶皮管，被捆扎部位的血液极力回到原处，手臂开始发涨。

我没有问他，他也没有和我说话。

他离开位子，用指尖点了点我，说："你睡得还好吗？"

"不好，糟透了。"

"吃得怎么样？"

"不好，几乎吃不下。"

他的眼睛里突然透闪过一道光，表现出很感兴趣的样子。对他的反应，我不太理解。整个过程中，只有这一点激起了他对病情的兴趣。

"说详细点吧。"他停顿了一下，好像在以他的方式引导我描述症状，"吃得少是因为没胃口还是因为——"他的语速慢了下来，我猜想接下来他要说的话："除了胃口不好吃的少，还有没什么其他原因？"

他没有继续下去，没有说："或者因为你周围的环境不允许你吃饱还是没有你喜欢吃的东西？"但是为什么他的眼光明明显露出一丝异常感兴趣的光芒？是因为对此感到可笑吗？

我没有立马回答，意识到这个问题是容易出现漏洞的关键。与其随意选择一个失误的回应，我还不如沉默。

他似乎接受了我的沉默。他看了看一直放在面前的表格，说："我明白这些还没有登记完——请告诉我，是谁推荐你过来的？你是怎么听说我的？"

"他终究还是问这事了。"我心里暗想。

我抬起脚，踩在低矮的椅子腿上，努力让自己镇定下来，说："是我的一个朋友推荐的。米娅之前跟我提起过您。"

他的反应表明仅仅用一个名字的提醒不足以引起他的注意，或许他心里还未记起她来。"是米娅·默瑟推荐的。"我又加了一句。我故意表现出和米娅关系亲密的样子。

我们相互盯着彼此看了许久，感觉时间停止了，面无表情。我心想："真正的较量开始了。"

他说："她已经去世了，是吗？"

他那样子好像不知道米娅是否已经去世。从他的话语里可以听出似乎他在哪里听说了这消息，等着我的确认。

"是的，报纸上有报道。"我神情茫然地说着，仿佛我每次谈起她的死都会感觉难过似的。

"她是被某个男人，他叫——"

"我猜想，她是被某个她认识的人。"我边说着，边低下头，又一次陷入悲伤。

"她是被一个叫默里的男人。"

就像把我的姓氏留在这种地方是被玷污了一样，他的回答让我怒不可遏。庆幸的是，他没有用听诊器对我诊疗，否则他一定可以听见我加快的心跳。

"你认识他吗？"

"我并不认识她的朋友，我只认识她本人。"

他点了点头，沉默了几分钟。

"不管怎么说，她所知道的那些，现在都无从知晓了。"他说，"她的交际圈——该怎么说呢？——她的社交关系复杂混乱，最终还是没有好结果。"我猜不出他为什么跟我说这些，只能确定他一直在看着我。

他接着说，"说吧，她是怎么提起我的？你从那时候起就开始不舒服吗？"

"好吧，我觉得自己一直情绪低落。"

"她说了什么？——告诉我，她具体说了些什么？她是怎么说的？"

这就是我所要面对的，必须小心翼翼，必须装作糊里糊涂，必须装作什么事都不明所以。"好吧，那是很久之前的事情了。她说，你为什么不去拜访一下莫当特医生？或许他可以帮到你。"

这种说法，他似乎很满意。他的眼睛在一瞬间瞪大了，但很快恢复了平静。

"既然很久了，在此期间，你没有就诊吗？"

"嗯，是的，我——"

"症状不是从那时候开始的？"

我试图找出一个理由。"不，不，是现在才——"

"的确，当一个人胃口不好的时候，是一件很痛苦的事情。"他一副事不关己的样子。

"那，头晕——"我开始辩解。

他摇摇头，好像暗示他和我都很聪明，彼此之间很多事情都心知肚明，这样感觉是在浪费时间。但这只是我对他那无礼举动的猜测。

"你一个人住？"

我跟他说是的，告诉他我的地址。

他在病历上做了一些记录，问："你是不是服用了一些镇静情绪的药物？"他有些漫不经心，拿起铅笔，盯着铅笔芯看。

我舔舔嘴唇，不知所措："不是，我——"

"不是？大多数人都会这样，你知道的。"

会诊变成了漫无目的的闲聊，只是简单的闲聊吗？然后话题越来越少，直到最后有些冷场。

我以为他低头看向别处。当我抬头发现他并没有时，感觉很震惊，很突然。他正透过眼镜看着我。

他收回目光，并没有看桌子上的病历："让我们回到主题吧——让我看看，今天是周四——回到周六，从今天开始的两天后。"

然后，他好像死了一般，低着头。

"现在几点了，医生？"

"嗯，天黑后的其他时间，记得按门铃，避免索菲亚——也就是女主人——听不见，或者我听不到楼上的门铃。"

他想单独见我，想让我天黑后再过来。这样，就没人看见我来这里！我说错了吗？我都做了些什么？面对我的是什么样的陷阱？从这冗长漫无目的的闲聊中无法判断。

他推开侧门，发出刺耳的声音。

他说的最后一句话是："我知道该为你做些什么了。"他像之前那样向四周看了看，好像在确认周围是否有其他人。

我记起了在来这里的时候那个在背后观察我的人，开始对他的办公室、他的诊疗器具和他的工作人员感到一种莫名奇妙的恐惧。一个确信不疑的推测不断在脑子里重复："如果你再次回到那间房间，看到的名字或许将不再是莫当特，而是死亡。"

所以，我不能回到那里，不可以再回去，不应该再计划回去，每隔一段时间，我的眼前就会浮现柯克的脸，想起他的点滴，不由得在心里不断呼唤他的名字。周六晚上九点多的时候，我回到了那里。我在黑暗中慢慢摸索着，沿着那条街，穿过黑暗，一步步走向那座公寓楼。我感到害怕、无助、孤独，但依然坚定地往前走。我步履蹒跚地往前走，好像每走一步就丈量一下，一步一步，离那里越来越近。

庆幸一切安好，虽然在附近施工现场混凝土堆砌的地方出现了不明来历的人。我应该感到庆幸，然而我的心情却放松不下来。

离那里越来越近，三步、两步，下一步就到了我曾在那里等候的候诊室。然而到了门前的时候，走了一小步便停了下来，我不愿再踏进那里。我那聪明的双脚似乎没有跟着我一起嫁给柯克·默里，只有我的大脑和心脏嫁给了他。

天哪，这条街上一片漆黑。在另一边，隐约可见方形的微弱的光，离我有些远，对我来说毫无用处。为了转移视线，我向那泛着一丝微光的池面看过去，那微光犹如一双微闭的双眼，不忍看见我将要面对的一切。电子广告牌闪着微弱的光，由绿变红，由红变暗。一辆汽车路过这里，消失在夜幕中，黑色车形的轮廓和车牌折射的微弱银色光越来越模糊。

我最终还是到了那里，等待我的或许是透过窗帘暗地里观察我的那双眼睛，门廊的台阶像在龇牙对我说："我就知道你会来，我就知道能搞定你。"

我甚至没有喋喋不休地去发牢骚。我不明白自己为什么这样做，甚至没有采取基本的防范措施——比如让其他人知道我来过这里，以防我走进这座公寓楼后可能再也没有机会出来——

因为我还没有将所有细节确切地告诉他。我想，这就是为什么莫当特要求我天黑后过来，因为是我担心被讥讽，假装可以镇定地面对这一切，而不是他摊开双手说："就像所有的医生要求你再次复诊一样。"或者耸耸肩说："如果害怕，就不要去，没人强迫你。你为什么回到这里？我们没有强制性要求你必须赴一名预约晚上就诊的医生的约，或者赴一名碰巧发现他在门外偷偷观察你的医生的约。"

我又回到了这里，没有时间去犹豫该进去还是不该进去，而是得想想接下来我该怎样做。

会客厅和楼上的房间一片漆黑。再次来到这次，我发现上次出现的门廊被打开了，一眼就可以看见地下室里的两扇窗户，螺旋形楼梯一直通到地下室。看起来很沉闷，虽然是深橘色，但是依然显得厚重，死气沉沉，甚至有几分阴冷。他按之前约定好的，已经在那里等着我了。

我竟然没有带防身的东西——以防糟糕的事情发生。毕竟不足是相对而言的，譬如说，防身用刀具的结实程度取决于使用它的手腕。而枪呢？我没有枪。或者一支口哨也行，但不确定口哨声是否能穿透这间幽暗隐蔽的房间传到外面的街道上？或者还不及我大声尖叫求救的成功机会大？

我的举动像个孩子一样幼稚。我边拖延时间停顿不前，边想："只要有人从这儿路过，我就下楼按门铃。"接下来又想："这个人没有稍作停留，很快速地走了过去。"好吧，下一个人路过的时候我一定下去。紧接着心想："接下来的这位路人依然没有停留，而是在到达这里之前，转向了别的方向。"自始至终，我陷入突然袭来的孤独无助的恐惧之中。"没有其他人再路过这里，我要离开这里！"即使耳边不断回旋着自己的声音："懦夫！懦夫！你为什么来这里？在你第一次安全走出这里之后，为什么不能放下整件事情？"

我硬着头皮沿着台阶向伸手不见五指的低凹地下室走去。"柯克会为我祈祷的，我来了。"即使我明白遥不可及的柯克深陷囹圈，像我一样孤独无助，我也需要一个精神支柱来鼓励我渡过难关。

总觉得在这个时候，以这种方式按响门铃很奇怪，是不是有人在黑暗中在偷偷观察我？为了给自己壮胆，我用另一只手轮着压指关节，直到发出"啪啪"的声音，才放心它们没有因为长期不活动而退化萎缩。

是的，我知道这很幼稚。在这之前，我一直是一个童心未泯的人。经历过这些事情以后，童心或许所剩无几了。在这里，我是以艾伯塔·默里的身份，站在候诊室门前下定决心进去的时候，便成为成熟的艾伯塔·默里。让她理智地以成人的方式思考问题吧！比如，她从未设想过眼前这一切真真实实地存在：一个充满原始暴力，充斥着黑暗、稀奇古怪而又隐蔽的地方，赤裸裸地背叛，笑里藏刀；在这里，在这个一切都稀奇古怪的地方，忏悔与道德谴责只是懦弱的代名词。

里面传来模糊的声音，不是门铃的声音，而是一种充满愤怒的呻吟。这里的地下室如同纽约市所有的地下通道一样，有着共同的特点：拱形门廊上装着铁栅门，里层便是方形木门。我觉得在那个年代，这样的设计更牢固，更安全。这扇全尺寸的木门为此做了最好的诠释：凹痕裂缝从门顶延伸至门底，只有透过光线或者地下室内部的光透出来时，才会看清那些裂缝。

没有任何声音。没有开门的声音，也没有任何人出来的动静。他一定站在某处，透过窗格，躲在黑暗里一直观察我。突然，传来他的声音，虽然很低沉，但听得出来很放松。面前突如其来多出来的一道栅栏，我被绊了一个趔趄。"晚上好。我只是想确认一下你要花多久到这里。"

接下来，他打开看起来沉重的栅栏。铁栅栏发出令人发指的刺耳声音，朝着我打开了。从深邃的黑暗中，一股类似焦炭的难闻味道迎面扑来。

"你不应该那么做。"他说，"足足有五分钟，你站在那里，好像犹豫不决——看起来不太好，起码给我的印象不是很好。既然你决定去一个地方，特别是你决定到这里来见我，就只管进来，不要像刚才那样站在外面犹豫不决。"

所以，他一直都在看着我，或许在我到来之前就在观察了，就像是——某种藏在铁栅栏后面的类人猿。

我不禁自我调侃地想道："如果突然来一场洪水，淹没这里，和你共同遇难的人会被冲向哪里？比如，在同一个地方被分隔？或许，相隔两处，试图通过简单的手势进行交流？"

我绞尽脑汁对刚才的犹豫不决做出一个合理的解释，以打消他的疑虑，即使不确定他是否会完全相信。"天哪，好吧，我告诉你我为什么停下来，医生。我刚才看着表，我是提前五分钟到这里的，我并不想那么早就到这里。那样我会感觉不舒服。我只想按时赴约，又不想老是在外面等着——"

"好吧。事实是，你迟到了五分钟。"

"那看来一定是我的表慢了五分钟。"

与此同时，他没有咄咄逼人到非要我承认事实。而是转身示意我进去。他从我旁边走到低凹的地下室门口，瞟了一眼两块竖立的褐石板。这两块石板很巧妙地加固了地下室的门，一头指向外面的街道，另一头则被固定住。

他漫不经心地做了一个动作，即使看起来毫无理由，好像他只是一个普通的主人，漫步到门口，借机放松一下，呼吸新鲜空气。对我来说，并没有被这个假象迷惑，他一定是在确认我来这里的时候是否有人注意到了。

"进去吧,别站在这里。"听起来像是没有任何敌意的提议,他头也不回地对我说道。他说话的时候仍然盯着外面的街道,似乎在揣摩什么别的事情。他的一举一动、一言一行——我找不出确切的言语来形容。总之,他给人一种阴险狡诈的感觉。

不管怎样,我都要采取下一步行动。我很清楚,一旦展开这场较量,我不能有任何疏忽,否则机会稍纵即逝。"医生,我不知灯的开关在哪里,看不清路。"

"不用开灯,径直沿着走廊往前走。不用照明,我这就过来。"他依然没有转过头。他要确认街道上无人注意。

我知道,天哪,我知道了,真正的陷阱现在才开始。什么样的医生会在黑暗中接待自己的病人?病人进来之后,他还要反复确认街道上的情况?那个芬兰口音的女人不在公寓里,他应该料到她会外出,即使那个女人不外出,他也会想尽办法安排她外出。或许在这里,将要发生一件惨不忍睹的事情。

我越来越害怕,以至于不敢再往前走。但即使很害怕接下来要发生的事情,我也要硬着头皮走下去。好几次,我们没有交谈的时候,那走廊里一片死寂。我担心如果自己停下来,他会不会强制性地拉我走下去。此刻,至少没有绳子捆绑着。在这一分钟、两分钟或者更长些时间内,起码我还可以自由自主地往前走。

我悄悄向后侧身,用手摸索着旁边的墙壁,扶着墙壁弯腰走过一扇乌檀木色的铁闸门,穿过铁闸门依然是看不到头的黑暗。经过敞开的第二扇门,来到一间铺着木地板的房间,里面弥漫着一股浓重的焦炭味。在这个狭小的小密室里,他逗留了很长时间。

他踩着地下室坑坑洼洼的水泥通道,继续往回走。铁门吱吱作响，撞上门框，结结实实地关上了。唯一逃脱这里获得自由的机会也从我手边溜走了。

我只好听天由命，既来之，则安之吧。

他狠狠地踩了我一脚，刹那间，我感觉那几根脚趾被踩碎了。他竟然没有道歉，虽然他已经意识到了。

"这里很黑，医生，我看不见。"

他已然走在前头。"跟上我。"他粗鲁地说道，"你就不能加把劲吗？"

我跟着他往前走，脚下的木质地板已经扭曲变形。我一直在思索，从他的脚步声响起，到他停下脚步没有任何预兆地转过身来，我感觉极其强有力的手握着钳子靠近我的……

我们侧着身，小心翼翼地从一个密封地下室楼梯旁走过。我感觉我们前方右侧好像有一台机床，机床外表面覆盖着石膏。根据其阴影和长度，我猜测出那是机床。

"医生，我们不是要前往你的办公室吗？"

"为何？"

"为何？"这一简洁的回答令我不寒而栗。他甚至都不佯装延续前几天的会诊，回答简明扼要，如往常一样。无论要发生什么事，总会在楼下发生。楼下很安全，没有打斗或者打斗结束的迹象，仿佛可以欣然地与芬兰女人或者其他任何人四目相对。

突然，我们走到了这条路的尽头。我们终于到了。有那么一瞬间，我注意到脚下地板的质感有些许不同——黑暗中，脚步声听得格外清楚。之前的地板腐朽不堪，但也有可能是铺地板的时候铺反了，或者木板上铺了一层破旧的油布。什么征兆都没有，灯光开始闪烁，他再次把手垂下来，任其晃来晃去。这样一来，光显得更加刺眼。

灯的外面已经用一张普通的棕色包装纸包裹起来，有助于缓和灯光突然闪烁散发出来的极具破坏性的光亮，眼睛被灯光首次照射产生的刺痛感会慢慢消退。然而，它也会形成一种奇妙的潮痕状阴影，均匀地投射在墙体上约一半高的位置，给整个场景增添了可怖的画外音。首先是幽暗的氛围。我们仿佛置身于亮堂堂的井底或是鱼缸。再者，除非我们站在光源正中央，否则我们的脑袋和上半身会被分解得支离破碎，以至于我还会产生这样一种令人毛骨悚然的体验：一双脱离躯体、无力地闪烁着微光的眼睛正对着你，而身体其他部分则湮没在一片茶褐色中。

我们置身于地下室后面的一个小房间里，那房间没有窗户。这个地下室要么是用作储物室，要么原先是垃圾房，现在它既是垃圾房，又是储物室。要分辨这个房间究竟是用来干什么的，怕是不太可能，因为在视线所及之处，杂物和垃圾几乎同样多。房间里堆满了罐头盒子、小垛粮草，还有空的玻璃瓶，瓶子里落满了尘土，这些瓶子以前一定是装某些常见药材的容器，还有装橄榄油的锡盒子，现在都已经锈迹斑斑；还有几把破旧不堪的椅子。我注意到在这些杂物中有一台废弃的缝纫机，锈得只看得清红棕色的轮廓，以前有人肯定用这台缝纫机制作羊腿形衣袖和裙子下摆，当地那些早已香消玉殒的女士们就曾优雅地捏着那衣袖和裙摆在地板上拖着走。

"关上门，"他厉声说道，"你在想什么呢？"

我把门从里面反锁，我们被关在屋内。

屋内有一张小桌子，桌面因经年累月已然积满了污垢。但很显然，这张桌子仍摆放在原处留作使用，因为它就在一旁利落地摆放着。他迈着急促的步伐向外走去，外面天色已暗。每一次阴影投射在他身上的时候，都宛如铡刀。他回来的时候，手里拿着一个状如鞋盒的东西。而后，他从某个安全的地方（那个地方只有他自己知道）抽出一张纸。周围全是垃圾，他抽纸的动作十分迅速，即使我有意要观察他，也没能搞清楚他是从哪里抽出那张纸的。最终，他在我和桌子之间短暂地移动了一下，我分不清是他从身上拿出来的还是从下面某个暗处的抽屉中拿出来的，因为当它再次映入我的眼帘时，突然多出一把之前没有的左轮手枪。他坐下时，把它放在袖口旁边。也许是出于偶然，那手枪的邪恶枪口正抬起来对着我。

我的瞳孔不断转动，散发出阵阵惊恐。他看到了这一切，然后瞟了一眼手枪，仿佛找出我这反应的原因对他很有必要。他说："我经常把它放在这里。"如果他打算使用此等理由来解释他的行为的话，那这根本算不上什么解释。

他把自己的袖子向上挽到更加舒服的长度。"现在，"他仿佛带有直截了当的语气说道，"准备工作完毕，我们开始。"

"坐到什么东西上吧，比如说那个装货箱上。"那个鞋箱（如果以前那东西就是鞋箱的话）已经陷到他的膝盖处，超出我的视线范围。他的一只手拿着一张矩形小纸，沿对角线捏着，连续敲击桌面，仿佛在利用桌面使其变钝。

"你认识什么人吗？"我舔了一下嘴唇，不能作答。然而，这看起来像是我在拷问自己的记忆。

"认识什么对我们有好处的人吗？"他补充道。

我仍旧不能回答他。

"好吧，前几天你说并不认识她认识的人。我只是想知道，你是否有任何——任何我所认识的人。"

这一次他替我回答了。"不，你不认识。"然后他说，"没关系，我可以让你忙个不停。"

他从我看不到的鞋箱之中（虽然我没有直接证据，但这很明显）拿出一个小信封。这是一个小型信封，可以装下一张名片或者一张礼品卡，或是一张医生的药方。这张药方是在一个小桌子上写在曾被折叠过的纸张之上的。然后，信封却没有打开，封口处已被封住。实际上，封口封得太过结实，导致胶水在凝固之时使其封口处有些许的翘痕。信封里装的是某种不规则的块状物体，在底部鼓起来，非常厚实，而在顶部则非常扁平。然而，当他递给我的时候，因为其重力发生变化，我从他手中接过来的时候是上下颠倒的，其顶部胀气，而底部如纸张一样薄。我可以感觉到不规则物体在移动。

"我应该多久——"

有时候，拯救你的是最不起眼的事情。他回答得太快，而正是这拯救了我。我想问的是"我应该多久取一次信？"

"你如果方便的话，多久都行。"他已经递给我了第二个救星。

为了空出手来接，我用手打开手提包，机械地将前一个塞进去。

"你打算做什么？为什么带那个进来？"我想他的声音因气愤而令人不舒服。

正如许多其他的手提包，这个手提包里面有一个若隐若现的隔层，由手提包内部边框下方的拉链封住。我拉开手提包的拉链，横着向他展示，并说道："这个不行吗？"

"让我看一下。"他把手提包拿走，并用四根手指插进这个拉链的孔口之中。然后他将整个手提包移出我的视野，放到他的膝上。他的手在不停地忙，我能看到他的上臂在微微晃动。随后我听到了一记响声，这声音我再熟悉不过了，我的包正在被他合死。

过了一会儿,他把包递还给了我,闭合得非常严实。"给你。"他说,"这个暂时没问题了。"

我把包放回我的大腿上,抬起头。他看着我说:"二百五十美元,知道了吗?"

我不懂。我看着他。

他提高了嗓门说道:"不要看着我!就二百五十美元,知道了吗?"

"明白了,医生。"我脱口而出。

他的手指离开了枪柄。我才意识到他之前是握着枪的,他握枪握得如此老练。

他递给我一张纸条。"现在快速记下纸条上的东西,然后把纸条烧掉。"我接过来看着纸条,听到他说:"待会儿你就不需要这张纸条了。"

他等着我看完,说:"记住了吗?对我说一遍。"

我清了清嗓子,像在校学生一样不太肯定地背着:"在运河街有一家'纯净咖啡馆',餐厅的位置是十一号至十二号,走到最后一张对着墙放有麦片的那张桌子那里……"

"你知道怎么吃麦片,对吧?"他打断我说,"用手指把它们碾碎,直到碎末在盘子里堆起来为止。不要像其他人那样把整个勺子插进麦片里。现在就过去。"

"俄勒冈酒吧在第三大道四十九号,大约十二点半,在第二个电话亭,替'佛洛·赖安'接个电话。"

"继续。不,不要看纸条。"他把纸条团放在了桌子上,

"去八楼咪咪酒吧的女洗手间,那栋楼在哥伦布广场附近,询问服务员她是否知道比乌拉这个人……"

"你漏了时间。"

"两点以后的任何时间。"

"最后一条了。得了,快点背吧。"

我苦苦思索,最终想起来了。"三点之后,到四十二号宝石剧院,包厢左后一排左手边,问:'我是不是把围巾落在座位下了?'"

我深吸了一口气。

"别忘了总数。"他恶狠狠地说。他已经加好了总数。

"一千美元。"我说。

"好吧,把这些记好。短时间内我不会让你来这里的……"他并没有把话说完。

我回来的时候应该带回一千美元。我应该在那些地方把钱搞到手的。这就是我记得最多的事情了。尽管那次之后他没有碰过枪,但是他拿枪对我时那种自始至终卑鄙的形象,这记忆在我脑子中久久不会抹去。

"把纸条给我。"他指着纸条说。他从厨房中找出一盒火柴,把纸条点燃,纸条慢慢烧弯。他拿着燃烧的纸条,这样纸条才会全部烧毁。而后,他把灰烬在两手之间揉搓,直到灰烬全部被搓完,只在他手掌中留下黑色纹络。然后他往手心中吐了口唾沫,把灰烬搓干净。

我觉得一定是某位擅长扮鬼脸的家伙在试着扭曲我的脸。

我隐约看到了那把枪。的确,那把枪离他太近了,他动一动手腕就能摸得到,而我却在桌子的另一头,但是,如果我吸引他的注意力,让他看向房间远处的话,我就能快速把枪抢到手了……

忽然,枪从桌边滑下,向下坠落,然而,却没有像自由落体一般落在地上。他再次伸出手——这只藏好的手中没有任何东西。

我发现,无论如何,这对我一点好处都没有。在枪口下,我根本得不到我想要的东西。枪刚离开他,就会马上被他收回。要想得到枪,还需要其他可行的办法才行。

"医生,我——"

我没有说完,因为我压根儿就不知道我想说什么。

然而,他好像也不知道要说什么。"我在这儿。"他不情愿地回答说,递给我一张脏旧的十美元钞票。"这应该够了。"他说。

他站起身来,手臂指向窗外纸黄色的光说:"赶紧出去吧。"

他让我打开房门,然后迈出门口。光线消失了,就好像从未存在过一样。谈论的、做过的每件事和事物的原本面貌都变成了一个噩梦,让人后怕的梦。

当我摸索着向下走的时候,他的脚步声从我身后传来。地狱般漆黑的走廊,一只有力的大手在我后背上拍了几下。我被近在咫尺的脚步声吓了一跳,如同我刚刚踏入这里的时候一样害怕。我想拔腿就跑,逃离它们的束缚,但是我打消了这个想法。我告诉自己,如果我逃跑的话,并不会这么顺利,那些障碍会把我困得寸步难行。我壮起胆子,精神高度紧张,我告诉自己,一切待会儿都会过去。再多一小会儿,就会过去的,一切都会结束,我也会自由。

脚步声在我身后停了下来,那声音见不得阳光,又很粗暴。

最后事情还是发生了。他打开了房门,我的身体几乎要冲出去,似乎没有耐心等门完全打开。他用手臂粗暴地拦住了我,让我先观察一下四周。

最终,他松开了手臂。我毫无拘束地夺门而出。"周一晚上,老时间见。"他从喉咙里发出声音,"看看你会不会出现。"

我向上爬了两个台阶，来到了人行道上。

他说的最后一句话是："小心。"

语气非常不关己事，丝毫没有共同承担风险的同伴情谊——不管是怎样共同的任务。他说得如此冷酷、无情、麻木，就像是一个小小的恶兆。"你自己小心点，你就是我赚钱的工具，我在乎的只有钱而已。"

我拖着僵硬的双腿，满怀好奇，快速冲到街上。麻木的感觉慢慢消退，也许这就是麻木吧。我知道人们会慢慢放松警惕，慢慢对我放下戒心。在此之前，我要坐上公交车，还要搞到一个位子才行。一辆公交车驶来，有些晚点。幸好，两件事同时发生，我才侥幸没有摔倒。我慢慢放松下来，坐在了一张包有皮革的座位上。

我安然无恙地从那里活着出来了，这是我最先意识到的，也差不多是最重要的事了。我不能畅快地呼吸。我摇下身旁的车窗，不断地深呼吸。我身旁的乘客不快地转过头去。对他们来说寒冷难受的风，对我而言却是让人感激的、愉快治愈的自由。

这种轻松是危险的，它打乱了有关许多细节的记忆，给这件事蒙上了一层薄雾。总而言之，它把一间屋子变成了危险之地，而当下，其周遭的一切都在此之后变得安全，这是毋庸置疑的。

它让一个碰巧在地下与我等待同一辆列车的男人，变成了一个像是我常常会遇到的、碰巧与我等待同一辆列车的男人，即使他在隧道站台上来回踱步，并且看了我一两眼。

危险的事情现在被傻傻关在莫当特的屋内一个滴水不漏的隔间里面，只能是在那个地方了。一个穿着无法形容的衣服的男人，戴着无法形容的帽子——我觉得是棕色的，不，是灰色的，不，我并不知道是什么颜色——他站在口香糖售货机的镜子前，端详着自己的脸。他脸的另一边没有完全映在镜子里。远处，我正坐在长椅上候车，所以他的视野一定自然而然地捕捉到了我。

市区列车吐着烟雾进站时，他不见了。毕竟这儿有很多列车可供选择，但不管怎样，这也是我之后才明白的。很快，他已经完全淡出了我的思绪，事实上，他从未进入过。

然而，即使他再度出现在从"贫民区"到"运河街"的换乘列车上，就在临近我的某节车厢里，我受因于莫当特屋子里时遭遇的危险也只会让这次的再相遇变得平淡无奇，这不过是个巧合而已。一天中成百上千人，每个小时都会有人乘坐从曼哈顿驶往贫民区的列车，他为何不能呢？

可供选择的列车更多了，一旦列车驶走，他又会消失不见。

我决定去那里。我决定踏上这场派给我的索然无味的征程，是根据以下推理：我需要再次探访莫当特，如果可能的话，还要再多几次。我起初一无所获，但我若成功，他会告诉我一切。他认识米亚·默瑟，不是以一个私人医生的身份来事奉她，而是和她建立了不正当关系。这里潜藏着杀人动机，如果给我时间的话，我定能将其发掘出来。这杀人动机也许会昭然若揭，不证自明。我将要采访一个蓄意共犯的人，他敢将左轮手枪坦于桌面上。他几乎会毫不犹豫地置这个曾以某种方式反对他伤害的人于死地的。非常好，我要完成他交给我的任务，然后再次探访他。因此，这个周日晚上，我将踏上这条任务之旅，在纽约安静宁适的晚上。

对于那包东西的本质属性，我倒没抱什么幻想。然而，经过我们之间冗长的较量之后，我仍心存好奇。我完全明白这是某种犯罪行径。首先，我收到的那笔钱就能说明这一点，那些煞费苦心的预防措施是用来保护双方的匿名人士——我要联络的那一方和我自己这一方。不过，难以置信的是，我还是没有预料到它到底是什么。我以前觉得肯定是钱——因为一些非法服务而欠他的钱——这应该是一些伪造记录里的东西，以完成某些犯罪行为——以至于他只有通过这种间接的秘密手段来获取，这样一来就相对安全了。我在脑子挖掘各种信息，像激流般奔涌。我的思维拓展出了一个充满好奇的盲点。在我们中间传递的包裹经过了耀眼的粉饰，这是他提供的一个毫无意义的临时道具，仅仅是为了让这次探访变得看上去合理。换句话说，一旦他被质疑要做出简明扼要的回答，就可以说他对待我就像医生对待病人一样，只是给我开些处方，不过是一些镇静剂、头疼药、助力药或者随便什么东西，也是为了缓解我头晕的症状。我的话证实了他的言辞，连办公室和桌子也烘托出美好。

我很明智，但也很盲目。我来到了"纯净咖啡馆"，我向里张望着，好像一个客人在进入咖啡馆前表现出的对要挑选何种食物的犹豫不决。

我很诧异这个时间点居然挤满了人，所有靠近前台的可选座位都被占满了。虽然很多人早就已经吃完了，但是他们三三两两在餐区逗留，甚至在悠闲地聊天。这和其他此类地方没有什么不同，这样的餐区承载了吃饭和社交的功能，有的人吃饭，有的人聊天。

我想："他想让我进来，我将在那里拿到钱。"我推开了旋转门，从服务员那里拿到一个纸板牌，服务员一直站在那里分发纸板牌，如同一个收税官。铃声发出了刺耳的响动，但是没有人回头看，好像大家已经习以为常，任何人在任何时候都会进来。

我拿了一个托盘，然后放到收银台旁边的柜台上。收银牌上写着"碎片小麦"，但是我看不到哪里有小麦。我走到头，生怕看错或忽略了小麦的存在。最后，我不得不叫了一个服务员来，问他，他们是不是没有小麦了。

"没有了,"他说,"不过我可以重新为你开一包,我们早上有一些储备。"

不过一会儿,他就从食品储藏室还是什么地方回来了,手中的盘子里放着两块看起来一样的长方形蛋糕。

他边说边往我的纸牌板上打孔:"以前老有人半夜点这个。有一个客人和你一样,来了总要这个。不过他好久没来了。用这个当早餐其实很不错。"

我不清楚他是否看出了什么,他并没有特别注意到我,只是跟我说话的口气不那么友好。我并不是十分肯定。

我把蛋糕放在托盘里,然后走到最后一张靠墙的桌子旁边坐下。

铃声又响了,服务员给自己接了水,冲了杯咖啡。他背对着我,不过他倒是隐约有点像我今晚离开家后两次见到的那个人。我想我肯定是搞错了,这种巧合不可能出现第三次。

我咀嚼完了食物,那食物残渣如同干树叶一般在我的浅盘里堆得像个小山。我在想我是不是应该在这里用餐,其实我并不怎么想吃饭。虽然不像在医生的房子里时那么恐惧,但是我确实很紧张,而且希望这一切快点结束。

那个人端着他的咖啡,隐匿在人群中。虽然他和我隔着一段距离,但是我们中间仅隔着一段走廊。因此他坐在那里,我还是可以看到他,而他如果稍微留点意,也是可以看到我的。但是他并没有朝我的方向看,只全神贯注地做着他自己的事情。我能看到的只是他棕色帽子的褶皱。不过,我突然想起来,他和那个我在来这里的车上所瞥见过两次的男人的确惊人地相似,尽管这种感觉不太确定。

我正沉浸在这种猜想里正要想出点什么来的时候，在我的对面，突然有人打开一张报纸，对着我坐了下来。门铃声并没有响，所以我猜他本来就在这里。

他仔细地盯着报纸的标题。看标题只需要很短的时间，但是他的眼睛死死地盯着标题，并没有进一步去阅读报纸内容。

我感觉心跳加快。

他斜坐在我对面，很多在小圆桌边阅读的人都采用这姿势。从身后的墙和报纸之间的缝隙中，我可以窥探到一点他的样子。

"拿到了吗？"他含糊地说，面部肌肉一动不动。有那么一刻，我觉得他是在读报纸，很多读报纸的人都有这个习惯，他们漫不经心而轻轻松松。

我还没回答，他就已经等得不耐烦了。

"怎么回事，他跟你提到过我吗？"

"是的。但是我不知道谁——"

我还没说完，他又等得不耐烦了。

"怎么回事？你什么也没拿到？他什么也没给你吗？"

"他就给了我——"

他已经调到弹簧般紧绷的模式。

"别瞎耽误功夫！我不能整晚都举着这张报纸，这儿还有其他人。你是新来的？"

"你想让我做什么？"我无助地说。

"把你的包推过来。"他抬了抬肘子，让包从下方滑过，表面上一点也没有影响他读报纸。

我被发生的事情搞迷糊了，把包往前推了推，包在他面前晃了晃，停住。他的脚交叉着休息，同时摊开报纸保持阅读的姿势，一点也不受影响。

他的一只手放开了报纸的一边,让桌子撑着报纸边角。虽然报纸的边角晃动得有点卷曲,但是被其自身的一大叠支撑着,整份报纸还算挺直。

我听见他的喘息声,那是他身体内在的一种看不见的神秘活动,比其他人的喘息更为剧烈。忽然,他凶神恶煞地说:"他给你的东西在哪儿?"

"他只是给了我一些东西,为我——拉上包的拉链。"

他的呼吸又停了,鼻孔随着愤怒而收紧,这种愤怒连他自己都会震惊。

突然,那包又回到原来的地方,他的指头又紧握在报纸的边缘。这两个动作虽然有先后顺序,但如此迅速,让人感觉几乎是同时发生的。

等我回过神来,那张用来掩护的报纸已经不见了,他也像梦一般消失。只有两扇门空荡荡地摇晃,将夜色甩在门外,而人早已经不见了。

我把退回来的包放在自己的大腿上,在桌檐下检查了一遍。莫当特医生给我的一个盒子已经不见了,只有一沓钱捆紧了放在包底,这沓钱好像是来自一双战栗而紧张的手。是二百五十美元,我仔细数了一遍。

我感到一种后知后觉的恐惧,这里面包含一种情感。"你知道的,"我对自己说,"你一直都知道的,但是你自己不承认。你不想让你的良心阻碍你的真实意图,你的真实意图是最重要的,所以你压制了自己的想法。你假装自己与这些犯罪行径无关。"

我惊异地看着自己,相较于他在场且我坐在离他不到两尺外的时候，现在我感到更加恐惧。

在这儿没有人注意到我，收银台旁边的服务生忙着自己的事情，低垂着眼睛。收银员坐在自己的玻璃格子里，读着报纸，等待来往的顾客。一位拿着咖啡的男士将咖啡紧紧地端着，仔细地看着咖啡，好像在观察里面的咖啡沫。他看的不是我，而是他的杯子。他向前走了走，喝了口咖啡，好像逮住了时机来完成整个的动作。侦查，逮捕。这就是我脑海里的词。我用脑海里第一反应的词来表达我的想法，不用仔细斟酌。

我站起身，迈开了步伐。我觉得虚弱，浑身颤抖，甚至感觉自己活了上千年。我的肩膀沉重地垂下，好像我的肩膀承载着世界上最污秽丑陋的事情。

我现在知道了，其实我下的决心并不是那么坚定，只是短暂的冲动。各种因素影响着这决心，要将它打败。内在的声音敲打着我："我会继续下去的，我做这些是为了你，柯克。""我已经做了一次了，又不是第一次做了，再重复几次也不会造成什么更大的伤害。""除非我做完，否则绝不回头。""这些人并不是什么受害者，他们是专业的分销商，零售商，就这么着吧。"最后，我甚至感受到了淡淡的愉悦的释放，犹豫已经减淡，我被鼓励着向前走。她拒绝去下一个地方——这是比喻的说法罢了，因为她并没有踏着步子从一个地方走到另一个地方。她是一个贵妇——但是她有时候拒绝向前行。她脸上滑过一丝阴影，完全抹杀了对"下一个地方"的记忆，也抹杀了对未来的期盼。

如果我参与的事情本身提供了某种完整的动机，那么所有的事情只需要一个行为的证明，我又怎么能拒绝前进呢？这是对我的决心的公然背叛。

第三大道四十九号的俄勒冈酒吧，晚上十二点半的同一时刻。这里很窄很深，好像一个凹室，要刺透整个建筑。室内昏暗，被色彩斑驳的阴暗笼罩。尽管这里有灯光，有暗橙色、玫瑰棕色，还有其他令人兴奋的颜色。但是能感知到的只是黑暗，它覆盖了一切。那是一种五彩斑驳的暮光。

虽然是这样一个地方，但并不是一个坏地方。虽然我不算什么内行，但是我还是能感受到气氛里弥漫着的静止与停滞感，像是一家勉强维持的公司。这在我刚踏进门的时候就感受到了。

吧台前只有男人，但是在狭窄的走廊的另一头，在出入口处，隔档里放着几张桌子，墙面上的凸起像梳子的齿，虽然没那么密集，但是着实很像。在其中一两张桌子上，坐着几个女人，就是那种在这种地方你通常会见到的女人。她们年纪轻轻，内心却脆弱空虚。她们好像那些经常被售卖的赛璐珞娃娃，头重脚轻，所以当你把她们放平后，她们又会从底部直起来，一直端着架子，笨重而柔软。在她们很年轻的时候，内心就充满了绝望。不管是年轻或者年老，都没有理由去公然地卖弄风姿。一个浮肿的直发女人在和她的丈夫喝酒，他们是那种在墙角互殴并以此来消磨夜晚的夫妇，直到警察来。

最后一张桌子也被占了，这里和那家咖啡厅不一样。虽然我没有特别注意这最后一桌的客人，但是我对此的记忆是这桌子前的那一桌却一个人也没有。我侧身走在桌椅之间的缝隙中，那些在吧台上坐着的人构成一幅笨拙而愚蠢的画面，如同一串项链延伸着，最后一颗一颗珠子散落，黯淡无神。最后，我也被融入其中，看不见任何东西。

酒吧招待员有个助手来帮他收拾桌子,他走到了我跟前。"我在等一个电话。"我说。他转身走了,似乎并没有什么不满。

过了一会儿,我突然忘了联络人的名字,一阵慌张袭来。我安慰自己这并不十分重要,当电话来的时候,我自然会想起来的。大晚上的,一个没有人陪伴的女人在这样一个鬼地方接到两个这种电话的几率是很小的。我在桌角上调整了几百个姿势,才觉得放松下来,无意间将自己融入了周围的环境中。但当我的紧张感消失后,通常会这样。应该是瑞打头的一个名字吧?是瑞斯吗?肯定是的。

我不知道往哪儿看,一侧是黑暗的墙,如果我望向别人,肯定会招来别人的注意。只有我对面的松木板转移了我的注意力。从松木板上面能窥到一点从刚点燃的香烟散发的朦胧蓝色,冲我这边闪烁着。一个令人好奇的物件,就像鱼的蓝色三角鳍一样让人充满好奇,这好奇又会再一次消失。我知道这是什么,是女人帽子上向上飞起的翼。我对松木板的注意力已经下降了许多,虽然还是有点好奇,但是已经黯然失色。一些人,在某个被人遗忘的晚上,用他们的刀或叉或者哪怕是回形针的尖端挖掘着他们的意图,和那些在树皮上刻画自己意图的孩子一样,不过他们是大孩子,是更悲伤更明智的孩子。

他或者她,到底去了哪儿?死了吗?还是活着?到底叫什么?瑞秋?还是别的?还是都不对?也许他或她换了名字。人并不会改变,这是发生在童话书里的事情。他能猜到某个晚上有个女士坐在这里,在一个他曾经待过的地方。这位女士带着她包里的东西,这东西虽然对所有人都是致命的,但是她希望通过这种方式救回她丈夫的命。

酒吧服务员又一次站在我的旁边,我猜想他有点不耐烦了,我竟然待了这么久而没点东西。

他非常亲热地斜靠过来,说:"不好意思,你是佛洛·瑞恩吗?"

就是那个名字。我一听到就马上回忆了起来!我就知道我会记起来的!

我告诉他,我是。

"第二个亭子那儿有个人打电话找你。从这里直走到底。"

我根本没听到有电话响,酒吧里的这些隔间可能隔开了声音。我侧身往外,尽可能地不引人注意。越过椅子和桌子后,我立刻直起身子,走向那里。

已经有人在亭子里说着什么,多么不幸的巧合!和对方的这种接触让我惶恐不安。我非常清楚地记得这些隔间里所有的一切都那么大声而清晰。透过玻璃,我看到有一个人回头,瞥到了他的黑色帽檐。

服务员离开了吧台,等着我。我拉上隔间门,拿起听筒。

没有声音。我不知道该说些什么。"我是佛洛·瑞恩。"我用快要窒息的声音说道,用我另一只手捂着嘴,好像害怕这声音会传出去。

一个男人的声音说:"你那儿的灯亮着吗?"

我看了看。周围昏暗,我没有注意到什么。

"如果亮着的话,起来把灯关了。"

我站起来拧了拧开关,灯灭了。我起先纳闷他怎么会知道,然后我想起来——当有人走进这些付费电话亭时,灯会自动亮起来。

他说:"好了,够了。你把拿到的东西放到电话的退币口。然后挂断电话,走回你的座位上。你知道该做些什么。你数到十,然后假装忘了东西,再回来。不要让人注意到你。"

我挂了电话,打开我的包,取出一个小包放到电话的退币口,然后走了出来。旁边的电话亭还在使用。我并没有说什么,应该没有人知道和我通话的是什么人。

我赶紧走到我的桌子旁。倒数计时着。每数一个数,我都在颤抖,好像丧钟在鸣响。然后我笨拙地翻了翻我的包,假装我遗漏了一些东西,比如一枚硬币,一个唇膏,或者是一个手帕。我站起来,第二次走过去。

第一个电话亭的门敞着,没有人,也并没有人跟踪我到酒吧。我回到第一次接电话的那个电话亭,用两个手指试探退币口。那包东西已经不见了,不过留下了一包纸币,软软的,上面绑着一个塑胶带,和我在咖啡厅里收到的一样。

我把钱放进包里,合上了包。我转身出来,回头望了望。在狭窄的巷子里,电话亭显得很宽敞。刚经过时,会觉得巷子很窄,但是走到尽头,就会觉得很宽。那里有三个电话亭,三扇门。有两个是看起来非常舒服的小房间,另一个则是空着。我犹豫了一会儿,走向空着的那个。我打开门,好像丢了什么东西似的。

外面是一片昏暗,空气弥漫着,仿佛吞噬一切。这是一个四面围墙的巷子,通向街道。

我向另一个方向走去。空气中弥漫着一股子香烟味儿,我现在终于闻到这味道是从哪里散发出来了,这味道在这个空空的电话亭上方回旋着,连通着我去过的另一个电话亭。当我快步走着的时候,我的身体不受控制地发着抖,好像我的身体里有难以控制的瘴气似的。

我并没有在我面前的座位前停下,而是径直走到最外面。我的脚步充满着惶恐，一直极速向前冲，直到最后，差不多是跑出了那鬼地方，来到酒吧间。

虽然我走得很快，我还是听到一个酒吧服务生和另一个服务生的谈话："他必须改变主意，改变见她的地点。"在他们谈话的时候，他们好奇地看着我。

我接连跑过几个门，空气在我经过时像浪潮一样将我淹没。我强迫自己放松下来，尽量控制我本能的厌恶感，想让这飞快的脚步带我快速逃离这里。

如果有人注意或者等待我重新出现，他肯定会被这种突发的情况震惊。虽然我快速经过，我还是看到在门口附近有两个男人站在那里，他们谈着话，整个画面透出一种笨拙感。香烟散发的光像一个飞镖点迅速闪过我的身后，没有留下更多的印象。

在下一个走道口，我回头看了一眼，只是为了确定后面没有人，身后的一切也不会和我有什么关系。

舞者们在夜晚摇曳身姿，她们在舞台中央一簇簇地晃动着，五光十色的聚光灯泻下光辉，留下身后的一片黑暗。她们身姿起伏，在紫绿色的海洋中像软体动物一样飘动起伏，没有一个人能取代其他人，她们紧密地联系在一起，所有人都按同样的顺序排列。在适当的时候，也许过些时候，她们还会以这种形式出现。她们好像被奴役的链条所推动，进入一场凝固、缓慢、无休无止的轮回。

我走了进去，走向这群燃动着的、散发死亡光辉的浮游生物。

到了晚上，这些舞动的群体明显散发一种忧郁。这种表演好像是对死亡的公开庆祝仪式，我觉得她们弥漫着忧郁，甚至比我的忧郁更忧郁。这是一次有固定收费的祭祀活动！一次既永无止尽又永不延续的尝试，尝试着解救痛苦、绝望和死亡，尝试着将她们短暂滞留于彼岸，哪怕就一会儿。

不知道为什么，我突然想起来那天晚上我去找马蒂的时候，那个服务生也在那家酒店里，他的眼睛里散发着死亡般的光。"哦，我的天！"我想，"我知道得太多了！我知道得不仅太多而且太清楚了。"

我瘫倒在就近的第一张椅子上。有个女人和她丈夫在一起，她转身对我说："这儿有人了。"

她的意思是，这是舞者的座位。

"我知道。"我说，看都没看她一眼。我用手遮住眼睛，但是紫绿色的光芒无法阻挡，透过指缝还是刺向我。"我只在这儿休息一下，马上就好。"

音乐停了，奴隶般的舞者也停了。她们把手举过头顶拍打着，好像身子下方无处拍手一样。音乐再一次响起，把他们对死亡的恐惧又延后了几分钟。

我站起身，绕开外围的舞者，要从她们身后和附近的桌子旁挤出一条路来。简直太拥挤了。我往外走的时候，一个坐着的男士伸出手抓住我的手，我推开他往前走去，他赶不上我。

我推开门，走了进去。

好几分钟，死一般的寂静，我的出现忽然像一个隐藏的炸药。从面前的曲面镜中，我看到我正在往前走，所以走到中间之后，我无法控制自己，打了个冷战。空气中飘着廉价香水的臭味，但还不至于让人感到恶心。一个高胖的有色人种女士坐在一张椅子上，她的肤色是暗黑的焦糖枫叶色。当我走进去的时候，她的手懒散地放在大腿上，悠闲地看着自己的手指头。我在镜子前停下来的时候，她在我身旁站起身来，带着一种和蔼的神情。

"孩子，带东西来了吗？"

她那张脸不带任何刻薄，但是又有多少可信的成分呢？她说话的声音温柔、美妙、让人平静，简直是天籁之音。和蔼可亲便是我对她的印象。她，和蔼可亲，具有母爱且让人舒服。她展现着这样一种天性，又可说是在模仿艺术，特别是对于纽约这种地方来说，她可能这辈子从未走出这里，算是一个出类拔萃、心胸宽广的人，怀念着在那些歌谣与海报上所描述的南方黑人妈妈。

我说："你就是比乌拉吗？"

"我有时曾听人这么称呼我，我的孩子。但是这并不是我的名字，不过你就叫我这个名字吧，虽然我还有很多名字。"

我的手在包里摸索了半天："我，我，有人告诉我，要——"

"不在这儿，我的孩子。这儿，你过来，比乌拉示范给你看。"她说话的样子很和蔼，好像正在安慰一个扯着她裙子的焦躁小孩儿。

她从我这儿拿走了东西，走出去了。

我听到她打开了什么东西，我想可能是她衣服的扣子。我向前走了一步，她没听到，但是应该感觉到了，因为连我自己都没意识到我往前走了一步。"别乱动，我的孩子。你在这儿待几分钟，比乌拉不会花太长时间的。"

我又回到了镜子那里，还是发抖。不过我在其他地方也发抖，已经没什么区别了。她在玻璃板下面放了一些可能是我要的东西。钱放在梳子和煎饼状泡芙之间。有那么几分钟，我并没有立刻去拿钱，我喝了点冰水，用一只手擦拭着另一只手，好像手上真的有水一样。

她说："为自己留点东西吧，孩子。很多人总不这么干。"

我觉察到她正以一种溺爱的深情注视着我。她像母亲一样把一只手放在我的肩上，另一只手在泡芙碎片上。"我的孩子，你真是个可爱的小家伙，你真的像个孩子一样。来，让比乌拉帮你搞定一切。我来告诉你怎么做。"

她扶着我的肩膀，我却局促不安。我把泡芙扔到了一边，它马上消失不见，像闪退进了一片白雾中。我往回退，在镜子中依然战栗，这一次还有一点厌恶感。"别碰我！你是个，你是个魔鬼——你应该——"

她没有表现出一点儿不高兴。我想，她根本不知道什么是生气。她站在那里，还是那么和蔼，如此溺爱般地看着我笑。"我的小甜心，上帝保佑你。"她低声柔情地重复着这句话，好像在宣布一种祝福，"上帝保佑你，我的小甜心。"

我想用门口的一把扫帚将她赶出门，如同擦拭一只杯子的污点。

比犯罪本身更可怕的是，你意识不到自己在犯罪。

人们依旧歌舞升平，从绿色的海洋缓慢跳成紫色海洋，从紫黑再到绿色，草率地从一种颜色过渡到另一种。她们跳舞的时候还伴随着和谐的歌唱，使整个画面更加恐怖。

跳起来，跳起来，小姑娘，
人生将在有节奏的击打中飞逝，来，
想象一下——

我从人群边缘杀出一条路，真的是用我的胳膊和拳头杀出一条路，但是他们并没有注意到。音乐是麻醉药，麻醉了他们的肩膀、脊背和全身。

"哦,柯克,我到底在干什么?"一种清晰的理智像火箭般击穿我,让我眩晕,不过很快就消失了。可是在这种意识袭来的时候,我好像跟跄着被带到了避难所门口。

那儿有个男人正在读报纸,离我很近,我几乎要碰到他。他把报纸举得离自己很近,我好像看到了上头的字。他一开始将报纸拿得很低,是突然把报纸举得那么高,我不知道我为什么会有这么奇怪的想法。

光线不是很好,如果换一种情况,我会纳闷:他为什么会选这种地方?但是现在我没有任何疑问。

他应该能听到我发出的叹息声,我离他那么近。然而他太专心了,没有注意到我。我快速走下街道,身后的标志牌闪过,越来越小,上面这样写着:

咪咪　　　　酒吧

　咪咪　　　　酒吧

　　咪咪　　　　酒吧

我记得名字,因为我老往后看,几乎是在它们闪烁不见的时候,我就往后看。对于非具象的邪恶之灵的恐惧好像已经将我物化,追逐着我,逼我从那个地方跑出来。

但是,并没有。什么都没有来追我,只有一个旁观者面无表情地站在那里,消失在他的报纸里,和报纸融为一体。就这样。

一度,我觉得我听到一阵虚弱的啸声从身后传来,不是机器的声音或某个人的口哨声。我说不上来这声音是从哪儿来,也不知道这声音去向哪里、又因为什么而响起来、到底要表达什么意思。或者其实并没有什么声音。我再没有来过这个地方,这种声音也再没有骚扰我。夜色中充斥着这种声音,而我以自己的恐惧来与之抗衡。

他们叫这个地方"宝石剧院",它有往昔,有历史,我想,就像所有的男人和建筑物一样。说不定那些穿着紧身束腰裙的女士们曾经戴着鸵鸟毛的帽子从宽大方顶的加长豪华车里出来,来这里出席晚间活动。之后,富人们厌倦了这些活动,而一群无关紧要、筚路蓝缕的女孩们,一天五六次地往里翘首张望着。它就是这样的存在。现在,它衰败了,正在等待它的门前堆满石头。

无家可归的流浪汉在附近徘徊,想找一个睡觉的地方。门房每隔一段时间就会踹他们的脚底,将他们叫醒。他们毫不在意,再一次入睡,等待黎明的光辉。

这剧院从未关闭。不管白天黑夜,周而复始,一束束蓝灰色的颗粒发着嘶嘶的声音,从青灰色的黑色幕布上洒下来,好像雨水。啪啪的机械声好像在这雨里徘徊,发出空洞的回声。这是鬼魂间的言语对话,发出这些声音的嘴唇并没有实际的影像,好像脱离了言语很久之前或很久之后,才做出动作。

我停了下来,花二十五美分买了一张票。亭子里有一个男人。他们不允许女孩子这么晚来到这里,不过另一个男人在里面的入口处拿走了我的票,打破常规地让我进入。

我走进黑暗,瞥到了银幕下苍白的蓝色入口,好像在我面前打开了一扇窗,还有一群昏昏欲睡的攒动人头,分散着,深深地埋在座位的背后。我转到另一边,沿着楼梯,径直往阳台走去。左右两边,正相对。他说过,他会在阳台的左边。

曾经闪耀光辉的地毯还在,不过现在脏兮兮的,粘着脚,好像海绵一样。楼梯转弯的时候,我正碰到一个下楼的老太婆。她看起来像打杂的女佣,下楼的姿势十分小心,紧紧扶着栏杆,每走一步都先仔细确认,然后好像连脚趾头都使着劲,手里高举着一只酒瓶。

我回过神来的时候,听到丧钟的鸣声,回头一看,她正拘谨地拿着那只空酒瓶小心翼翼经过转弯的角落,生怕损坏。我看到她濡湿了指尖碰了碰瓶侧,好像要做一个深情的告别,然后离开。

我走出来,来到座位后面的阳台上。那不断泻下无数光线的"窗口"此时在我下方。喷着浓烈烟柱的白光,伴随着空气中的细菌,从我头顶斜射而下,银幕上目光炯炯的眼睛注视着一切。

大部分人坐在前几排。最后几排,特别是左手边的几排,几乎没什么人。座位被中间的走廊分成两排,我要去的那一排完全没有人。第二排有一个男人,听声音已经睡着了。其他的几排看客廖廖。我侧身走过去,在第三个座位前站了几分钟,然后改变主意,又回到了第二个座位。我也说不上为什么。

我向周围看了看,看了看我刚才下来的楼梯,没有人。我又顺着目光向前看,望向那个"窗口",它通往一个自欺欺人的世界。我无聊、悲伤地看了那么一两分钟。

在远处的第一排,一个男人从座位上站起身来,迈向楼梯走廊。他好像并没有看我,虽然快速地用探询的眼光扫了他一眼。我把他当作某个只是简单走出剧院的观众。

有好几分钟,我充满期待地坐着。忽然,一股烟飘近,我转过头,他正站在我身后,几乎挨着我的肩膀,手肘支撑着座位旁边的横向挡板。他好像没有意识到我的存在,眼睛看着银幕。他将自己摆在一个很微妙的位置,我几乎没有注意到他的存在。

我不知道应该谁先开口说话,没有人告诉我。那不存在的围巾可能属于我们两个中的任何一位。然而,不过,当时还没有很冷,还不至于戴围巾。根据常识判断,我似乎找到了一丝线索。

"我是不是把围巾掉到您的座位底下了?"我用模糊不清的声

音嗫嚅道。

"是的。"他说,然后他灵巧地在过道里转了身,坐到我身旁的座位上。

他没有摘下帽子,身体向外倾着,远离我而不是靠近我。不过眼睛却习惯性地盯着银幕,好似在掩饰什么。现在想来有些令人作呕。

我在包里摸索着,掏出了莫当特给我的最后一份东西。我把那东西平稳地放在细长的座位扶手上,把它推得尽量远。当我再看时,东西已经不见了。我发誓,他根本就没有动,他的胳膊在胸前交叉着,没有任何动作。

"我希望我这辈子都不要再看到这些白色的小东西了——"我这样虔诚地想着,突然,意想不到的事情发生了,打断了我的思考。

一阵快速低沉的脚步声在我们身后响起。我一直没有看清到底是谁,但肯定蜷伏在我们身旁向走廊一侧打开的隔板那边。我看到一只手突然从我身后搭在了我邻座的肩膀上。一个迫切的声音说道:"别动!她是卧底!我刚看到他们从下面走上来。"

然后那只不知道是谁的手,还有声音,突然消失了,像来的时候一样突然。

我旁边的这个男人突然站直了身子,他的脸转过来看着我,以炽热的目光愤怒地看着我。我没有及时注意到他的手摸索过来,像一只蛇。幸运的是,他没有用拳头而是张开手在我的身上拍打。拍打声在寂静中回响,就像点燃的爆竹,惊醒了昏昏欲睡的大脑,人们仰着头观赏着热闹。烫伤般的疼痛席卷我整个脸部,甚至脖子也不能免遭于难。我的眼睛因为疼痛而湿润了,甚至有几分钟因为泪水而看不到他。

"等等。把我应得的东西给我!"我哭泣着,试图抓住他。

"我只会给你这个！"我听到他的嘘声。然后他走了，整个一排座位都空了。几秒钟后，我的眼睛捕捉到一个移动着的身影，黑暗中的身影，移至外层楼梯处，离大楼墙壁远远的。通往紧急通道的那扇门响了一下，随之一切再次回归静止。

然后，什么都没有发生。有人被打了一巴掌，在这种场合很常见，甚至打在一位女士的脸上也没什么。人头又慢慢转向，在那个方向寻找着新的乐子。

我带着疑惑蜷缩在那里，有好一阵子。随后我站起来，走在椅子后面铺着地毯的过道上，不知道该往哪个方向去。卧底？卧底？那是什么？他们？走下楼梯的他们到底是谁？

我有些害怕下楼，甚至完全不敢走上他离开的那条路——那是通往外面的紧急通道。我害怕摸索着黑暗小路走，究竟会有什么在等着我？

我在楼梯口停了很长一段时间，目光轮番扫视前排观众和身后的阳台座椅。没人出现，没人靠近我，那个酒瓶仍立在老太婆放置的地方。

我最后鼓起勇气，决定向他们走去。我感觉自己像她那样走着，一步一步地扶着扶手下楼。你能学得这么快啊，你能这么快地成为这场景中的一部分，融入其中。

就要接近转弯处了，我要么加快速度，要么压根别下楼。我不可能那样滑下去，因为那样就完全暴露了。

我真心希望那个瓶子里有些什么能给我一丝勇气和鼓励。不过，我还是得硬着头皮走完全程，打起精神，迈出脚步。渐渐地，底层楼梯出现在眼帘。那些昏昏欲睡的脑袋就像是黑色布丁上点缀的葡萄干。要是我走下去，会不会有人突然起身跟着我？

我不禁加快脚下的步伐，经过他们身边，走到大门前，没人移动。我倾斜着身体穿过大门，尽量闪开最细的门缝，避免外头的光线引起他人的注意。

一切正常，没人起身追我，没人在外等着我。根本空无一人，甚至连读报的人都没有。

没人关注这里，只有夜晚寂静的纽约与我同在。

慢慢地，我突然想到回去可能有些危险——回到我应该回去的地方——莫当特的家，绝对是危险的举动。

我曾经相信法治世界的存在，不过我现在所处的环境毫无法律可言。在丛林中，没人相信你，只要有利可图，人们就会不惜一切地欺骗获取。大家都深谙这个道理，所以得假装像是你也在欺骗他们。没钱，就别想获得一栖之地。

但是，如果我不回去——

不，我必须回去。他也必须相信我。

我跟跄地回到家中。躲在门后时，那个恐怖的夜晚已经"消失殆尽"。我完全无法入睡，担心再次回想起那一夜的噩梦。"比尤拉①会治愈你的，孩子，她会指导你前进。"

我双手抱着头——似乎颤动着又悔恨着——手中是一杯始终尚未动过的水，偶尔溅出几滴，落在身旁的地面之上。不一会儿，白日来临，似乎一切都有所好转，也更容易忍受。我靠近窗户，掀起窗帘，让阳光洒满整个房间，感受着阳光的治愈和洗礼。光线像是上帝的肥皂泡沫，散落在窗格和墙壁上，浸润着我的脸庞和疲惫的双眼。

---

① 以色列的别名。

不一会儿，我觉得有些困意，于是躺在座椅中，背靠枕头，昏昏欲睡。惊醒之后却意识到自己害怕黑暗的降临。

就在今晚，今晚即将来临，马上。

"如果你走，他不能拿你怎样。"我不停地安慰着自己，"只要不去那儿，你就没事。"

那种想法的确有效，我又一次克服了恐惧。"如果你现在就要放弃，当初为何要开始呢？昨晚整夜的恐惧难道白白忍受了吗？不，不论事情怎样发展，你都必须迎面解决！"

夜晚如序幕般揭开。最初，夜色是透明的，过滤着光线，之后逐渐暗淡，直到黑暗完全降临，浓厚的夜色仿佛化不开。

时间到了。我双手冰凉。

我起身在黑暗中穿过房间，放下窗帘和百叶窗。然后停下动作，小心翼翼地"窥探"外面的情况。我已经熟知野外街道的情况，这也是我得以发现他的唯一原因。我知道那儿的门口不应该有那样黑暗的阴影，而是直线条。不是凹凸不一，而像是肩膀、腰和屁股的投影一般，肯定有人站在那儿。

昨晚的一切再次浮现在我的脑海中，可能正因为如此，而不是因为不确信，才迫使我离开窗边。如果那儿有人的话，跟我没什么关系，怎么会跟我有关呢？

"你知道，只有你，没有其他人。这条街上的所有居民只有你是孤身一人。"

我在黑暗的房间深处静坐了一会儿，抑制着那种冲动——回到窗边再次偷偷地窥视。

难道莫当特派人盯着我、确保我会守约、不会潜逃？肯定是的，还能有谁呢？

我心里想:"有时候街道下角可能会出现一辆车,如果车前灯够高,就会照亮整条街道、墙面和门口。我曾经经历过。他肯定不知道,也料不到,而我不同。"

我再次回到窗边等候着,躲在窗框旁边。

街上的车辆不多,只有一辆车经过,但其光线却毫无威力可言,仅留下昏暗。

之后,一辆我所期待的车突然闯进视线,那是一辆小卡车或是商务车,灯光相当刺眼。转弯的时候,光线沿着道路一侧形成反射抛物线,虽然转瞬即逝,不过对我而言却足够了。就像暴风雨之下的闪电,瞬间照亮一切,门口的身影无处遁形,像是定住的士兵停留了一两秒,接着隐入黑暗之中。

我蓦然觉得精神放松,离开窗边,感觉一切有些不太真实。我原本想要知道,现在也的确知道,那儿有个人,他不想被人发现。在黑暗"拯救"他之前,他似乎习惯性地后退。

只有一条路可以出门。

已经过了出发前往莫当特家的时间,要是再耽误下去,可能无法守约。我出发了。我知道自己的确这么做了,虽然我害怕得不行,但还是出门了。

我想:"这次我该带上什么武器一起去。"我环顾四周,却不知道该带什么。没什么可带的。转而又想到:"在那间房子的地下通道里,就算带上什么也没多大用处吧。"于是空着双手出门了。

我出门的时候谨慎地望了一下门口,现在只剩下一条直线光影,但我却无法再次相信那儿根本没人。那个门口不是直接面对我所住楼房的入口,有点靠下方。虽然街道比较宽,我还是不死心地从门口经过。

眼前看来似乎有些空旷，毫无生气。虽然就像过去一样，但是"掩饰"的空虚对我却毫无意义。我知道里面有个人等在那里，就在深处，靠近深处，没人可以发现。

逐步走向门口，乃至经过门前的时候，我根本没法保持眼神不动。不过我却强迫自己盯着前方走下去。如果他根本无意出来的话，就不会在此刻出现。在转角处，我快速地回望了一眼，空无一人，那地方被完美地掩饰着。

远处的巴士行驶而来，我加快脚步跑了起来，仍然没有任何人影跟踪。我上了车，唯一可以确定的是没人跟着我上车。如果打算追踪我，肯定被无奈打断了。

下车之后，我沿着街道下行，走向他的家，虽然外表看起来我可能比上次更加坚定、沉稳，内心却更加恐惧。这完全是不同的体验，不再是孩子气地害怕黑屋子，或是害怕毫无征兆的疯子的袭击，而是更加深层的恐惧——面对貌似合理的仇恨，作为十恶不赦之徒的同谋，我未能满意地完成他的任务。

我避开视线，走进通道深处，就像在流沙上走动一般，行动迟缓，直到走完很长一段路。

他的声音像上次一样毫无预兆地穿过地下室的格子门在我的耳边响起："真从容啊。"

我没有回答。

他的手摸索着，格子门却丝毫未动。

"我都打算放弃你了，不过却讨厌那么做。"他的话中充满赤裸裸的威胁。

我仍没出声。

他再次说道："向前走吧，你知道该怎么做。"

我沿着隧道般的地下室盲目地走着，就像是在梦游，在梦中，结果已经注定是悲剧，却仍要一步步走向注定的高潮部分。

我无法看到光线，之前那道可怕的光线。在我意识到的时候，光线再次消失了。

继续这样下去，他会解决一切。他已经在那儿了，离我那么近，我走走停停，觉得自己的表情泄露了一切。

"你挺紧张的，是不是？"他不友善地说道。

就像前些天的晚上，他指向那个装货箱："坐下。"口气同样不善。

他坐在我的对面，双肘支着身体微微前倾，虽然没见到他嘴唇在动，但却可以想象他的舌头正在舔舐着嘴唇。我也不知道为什么。

"你有没有去过那些地方？"

"是，我去过那些地方。"我不确定，但是我想这是进来之后要说的第一件事。

我把第一叠钱放在桌子上。"这是咖啡馆的一个男人给我的，就坐在——"

"我知道，我知道。"他挥了挥手，不去注意那些细节。

"这是酒吧的一个人给我的。"

他拿走一样东西，我就再拿出一样。

"这是在夜店的那个人给我的。"

他等了一两秒。"这是第四个地方，是不是？"

"在那儿发生了一些事。我最好还是先告诉你发生了什么吧。"我觉得莫名其妙地恐慌，甚至在说话时都可以感受到声音就在胸腔之中震荡。

他的语气没有任何变化，我却适应了。

"你交了货,然后有个人在他耳边小声说了什么,他就突然跳起来跑走了。"他在仔细思考,也留意听着我的话。他轻轻地摇了摇头,就像有什么不对一样。"他不是傻子,他知道后果,如果他——"他说着,随之转移话题,又说:"他不可能那么做——"

"但是他的确那么做了,我还试着抓住他的胳膊呢!"

他仍然盯着我,我无法读懂他的表情。"大概什么时候?"

"今天凌晨三点。"

他的嘴唇紧抿成一条细线。"上楼吧,怎么样?我们可以在那儿好好聊聊。"

他起身,手持灯向外走去。我想,要是留下的话,就只剩下黑暗。我缓缓走在他前头,穿过大门,回头看他,盯着他的表情,直到灯光突然熄灭,一切回归黑暗。

我在黑暗中摸索着上楼,只是凭本能而不是身体的灵活赶在他的前面,保持着一定的距离。我拍了拍上方紧闭的大门,他却随后猛地扭开,感觉就像是粗鲁地戳了我一样,虽然他的手根本就没有碰到我。

这是一楼大厅的后方,昏暗的灯光照耀着屋内。

他打开三扇门中最近的那扇,打开了灯,光线和大厅一样昏暗,不过至少不再黑漆一片。

"在这儿等一会儿,别出去。"他关上门离开了。

这个地方太过神秘,根本无法判断是在哪里。屋内有铁床框架,却没有床。可能只是一个房间而已,就在我第一次拜访时那间检查室的后面,那天我也曾在对面的会客厅中等候。

我悄悄地听了一小会儿,他似乎已经离开,没有听到任何回来的脚步声。

我试着拉门，虽然门把旋转，却无法打开。

他把我锁在了里面。

恐慌席卷而至，我的第一反应就是使劲拍打门，求他放了我。我的双手已经握成拳头，却还是在最后一刻停了下来。"等等，不要轻举妄动。他还没做什么呢，如果你不激怒他的话，可能就不会……"

寂静中，我听见拨电话的声音，却无法听见他在说些什么，只能感觉他的语速很慢。

每次呼吸都异常紧张困难。

我转头寻找之前见到的另一扇门，我早就应该想到那扇通往咨询室的门，不过即便如此也太晚了，一条白线出现在周围，就像是射线，原先黑色的钥匙孔被一个小小的白色缺口取代。

在意识到高强度灯被打开时，我最初的反应是他已经打完电话了，甚至可以听到他把搪瓷锅移到一旁时发出的碰撞声——后来记起那就是我第一天在那儿听到的声音。

我转向另一边，蹲下身体，想要透过钥匙孔察看外面的状态。

他站在洗手台边，却没有洗手，两只手下垂，好似在轮流用力拉着什么，可能是活塞，我也不太清楚。我似乎见到玻璃的反光，像是管道或是棒子，穿过他灵巧的手指，折射出微弱的光，不过我不能确定。之后，他转身朝着钥匙孔走来。

我惊吓，倒退，一步一步地向后退，惊惧着无法转身。我找到另一个门把手，正是第一个，双手胡乱地转动着，门却纹丝不动，只得祈求上帝，却毫无用处。我跑向铁床，已经无路可退，没有障碍物，更没有阻拦，就像一只被困在笼子里的兔子，无能无力。

我把铁床移了移，靠墙留出一条窄道，躲在背后，尽可能缩小身体。眼见着门被打开，他走了进来。

他脸上仍然没有任何表情，语气却掩饰般地谦虚："我有东西给你，这是你应得的。"他随意展开的手中握着一两张支票，好似为即将宰杀的兔子提供的美食。

我呼吸急促起来。

"快，拿着吧。你不想要吗？"

"等等，你为什么把另一手放在背后？肯定有什么东西吧。为什么要那样拿着呢？"

他像出去时那样轻声地说话。他说出的东西不一样了，而他的语气和表情却没有一丝起伏。"你这只可爱的小老鼠，叽叽喳喳地说个什么劲。快点过来，来我这儿。"他在这样的情境下召唤着我，那只空闲的手逗弄般召我过去！

"把另一只手给我看看，到底有什么？"

他走向我，拉开铁床，拉宽那条窄道。"不要靠近我。你到底想怎么样？待在那儿，你听到没有？我又没对你怎样！"

"你过去不会，将来也不可能会。我知道你不会。"

他从窄道的一端走过来，我就从另一端退出去，双手撑着铁床外框平衡身体。

"我什么都没做，我告诉你！"

"不。你昨晚在剧院认出他之后不到十分钟他就被带走了。我都听说了。"

我大声吼道："我都不明白你所说的认出是什么意思，怎么可能？"他静默地看着我。

"你现在来这儿就是为了捅死我吧？来吧，快点动手，你这个卑鄙的家伙。我就在这儿光明正大地等着，你是我和他们之间唯一的联系,我可以在十分钟内离开这栋房屋,之前就那么干过,如果必须那么做的话,照旧没有问题。但是我宁愿放弃他们九个人……"

他拿出手里的针。我没法看到针,只能从他手指的V形手势里判断出食指和大拇指分别捏着针头和针尾。我低低地呜咽嘶吼着,不是恐惧,更似哀鸣。他再一次离开小道,我即刻从另一头再进去,他转换方向,我也照着做,这场生死搏斗又出现不一样的局面。

"你不会有什么感觉,轻轻一下,就可以解决所有的问题。这就是你来找我的理由,不是吗?我现在就为你治疗。你现在只需要睡眠,而药方就在我手里。"

"他们肯定会知道的!"我趴在地上说道,"你只不过是徒增罪孽……"

"他们甚至连发生过什么都不知道。吗啡中毒,我亲爱的病人,只会留下一条线索:瞳孔放大。然而,只要在你完全断气之前,在每只眼睛上滴上颠茄就会一切正常。死因不明。凭想象在我的家里发生的一切来怀疑我和在庭上证明我有罪是完全不同的两码事。"

我突然低伏身体,用尽全力把整个床架推向他的背。他被困在中间,身体紧紧地靠在墙面,艰难地保持着平衡,床架就在膝盖下面一点,所以根本没办法推开,只能紧紧地压制着他。他必须弯曲膝盖,双手才能使上劲,而这也意味着他的膝盖骨头会被撞击、挤压。

就在这宝贵的一分钟内——虽然他锁上了原先的门,不过他刚刚进来的那扇门却敞开着,灯光照射进来——我飞快地跑向那里。

离开这儿只有另一条路可逃,就是通往前屋的那些滑动门板。我使劲地用手指抠着门缝,指甲都抠断了,却无计可施。在我总算把门打得够开的时候,他已经走到我的背后。

旁边洗手台的边缘摆着那个搪瓷锅,我抓起来砸向他。不过其他的大多数都是轻巧的小东西、短棒什么的。我一股脑儿地往他胸口扔去,却没什么杀伤力。

我再次扭转了一下门把手,总算可以溜出去,最多只有三十秒的机会,外面一片漆黑,根本看不清路,不过我曾试着记下来。我朝左走去,厅里有扇门,穿过门之后,正右方就是大门。

我犯了一个错误,门转开过大,以至于他走来之后猛地转了一下,我就被困在了转门里。逃生时间已经用尽。我们的影子同时投射在门上,转门是我最后的喘息机会。我想,要不是他另一只手拿针没法两手并用的话,他本可以更快地抓住我。

我的双腿好像被什么从后抓住,只有使劲地挣脱,最后却不小心摔进沙发,他转而俯下身来,站在我对面,把我固定在那儿动弹不得。

我不知道该怎样保护自己,根本没有任何反抗之力。拿刀刺甚至是拿枪射,可他就像是一条毒蛇,狡猾棘手,被他咬一口就会毙命,根本无从抵抗。

朦胧中,我好似听见哨声响起,就像那天晚上我在街上帮他跑腿时听见的。只不过这一次更快、更短促,就在屋外。我知道那不是真的,只不过是垂死挣扎时脑海中记忆的"把戏"而已。突然,一阵含糊不清的脚步声响起,就像是在屋外集合一般,随后,是风吹树林的响动。

他停下动作,静静地听着屋外的动静。"好吧,我还是先把你解决掉。只要你死了,他们有再大的能耐也拿我没办法。他们一向无能,永远不可能是我的对手。"

我的双手紧抓着他那半秃的头发,使尽全身力气想要把他头皮拽下来,不过没能成功。

他在找下手的地方,拽下我的裙子肩带,抓着肩带寻找可以下手的地方——肩膀关节。

我听见门被打开了,是大厅外面的正门,声音好似木鼓一样低沉。

"他们仍然无法——"

黑暗中,我可以感到他的手臂往后动了动,我不知道那只手会从哪个方向攻击,上面、下面或是正面,也不知道会间隔多久再攻击,一秒、两秒还是三秒。

我扭动着肩膀,大力扭动着,想要避开,就像最后的挣扎。

他的手蓦地斜扇过来,我听到类似小针的东西戳在了沙发上,紧接着,湿湿的液体渗了出来,顺着我紧靠着沙发背的肩膀滴落下去。

一道刺目的光线照向我俩——圆形电筒光在不远处,为整个房间营造出苍白之感。我躺在那儿,他横跨在我身上,慢慢地转头面向那光,仿佛不想逃脱。

我快速地眨动眼睛,光线变暗淡,光晕更小,然后一切消失。

我第一次晕了过去,也是最后一次晕过去。

不一会儿,我清醒过来。不是因为被施救,而是噩梦惊醒了我。

时间流逝得不多,就像是放映中的影片被剪掉了一小段,持续进行的动作从原先停止的地方向前跳进了一点点。莫当特正要离开那间屋子,脑袋耷搭着,看上去就像脖子断了似的,不过还能走路。他的手臂背在身后,手腕上有什么东西被门框处的灯折射出亮光，从他身后发出。随后，另一个人抓着他的胳膊走出去。

屋里的灯亮了起来，有些刺目，难以适应，我像是在一个之前从未去过的奇怪地方清醒过来。背面是一台旧式留声机，墙上的玻璃下是绿头鸭。几本旧杂志，可能是病人的读物，掉在地板上散落着。被某个人的脚无意地踩在上面，顺道踢散了一页，被那人的脚带到了离杂志有一小段距离的地板上。

屋里站着一群男人，他们的脸上没有任何内疚和担心的神情，都是冷酷的残暴分子。其中一个站在那儿盯着我，等着我看他。

"站起来。"他粗暴地说。

我强迫自己把背移离沙发转角处的凹陷。我整理好被他掀开的裙子。

"你叫艾伯塔·弗伦奇。"他简略地说，眼睛盯着手里打开的记录册。

"是的。"我放松呼吸说道。

"你住在——西街六十八号。"

我再次答是。

"站起来。"他拉着我。

我用力推沙发扶手，踉跄地站起来。

他又抓住我的腕关节和手关节，就像是抓杠杆一样。他的动作很粗暴，我必须顺着他走才能避免骨折。

"现在径直往前走，走出面前的那扇门。"

我断断续续地问道，双脚不情愿地停下："为什么要这么对我？你要把我带去哪儿？他——你难道没有看到他打算怎么对我吗？"

他的语气比莫当特更加尖锐，完全是公事公办的冷漠语调，而不带个人情感："你现在因涉嫌走私、出售毒品而被捕。"

我耷搭着脑袋走出去，跟莫当特一样，像是脖子断了似的。一个陷阱就把狡猾的老大和跑腿小妹抓住，也真是高明。

我最后一次被全面审讯后——或者也可以说是最近一次，因为我不知道是不是还有下一次——没有以前那样被押回拘留室，而是很快被转送到警局总部。

我被带进一间办公室，见到弗勒德的第一眼，我就知道，今天之所以有特殊待遇，都是因为他。

他们把我移交给他，落在他的手里。

他相当不高兴，就像是吃力不讨好的工作，不敢确信自己可以胜任。

"你被释放了。他们告诉你了吗？"

我当时已经麻木，根本没法在第一时间反应过来。我已经被拘留了四天。"不，他们没说。我注意到他们上一次的审讯方式有些不一样了，仅此而已。他们问的更多的是关于柯克的案子，还问到我为他的案子所做的努力。"

"好吧，这就是你被带到这儿的原因。是我为你求的情，我花费了好大精力去说服他们。我只是一个普通人，你知道，没什么特别的影响力，只不过恰巧熟悉你这个案子背后的一些线索而已，所以我就跟他们求情，摊底牌说服他们。也可以这么说，从手续方面看，你并没有被释放，而是在我的羁押之下。你不会面临联邦法庭的指控。这交易对你有利。但是作为交换，你必须提供有力证据，证明莫当特和其他三个人及一名黑人妇女犯下的罪行。"

他尖刻的语气毫无同情。"别哭着后悔，都是你自找的。"

我放开双臂,眼睛不再盯着桌子上的记事簿,无助地问道:"我现在可以走了吗?"

"是的,你可以走了,"他不甚友善地说,"好好考虑我的建议,回家好好休息,从现在开始,别再掺和这些麻烦事。你看,要是你当初听我的话,这一切就不会发生。那天你去找我的时候我就告诉你——"

在他喋喋不休的同时,我起身向门口走去。

对他,我仍然没有什么敬意。"你真是个笨蛋,小默里太太。我相信直觉,我愿意相信在这堆烂摊子上你是清白的,不过……"

我在门边转身看他,哑然失声。这句话毫不留情地剥开我所有深藏的委屈和软弱:"你不相信我是自愿跟你合作的——"

"我是很想相信你的。但是你得知道,我没有证据,而你有。"

他打开抽屉,取出一个像是文件或卷宗之类的东西。他舔了一下手指,快速翻过夹在其中松散的几张纸。"在你离开之前,你可能会对这个感兴趣,你会发现之前做的都是在浪费时间。他的名字是莫当特,对吧?默瑟女士被杀是哪一天?没关系,我这儿有。是五月十二号。我为了查这个人的资料,花了大量的精力——甚至在我还穿着开裆裤的时候,他就已经有案底了——这些是我从文件中整理出来的一些有趣的点。他最近一次被捕是在三月十五日。很明显,他由于一些严重的指控被捕,不过他显然耍了些取巧的把戏,只承认了比较轻的罪行,只需要被关上一小段时日就行了。无论如何,他由于这样那样的小罪行必须在福利岛上服刑六十天,而他被释放的日期,记录里写的是五月十五日,在她死后的第三天。"他蓦地合上文件,"为了防止你还有任何疑虑,我核对过指纹,是他,没错。"

我的头只低下了一小会儿,没有一直低下去。我抬起头的时候,比之前抬得更高。

"这就是犯错误的好处,"我轻声地说,"这样,我就会一直往前,不会轻易放弃。"

他好奇地看着我。我不清楚,出于某种古怪的理由,他看到我这副应战的架势,似乎比上一刻更喜欢我了。

"我喜欢你的斗志,"他承认,"不过你的逻辑很差劲。"

"我想你可以阻止我。我在你眼里只是被假释,如你所说。"

"我必须这么做吗?"

"否则你只有一个办法,就是把我关进监狱里。"

"你难道不清楚这根本没有用吗?相信我,默里太太,没有用。放弃这个轻率的念头,不要尝试——"

"不,我不会放弃。就算我想放弃也做不到。我相信,我只能如此。别阻止,我不会让你这么做。"我打开门打算告辞,"凭什么要我放弃?只因为这一次我犯了错?那么下一次我说不定就做对了!不到最后一刻,人永远都会犯错。做对的时候,会将之前所有的错都抹去。我要继续,弗勒德先生,我要继续下去。无论你会不会惩罚我。下一次也许就做对了,最后那一次。我跟杀手也许只差一个钟头,也许只隔着一栋建筑。他也许正在某一处角落等着我。下一次,当我接起电话的时候,也许就是凶手在应答,也许我会听到他说:'喂,你是谁?'"

第八章　巴特菲尔德9-8019，梅森

"喂，你是谁？"

电话里的声音让人印象深刻，在我耳边鸣响，冲击着我。那声音急匆匆的，但却不是那种"我赶时间、你找我什么事、不要烦我"的感觉，而是满怀激情与渴望、一直精神抖擞地在旅途上迎接新鲜事物的声音。拥有那种声音的人，总会遇上特别的事情，就算事情还没有发生，也必将发生。

那声音就好像品味第一口鸡尾酒的曼妙，如站在船头吹拂海风般满怀希冀，如那种让你不由自主地翩翩起舞的美妙舞曲，又如那种在酷暑难耐的八月里身体刚刚触碰到冰凉洗澡水的透心凉，又如那种在极度危险的滑雪道上转弯的刺激……所有那些让生活更充实的东西，那声音里都有。那是怎样一种声音啊！

"我是你认识的一个朋友的朋友，刚到镇上，我承诺过要联络上你。"我说。

那声音十分爽朗、友好而毫无疑心。他相信了我的话，似乎不知道何为疑心地问："我的那个朋友是谁？"

这是个问题，是谁呢？

"是你很久没见到的一个老朋友，现在，你不妨猜一下。"

那声音顺从了我的意思，去猜这个疑团，开口道："让我想一想，一个我很久没见了的朋友？"他嘟囔出一两个我没有听清的名字，又马上否定了。而后，他说："一定不是艾德·劳里吧？"

我笑了出来，克制了笑声，试图用笑声向那声音传达让步与求和。我没有回答、没有否认也没有承认电话那端的猜测。这样，一旦错了，我还可以保全自己。

他说："好吧！你都知道些什么？"他像是对一个许久不见的朋友冒出来那样好奇，"他在哪里？还活着吗？"

我说："那是我最后一次见到'他'，我是一个人饶了远路来的。"我又笑了，笑得不露骨，但足够让他以为我在开玩笑了，"死的不是他，是别人。"在我和他正式联系上之前，这种开放性谈话必不可少。

"你是自己一个人从那里来？"他问。

"当然是。"我假装打算结束这种小把戏，"现在，我已经做了我觉得该做的了。"接着，我用指头压了压话筒听筒，让声音更清楚。

他的语速加快："啊！等一等，你还没告诉我你的名字。"

我越来越有自信了。人们说，成为绅士的艺术是让人更自在，因为绅士嗓音之美就在于其能给予对话者信心。他的嗓音绝对是绅士的嗓音。"噢！我以为你知道我的名字。"我说，"我并不打算以这么不友好的方式向你介绍我自己。这么看来，你还没有收到那封信吧？"

"没有。"他说,"没呢,天知道我有多久没有收到他的消息了。"

"我就担心会出现这种情况。"我抱歉地说道,"我敢打赌他压根忘了这回事。在这里,我已经——"

"没什么大不了的!认识你是我的荣幸,压根就不需要介绍信。"

"是的,可是我不想勉强你去接受我——我可能是任何一个人,甚至可能是个自以为是的骗子,我只想要——"

"我心里有数,"他很无所谓的样子,"你知道,有一种证明你不是骗子的方法是——"

"真抱歉,我还没有告诉你我的名字,是吗?我叫艾伯塔·弗伦奇。"

"所以现在我们是朋友了。你今天晚餐有什么打算吗?"我没有回应他,在我迟疑的时候,他又说道:"你看,无论如何我们都得吃饭。如果我们不喜欢彼此,那也不会有什么损失。至少我们吃了各自的晚餐。"

"你有何打算?"

他急着错开了话题:"我怎么认出是你呢?"他说。

"这么说来,我又怎么认出你呢?"

他的声音里透着笑意:"我先问的。这样吧,你住的地方附近有花店之类的吗?"

"对,我想应该有的。"

"那这样吧,见面的时候你拿点大而显眼的什么东西,这样我就能认出你了。比如菊花。你可以把它放在你的肩膀上。"

"好的,但你呢?我可能还是认不出你。"

"我觉得你不会想看到我戴着菊花。我说,我就当那个上前跟你打招呼问'你是你吗'的那个人吧！"

我知道他在打什么如意算盘，他想从远处先看看我的样子再说。如果我的样子没有通过他的筛选，他甚至不会走近我。我连他的影子都别想再看到。可能，他还会戴上墨镜。又或者是我们之间的年纪差距太大也会导致我落选。但无论怎样，我都无法怪他。是我先试图要把他玩弄在股掌间的，接下来的游戏取决于我如何掌控。

"那么就这么定了！"他说，"现在我告诉你我们在哪里见面。我知道一个地方，是一家小酒吧，就在'丽兹饭店'的拐角处。你一定不会找错，叫'蓝色猎人'，就这么定了。那里从来不挤，我们不会被打扰到。现在我们定约了，不要忘记哟！"

"好的，我们定约了！"

他说的最后一句话是："记得我们的暗号，'你是你吗'，千万别找错人了。"

我说的最后一句话是："那就劳烦你来玩这个寻人游戏了。"

我要照着他的方式玩游戏。是他设定了游戏规则，不是我。而且游戏规则是幼稚的，且带着些许调情的意味。也许他还年轻，又或者其实他永远长不大，这就是他的心理年龄。好吧，听天由命吧。

我没怎么打扮自己。离开住所前，我望着镜子里的自己，想着：我不知道他要干吗，得让他接受我现有的样子。

我买了一支黄到极致的菊花，并戴上了它。我把它戴得高高的，以至于我的脖子一扭动，面颊就会碰到花瓣。大概五点差一刻的时候，我从家里出发去赴约。

那地方是极其私密而令人兴奋的，就像是为我们的约会量身定制的，一个小型邮票似的鸡尾酒吧。我还从来没有去过这么小的鸡尾酒吧。地上都铺上了地毯，酒吧里十分安静，却让人舒适放松，不会感到紧张。这便是此酒吧的亮点所在。

唯一不和谐的,是那个长相丑陋的服务生,我一进门他就迎上来了。他像是得了某种皮肤病,这使得他必须在脸上交叉贴满了薄橡皮胶布。最恐怖的是,他的一只眼睛的眼角几乎被一条倾斜着的长条形胶带完全覆盖住了。他步履蹒跚地向我走来,靸着的鞋摩擦着地毯。一眼惊魂后,我克制着不去直接看向他。他完全有能力毁掉我喝开胃酒的心情。我刚到的时候,其实有其他服务生可以更方便地招待我,可他却热心十足地来招呼我,令我倒足胃口。

我等的人还没到,这是意料之中的。我十分肯定他会故意迟到,让我先他而至,这样他就能远远地观察我了。选座位的时候,我尽可能侧身坐得靠近酒吧入口,这样他就只能近距离观察我,隐藏自己的难度也无疑变大。这样的话,为了看清楚我,他就不得不走进门内几步。就算他进门后马上转身,能看到我故意露出的肩膀,但从那个角度看去,最多能看见一支戴着帽子、长着眉毛的菊花。

"你好,女士,请问你想喝点什么吗?"长相丑陋的服务生站在我的近旁,用带着爱尔兰土音的英语问我,那声音令我恨不得用小刀切断。

我推掉酒单说:"来一杯不加水的雪莉酒。"

"好的,女士。"说完他走了。

我想:"他可能不会来了。可能在我还没有意识到的时候,他就将我从我游戏里踢出局了。"事实是,他提出在外面见面,而不是去酒店找我,显示他对我仍存有戒心。如同他那小心谨慎且闪烁其词的措词一样,这些直接、诚实、铿锵有力的语调同样准备好接受对方的怀疑。他为什么不来呢?真的,我总能知道怎么找到他,但那是毫无意义的。这是一战定输赢的战争,也就是说,如果第一次侦查失败,那后面无论如何争取,都是毫无意义的。

我不能再给他打电话,就算我换掉自己的身份也不能。他已经认得我的声音了。他有自由行动力,而我则在接触他之前就已经丧失自由行动力了。

"啊,对,"我回想着,"他并不像听起来那么直率。"我疑惑着自己为什么没有早想到这一点。他的声音具有某种魔力。

我的雪莉酒到了,服务生把盘子放下来,和酒一起拿来的还有一张用白纸折成的绿叶状的卡片,夹在玻璃杯底和盘子之间。我以为是账单,但是当我拿起并打开它的时候——

你是你吗?

写在上面的是这几个字。

"等一下,这是从哪里拿到的?"

服务生一脸愚钝,他惊讶地低头看着那东西,说:"我不知道,女士。但可以肯定的是,刚才我把杯子放在盘子上的时候,它还不在那里。"

"但你是从吧台直接走向我的,我看着你走过来。这不可能是在你来的路上放上去的,这纸条是放在杯子下面的。"

我偷瞄了一下四周。"等一下,不要动。你站在这里不要动,在我前面挡着。盘子是在吧台上放了一会儿还是你直接拿出来的?"

"好吧,女士,盘子确实在吧台上放了一会儿,但是我通常都会这么做,为了记下客人的点单,方便结账。"

"你是在哪个吧台、哪个位置放下的?"

"在那里,靠着墙的那个位置,那是你从后面走出来的唯一通道。"

"是那个两侧位子都空着的男人那里吗?"

他看着那里,好像蒸汽管风琴奏出一个完美的音符那样,说:"也许是的,我应该问问他吗?女士?"

"不要,千万不要,你这个白痴。"我脱口而出,顾不得礼节。

我疑惑着为什么自己要因为这个细节而不安,为什么我不往好处想?也许是因为我不喜欢那种突然意识到对手比我聪明的感觉。他也许一直都在这里。而且在我之后就再没有人进来。他一定是在我之前到的,我的长相一定被他看了个精光。我非常不喜欢这个猜测。当我坐在那里制定作战计划的时候,他一定坐在那里安静地看着我。

如果那就是那个人,我不喜欢他的长相。但通过排除法,又一定是他。酒吧里其他人都是成双成对的,男女相伴,或是两男搭伴。他是唯一的单身。

我不喜欢他的长相。他完全配不上他的声音,但这并不是最坏的部分。他身上透着一种残忍的残酷气息,冷血且精于算计,我能感觉到我不会喜欢他。他的行为举止没有一点是与生俱来、不假思考而且随性的。每次他的头部换方向做了个奇特的扭动,每次他稍微提起酒杯以及他抽的每一根烟,都似乎在传达着这样一种印象:"我做这事会占优势吗?这样做对我有利吗?如果是这样的话,那就这么做吧!"

如果他在跟我玩捉迷藏的游戏,那他一定是有动机的,而不是单纯寻欢作乐打情骂俏。我对此十分肯定。

坐在吧台那边的那个男人，他的年纪应该不小了，又老又残忍。他永远不会浪费人生中的任何一步。他应该已经拥有了一切，凭借着深谋远虑且贪婪的手段达到自己的目的。也许有些东西他当时不想要，但过了一段时间，他又想要了。他就是这样不断地攫取。

我垂下眼帘，抿了一口雪莉酒，知道失败如影随行。

我好奇他为什么要和我这样玩游戏。我戴着菊花，他送了便条，所以他并不是要假装他不在这里。他让我坐在这里，五分钟、十分钟、十五分钟……折磨人，却不带挑衅意味，只是为了达到他自己的某个目的。

我不能就这样起身离开。我不能就这样毁了我自己开始的游戏。我要安静耐心地坐着等他继续。他掌控了我，如果他这么早就掌控了我，那么接下来会怎样呢？

我已经喝光了我的雪莉酒。我还点了一根烟，抽完且熄灭了烟头。那个服务生可能觉得我很可怜，尽管他长相丑陋得惨不忍睹，却又一次不请自来，可能是我的沮丧而无助引起了他的注意。

"女士，还要再来一杯吗？"

"好的，再来一杯。"

我想："既然我知道他是谁了，而且他也不过来找我，那我为什么不起身走过去结束这一切呢？"我又想："他就是想要我这么做。他就是在等着我这么做。但是对付那种男人，最好的方法是不做他想让你做的事情。再说，他的目的还难以捉摸。"

我一定是盯着他看太久了，以致于现在他整个人侧过身来面对着我了，从他冰冷沉着的眼神里射出冷酷的意味。

那服务生的到来挡住了我们，此时他正好看向别处，但我还没有看清楚他看向了什么。这次，那服务生抬起了腿走路，带来了别人的点单,也带来了我的酒。

他放下我的杯子,然后把第二杯放在我对面空着的桌子上面。他把他的盘子放在另一张没有人坐的桌子上,接着毫无预警地像客人一样坐在了我对面的位子上。

"那个,你以为你是——"我刚开口。

他笑了笑,耸了耸肩,说:"把你的外套拿回去吧!马特,谢谢你借给我穿!"

我瞄了一眼吧台那边,那男人刚起身又坐回了他的座位上。面无表情地转过身去。

"那家伙真磨叽!"他笑着说。

我转过身来接着说:"你想要我——"

"只是开个玩笑!"

服务生马特带来了梅森的外衣,还热心地帮他穿上。

"我做得如何?"他乐呵呵地问马特,"她点的单子在那茄克的口袋里——如果你能看懂我的字迹的话。"

"很棒!梅森先生,只要你开尊口,你就可以在这里工作!"

"谢谢!我会记住的!"

我看到他们的手掌碰了碰,但没懂他们的暗号。但我觉得小费应该不少。

他看到我盯着他的脸看。"啊!我差点忘了!"他对我说道,"这胶布很痛的,拿下来比贴上痛得多!"

"我来帮你吧!梅森先生,"马特献殷勤道,"快刀斩乱麻是最好的做事方式。"

他的样子似乎很痛苦,尤其是在撕掉他眼角边缘那块胶布的时候。"都是为了艺术而艺术啊!"他不自觉退缩了一下,胶布下的皮肤在撕拉引起的红色褪去后完好无损。他真的很聪明。虽然每块胶布都很小，在脸上只占了很小的面积，但也足以掩人耳目了，让人觉得那张脸和原本的脸完全没有任何关系，就像打上了马赛克的照片一样。他一直都和我在同一间屋子里，只是直到现在我才第一次看到他真实的长相。

我首先想到的是："他看起来既健康又有活力，足以使任何女人为他倾倒。"

我像研究生死攸关的大事一样观察着他。确实是这样的，事关柯克的生与死。他就在这里，我们的第一次会面：他在桌子对面，一杯掺了水呈淡黄色的苏格兰威士忌，一只慵懒的手放在旁边，无所事事地弯成半圆形，像莫当特一样，却一点都不粗野，又强壮有力。他戴着一枚有徽章的金戒指，上面镶着一块扁平正方形的雕刻着弯月的石头，看起来应该是缟玛瑙。他的指甲很整齐，应该是用剪刀仔细修剪过的，但并不像做过专业的美甲护理，指甲也没有因为经过指甲磨光师的处理而失去光泽。他的这些细节显出他的品位高雅。

还有他系着的那条领带，就算不是苏尔卡[①]出品，看起来也有着苏尔卡的风格，那么素雅，和衣服完全融为一起，除非你刻意去找它，否则你不会注意到它的存在。这种素雅也显示了梅森先生的品味。

再来看看他的脸，这重要的核心部分。他长着国字脸，而不是那种又长又瘦的脸型，也不是圆嘟嘟的胖脸。他的脸型看起来结实

[①] 瑞士奢侈品集团历峰集团旗下品牌之一，该集团拥有卡蒂亚、江诗丹顿、万宝龙等国际知名品牌。

而有活力；当他再年长一点，他的脸型可能会看起来有点老成，但现在还没到那时候。他皮肤光滑，像是用上等大理石雕刻的人像一样，没有一丁点儿松弛。而他的面容最具特色的一点，我能想到的形容词是"赏心悦目"。那张面孔让你感到很愉快。如果，我是说，打个比方，你爱上了他，那张面孔会温柔到让你的心完全融化掉，每次见面都仿佛第一次被寒冬的阳光照耀般让人沉醉。

他有着一双非常幽深的棕色眼睛，看起来聪明而机智。他脸上的其他部位和眼睛比起来都是微不足道的，并不是说他的眼睛和他的脸格格不入，而是他的眼睛反映出他真实的内在。即使你觉得你能骗过他，但一旦和他的眼睛对视，你就不那么肯定了。你甚至会怀疑自己是否太蠢。

他有一头棕红色的头发，而且他将头发吹干之后再梳，这样头发就不会板结在一起或是像刀片般固定，而是像头发该有的样子那样拢在他的头顶；又好又多，又短，而且，只要他想，就能有百变造型。

他就在那里，那就是他。他也在从容不迫地研究着我。我想，我对他的评价应该和他对我的评价差不多。

"所以，这就是你。"他终于露出了笑容。

我点了点头，说："你是怎么认出我的？"

他好像自己做错了什么事一样皱了皱眉头："我白白浪费了二十分钟，借口又糟糕至极。我想我已经被罚黄牌警告了。"

"也许你之前上过当！"我说。

"上当是不能作为借口的，真的，这是最明白不过的事情。一杯鸡尾酒的时间可以看清楚很多事，我的意思是，别人可以看清楚你的一切。如果对方的长相让你觉得不舒服，你可以盯着别的东西看,比如橄榄。然后在等汤的时候,你借口出去买一包烟,然后选一包让你绝对不想回到桌子上的烟。和你约会的人可能是个烟鬼。然后当主食来的时候,救命电话也来了,家里有人要死了,或者有人要生孩子了,再或者办公室着火了。你付完晚餐的钱,这样她就得留下来吃完饭而不是要跟你离开,然后你道歉。你说你会再打给她,其实你再也不会联系她。"

我笑了笑:"你到底这么做过多少次?"

"当然,这是有意思的部分。我告诉你我已经被罚黄牌了。我其实从没那么做过呢!我只是计划过类似的事情,但是通常当餐后甜点上来的时候,我还坐在那里忍受着煎熬。人们看起来总是容易相信他人。我至多只是缩短了约会时间而已。"我喜欢这个答案。这避免了在接下来的谈话中可能出现的种种猜疑。

"我会谨记在心。从现在开始,约会期间接的电话都是可疑的。"

他开心地笑道:"别让那些你用不到的东西烦着你。我敢说,只有当大门的出入口被锁住、你无法逃离的时候,那些烦人的东西才不会在你用餐时来烦你。"

"一次一勺,"我转移话题,"不要放那么多。"

"再来一份?"

"不用,两份就够了,谢谢。"

"来根烟?"

"来根烟。"

他帮我点了烟。

我说:"你所有的东西上都有你的姓氏吗?"

他轻声笑了出来,似乎他没怎么考虑过这个问题。"不是的,这是我姐姐的主意，去年圣诞节的时候。我没办法拒收这个或其他别的什么。"

他中止了这个话题，我也打住。"你还没有告诉我你的名字。"

"没有吗？我以为我告诉你了。艾伯塔·弗伦奇。"

"大家怎么称呼你？"

"艾伯塔·弗伦奇。"

"一个星期内我会将这个名字熟记于心。"他保证道。

"你准是因为我才熟记于心。"

"我们会变得很熟。"

"我对此一点儿也不意外。"我一本正经地说。

他叫来马特结账。然后在马特面前用拇指按下一枚十美分硬币。"一定不要忘了那个酒保。"他神秘兮兮地对我说，"这点小费够了吧，你觉得呢？他的服务很一般啊！"

"噢！他可不止值这点儿呢！"我说。

他很不情愿地多加了一枚五分硬币。接着，他用爱尔兰土腔自言自语："谢谢你，先生。"同时，他又满怀怒火地向自己嘟囔着："吝啬鬼！"

我忍不住笑得前仰后合了。

"好了，我们走吧。我们还有更重要的事情要做呢！"他帮我挪了椅子，"现在，你在我的掌握之中。"

"你的意思是，"起身的时候，我的内心一片阴翳，"你掌控了我，无论你自己知不知情。"我没有开玩笑，这是真话。

一名清洁女工手脚并用地在镶嵌着马赛克地板的大厅电梯外面追着我们，以打圈圈的方式从干的地面擦到干的地面。

"现在我真的要上去了,"我笑道,"我们回到了起点。难道你不记得这个有裂纹的地方了吗?"

"我觉得我记得,一定是我们上一次来的地方。"

清洁女工拧干了抹布,抿着嘴笑着说:"你确实来过!"

灯渐渐暗了下来,淡蓝色的光从门边偷溜进来。第一次见面似乎是一年前而不是十二个小时前,他知道如何让时光飞逝。

"你在等什么?"我大笑着问他,"是你让我变成了现在这副样子,你说什么、做什么,我都开心。我们已经这样站了一个小时,除了笑什么都没做。别人一定觉得我们疯了。"

他转向那值夜班的前台,毫无顾忌地问道:"她是不是很可爱?我今晚才第一次见到她呢。"

他转回头,面向我,不容我对他的行为做任何评价:"我一直在等着看你累的时候是什么样子,但是你似乎不会累。"

"跟你在一起,没有人会累,累的是看不见的喉咙。我的嗓子已经快哑了。好了,管他累不累的,我要上去了。这是确定的。"

他向我告别,不动声色地。最后他说:"我会再打电话给你的!"他牵起我的手,又放了下来,转身走了出去,一如前一天晚上六点刚见面时绅士般温柔。

"多好的男人啊!"前台说着,望着他离去的背影。

我没有回应她的评价。"好男人,"我也想着,走上电梯,"但是我在想,他到底有没有杀死过一个女人!"

到了楼上,我在窗户边坐了好长一会儿,一动不动。屋顶渐渐从红色变成了橙色。我不再笑,仔细回想他的一举一动。

"他在卖弄自己,因为我才认识他,没有人能够那么无忧无虑,那么毫无心机。他身上那种无时无刻不在活跃的生机勃勃是假的,没有人可以那样。不要轻信这种假象。他身上一定有黑暗的一面。耐心点,耐心点,真相一定会显现。"

如他所说,他给我打了电话。电话铃响起的时候,我就在电话旁。我一直在等着电话铃响起。我知道是他打来的。除了他,谁还可能知道我在这里?这间房是专为他订的,能找来这里的只有他。

我坐在椅子上,一动不动地等着电话铃声停止。这是一种计策,让他保持对我的兴趣。

半个小时后,他又打来了,这一次我仍没有动。电话铃再下一次响起是在十五分钟内。他对我的兴致转变为焦急与不安。

第三次响起的时候,我接了电话。

他很担心:"你让我担心无比,我以为我失去你了。"

"我刚回来。我出去逛街了。你知道的,你知道的,乡下妹子进了纽约大都会。"

"今晚你有什么想做的事情吗?"

"是的,迫不及待。"

他的语调变高了:"好吧,是什么?告诉我。"

"就想早点上床。经历过昨夜的激情,想好好睡个觉。"

他的声调恢复了正常,虽然里面还有一丝悲哀的笑意:"我的意思是,有什么事情我可以和你一起做。你不会想在纽约睡大觉,纽约不是让人们来睡大觉的。"

"大多数人都是这么想的。但其实现在我只看得到床,况且我正对着一张床,它看起来棒极了。"

"梅森,难道你失手了?"他又自言自语,"我从没想过有一天我会沦成备胎。"

"今天你是不可能让我走出这栋建筑物了，"我决绝地告诉他，"我只有下楼买三明治的力气了，然后回来站在这个'备胎'旁边。既然你这么称呼我的床，那就让我自己回去睡觉。"

挂上电话的时候，我心想："他不会就此罢休的。他会再打电话来的。"

我坐着等着，但是他没有打电话。猜中三次，只错了一次，四比一的失误是能够容忍的。一个小时之后，他还是没有打来，于是我终于打算下楼买三明治。

他坐在电梯那儿，笑着，有耐心地等待着。他一只手拿着一个棕色的纸袋，伸长腿保持着平衡，另一只手拿着餐巾纸。

他说："你真的花了很长时间才下楼。我已经买好了三明治，你的，还有我的。如你所说，一个睡前的三明治。我们应该在大厅里找一个角落，一起把它们吃掉。那里怎么样？然后我送你回电梯，互道晚安。"

谁是追逐者？谁是被追逐者？他可能不知道，但我知道。

我们的嘴唇第一次接触是在地铁车厢里，那是最不可能发生这种事的地方。那种过时的情感表达方式曾经一度是恰当的，但现在没人会这么做。我们也不是有意要在那里做这个，而是由于某个意外，就那么发生了，他的嘴唇碰上了我的。

这些事情对他来说如小说般不可思议，他不知道如何控制自己。他当时正打算带我回家，夜已深，我提议："即便加上候车时间，乘地铁也是最快的方式，让我们试试像普通人那样吧！"

地铁到站时猛然晃动了一下，就像是偶尔发泄怨气那般，可能是因为司机打了个盹还是别的什么。就在这时，他站立的身体由于晃动而正对着我,在地铁门口,他低着的头探出去看是否该下车了。他的脸正冲向了我的脸,然后他就那样一动不动了,嘴唇贴着我的嘴唇。

我也没动。不是我选择了这样的策略,但我也决不放弃任何机会。

"你按一下门,"终于,我说话了,"不然它就要关上了。"

他静静地走上楼梯。

走到半路时他转向我:"在这里等我一下,让我再试一次。"

我继续走。"楼梯可不会晃动,"我提醒他,"只有地铁车厢才会晃动。"

我以为他在开玩笑,但当我看着他的脸时,才知道他不是。他的眼眸深情款款,甚至有一点不知所措。

我也是,不知道为什么。

这对我们两个来说,就好像是灾难的预兆。

"这是在大街上。"我说。

"是的。"

在酒店的电梯旁,他离开时比以往仓促。今晚没有纵情大笑,也没有难分难舍。"现在我要离开你了,我有很多东西要思考。虽然你就在这里,但你还是不要出现在我面前比较好。"

我一言不发,转身就走。

上楼后,他的话在我的耳边反复响起。作为一个陌生人,我对他应该没什么话说。他说话的方式是多么无情啊!没有丝毫开玩笑,毫不留情。"现在我就要离开你了,我有很多东西要思考。"

"你良心发现了吗?"我自言自语。

"那件涉及死亡的事情时不时地来回折磨你,在这新的爱情萌生之时？"

"还是因为死去的旧爱？"

"抑或是因为你所造成的死亡？"

我时不时地说起我要回去之类的话。我必须回去。理论上，我只是暂住这里，看起来任何事情都有可能发生。我还不知道我究竟要回哪里去，但是我时不时地要提起这件事，只是为了更加占据优势。

他对每项测试的反应是他对我的感觉的晴雨表。他有很好的领悟力。第一次我提出离开的时候，他半开玩笑地避开了主题，哄我道："再等一个星期吧！多待几天也不会怎么样！肯定还会有其他车次。"第二次我提起的时候，他表现得很冷静，低着头，而且自那之后我们没怎么说话。第三次我提起时，他皱着眉，在房间里焦躁不安地来回走动。最后当我们离开酒店的时候，他看起来心情很差，脾气也不好，比平常多喝了很多，给服务生们的小费也格外少。

第四次的时候，他采取了主动。他主动提起了我要离开的事情。"我无法想象你要离开的事实。"他说，"你离开的时候，我会跟你一起走。"他还说，如果到那时候我拒绝，"就和你来到这里一样，我也有资格去你去的地方。不然的话，我在这里做什么呢？坐在老板椅上眼睛都不用睁开地开着董事会？他们完全可以通过代理人拿到我的表决票！"

我很谨慎地将这件事情从我们之间抹去了，我更勇敢了。我的短暂逗留变成了长期居住。

我从酒店房间换到位于第二大道东五十三号的一间一室公寓，是他帮我找的。他认为我还不大了解纽约，房租开销应是考量因素之一。然而,对于我要隐瞒的身份而言,我觉得我和他很快会走到这一步。我需要隐私,需要和他保持距离,以便更有效率地做我该做的事情。

他陪我搬进了新公寓,其实是他开车送我去的。

我心里暗想:"这间房子是因为他才住下的,是因为他我才和这间房子有联系。到了和他的关系结束的那一天,这间房子也将不复存在。这一切都是他,是因为他也是为了他。因为他,房子才真实存在。如果没了他,连房子都将不存在。"

五十三号的小房子,我希望很快就会忘掉它。

我完全没有预料到会这样。

我感觉到他在盯着我看,从近处仔细地观察着我。我觉得应该对他的行为做出反应,说:"你为什么那样看着我?"

"我在想着该称呼你什么?"

"现在才想,难道不会太晚?"

"艾伯塔身上有一种东西,一种很顽固的特质。这很难形容。记得第一晚我们见面的时候吗?我告诉你一个星期后我就会放弃,然而现在已经超过一个星期了。我要给你取一个名字,属于我自己的名字。站起来,让我好好看看你,让我看看我能不能找到一个名字。"他抓紧了我,手放在我的两侧。

他的眼睛变得很深沉,很寂寥。我注意到了这种变化,试图让他高兴起来:"这真是一次最奇怪的洗礼,我有点老,而且太高了,不是吗?我应该被某人牵着,穿着拖着长摆的晚宴礼服裙。"

"不。"他说。他只说了一个字,语气严肃,一丝不苟。

我不再说话,眼睛看向了别处,等着这尴尬处境过去。

"把你的脸转向这边，朝向桌灯，这样的话，灯光就可以从另一边均匀地洒在你的脸上了。"

他屏住了呼吸。

"这柔和的灯光在你的脸上产生的效果，让你看起来像——"
他在我面前慢慢地站起来，手仍然放在我的肩上。

我笑了笑，等着他把话说完。

"我找到了一个名字，"他吸了一口气，"你有着天使般的脸孔，我叫你'天使脸蛋'吧。以后我就这么称呼你了。"

我突然感到悲伤无比，一种骤然间的疼痛感袭来。他的手还在那里，试图再次握紧我，而我开始满屋子躲着，离他不止一步之遥，而是一米之隔，甚至是天人之距，好像他正拿着刀刺进我的心脏般悲伤惊恐。

我看见他的嘴唇在动，却听不到他在说什么。反正我也不想听到。

然后他走向我，把我紧紧捂着耳朵的手拿开。

"我到底做了什么让你这么害怕？"他说，"为什么你那样捂着耳朵？你看，你的皮肤这么白，眼睛这么大——"

"不要叫我'天使脸蛋'，"我颤抖着说，"再也不要说第二次了，拉德，再也不要说了。不然，不然你就别想再见到我了。给我起另一个名字吧，随便什么名字都可以，只要不是那个名字。"

"有人曾经这么叫过你，是吗？"

他和我的过去达成了和解。

"一定是这样的，你的脸庞是如此完美无缺。而且，你又不是昨天才出生。"

我靠着他，闭上眼睛，眼前出现了另一张脸。对于这一点，他并不知情。

随后,我庆幸自己去了那个晚宴。但在当时,我并没有想到那会对我有什么益处。所有的事情都发生得毫无预警,那么偶然,最完美的计划也不会如此天衣无缝。我感兴趣的是他,而不是他的家庭背景、他的妈妈、妹妹或者什么其他。

而且,他让我相信了这个宴会背后的含义:他想让我陪他一起去。除此之外,他还迫使她们对我和蔼可亲,这完全违背了她们的意愿,令我无言以对。

那是他妹妹的生日宴会。

尽管她手写了一封邀请函,我仍认为自己受到邀请完全是因为他。"你一定要来,我很期待见到你,我从他那里听到了那么多关于你的事情。"

我竭力想要逃离那里。

"我不属于这里。"

"你当然不属于这里,你属于我,你是我的艾伯塔,你是我的一部分。我们是什么,你就是什么,管他是土贵族还是别的什么。"

"不,我的意思是我和那里的人完全没话说。"

"好吧。你不需要去和她们讨论共同兴趣,你整晚和我在一起,没有人能靠近你。你看,我一定要在这里。难道你不想让我享受自己妹妹的生日会吗?"

最终,我不得不推诿给最糟糕的借口。

"我没有合适的衣服穿。"

"你一直和我有品味地相处,你的着装品味一直都很好。"

当他给我买的裙子送过来的时候,我把它退了回去。下次见到他的时候,我说:"不要再这么做了,年轻人,不然到了派对那天,你会发现你需要吊着你的手臂去参加!"

他笑了。"我早就知道不合身。我在礼服店选的时候就知道了。"

"你就会做两手准备。"我坏坏地说。

直到他的妹妹打电话给我的时候,我还一直告诉自己:"是他让她这么做的。"

"我是蕾拉·梅森。你不会不理我,不是吗?我一直努力地说服拉德带你来派对。不要对拉德说。对于他的朋友,他是很自私的。来吧,看在我的面子上,好吗?"

挂上电话之后,我不那么确定了。看起来不像是拉德强迫妹妹说出来的话,她是打从心底里想要我去的。我很好奇为什么。

我去了。

派对是我预想中的样子。这里的房间多到数不清,如果你足够笨,大可以一间一间地数下去。还有像倒过来的婚礼蛋糕般的水晶吊灯,这里就像那种年收入超过两万五千美金的阶层举办的家庭舞会。

还有她的母亲。但是完全出乎我的意料,我以为她会是一个强势的、满身贵气的贵妇,结果她是一位虚弱且瘦小、没什么存在感的女士。她看起来和德累斯顿瓷器一样脆弱易碎,弱不禁风。她应该不超九十磅,说话虚渺无力的样子就像扎苏·皮茨[①],在家里的地位似乎也和一只波斯猫般无足轻重。我注意到,连那些客人也只不

---

① 扎苏·皮茨(Zasu Pitts),美国电影女明星,1924年以参演《贪婪》而声名鹊起。她在诸多喜剧片中多以轻浮性格演员的形象出现,给观众留下了深刻的印象。——译者注

过在经过时轻轻拍一下她,不大注意她,而是把精力放在和别人交流上。

惹眼的是他的妹妹,又高又有亲和力,是女版的拉德。她和拉德一样有魅力,却又因为她是女性而多了一些别样魅力。她热情地用双手紧紧抓住我的手和我打招呼。

"太好了!你来了!人想要的东西永远不会那么轻易得到,但这至少是一个开始。记得,无论发生了什么事,就算这里起了大火,房子倒塌,我们也要来一次交心的谈话,就算要等上整个晚上我也在所不辞。拉德,你一定要留住她。"

"我会的。"

她急匆匆地走了,走前用手指着对我说:"记住,我们有约。"

"她很有魅力。"我对他说。

"当然。"他用那种兄妹间特有的骄傲语气说。

那晚,拉德一直都在我身边,一直都是。他把我留在他身边的方式有些怪异。我们在那个巨大无比、有四个演奏者的舞厅里跳了一会儿舞,偶尔喝一口香槟,然后四下闲逛一下。他带我参观了几间屋子。

"这儿到底有几间屋子?"我问。

"噢,这我可不知道,"他漫不经心地说道,"房间再多,我也只能睡一间啊!"

我笑出了声。

正如我说的,这些都没有什么特别。我并没有期待任何东西,我只是希望时间快点过完。

大概十二点半的时候,人群渐渐地散了。又过了半个小时,屋子里几乎没有什么人了。我几乎忘了和他妹妹的约会。我觉得她只是嘴上说说。他看了看表，说我们差不多完成任务了。接着，他建议我收拾一下，他带我兜兜风，然后再送我回家。

直到舞会结束，他才停止对我的过度保护。我走进一间男士禁入的房间，在那里坐了一会儿，房间里堆满了貂皮大衣和豪华的锦缎包装袋。

我不知道她是否是机警地留意到我进了房间，还是她碰巧想起了我而来找我，总之，没过一会儿，她就来找我了。

她夸张地飞奔过来，抓住了我的手。"过来吧，"她说，"这里不够好，我有一个更好的地方。"她带我去了一个很隐私的房间，是她自己的房间，并没有开放给派对客人。

"我们就在这里喝一杯香槟吧！"她说，"这样可以吗？我整个晚上都没能喝完一整杯香槟呢！"

我嘴上说没问题，心里也真是这么想的。我能更仔细地观察她了。她看起来确实和在人群中一样吸引人，但这并不是一项她非得通过的测试。她的可爱是表里如一的。她明显受过良好的教育，但给我的感觉却不是那种冰冷的高高在上。我猜想她应该是在瑞士、巴黎或者其他欧洲背景下接受的通常教育，但她又不像许多受过那种教育的多数人那样徒有其表。她完全地吸收了那种教育的精华，在年轻的时候就将这些教化融于一体了。她成长得很好，闪着文明的熠熠光芒。

她为我们斟了杯酒，然后拿出香烟。她坐下来，松了松自己的鞋带。为了缓和气氛，我夸奖她戴着的钻石蝴蝶结。她说这是拉德送给她的礼物。

然后我就发现了那东西。

我是这么发现的：我们在找火柴，但我们两个人都没有带。

"刚才应该问问他的——"她说着，走过去打开了一个抽屉。

我坐着等。

"通常这里都会有火柴，但似乎被人拿走了。"她说。她关上了第一个抽屉，又打开了第二个抽屉。"我出去拿一个来。"她说。然后她突然说："对了，这里有一本书你可以看看。"

她回来的时候，坐到我身旁，给我们两个点燃烟。

我已经忘了之前我们在谈些什么，应该是女孩子之间的事情。我一直在看她手里拿着的东西。

那是一个蓝色的物件，印着字母M，和我在米娅·默瑟的公寓门缝里拾到的一样。

我假装我的烟熄灭了，说："可以借你的火柴吗？"然后，我从她那里拿到了这盒火柴。我点燃了一根烟，但我真正在做的，是仔细地在观察它。

一模一样的火柴盒。他们送回柯克衣服的那个晚上，我坐在床边仔细对比的那个火柴盒和这个一模一样。

我马上问："这是你的吗？"

"是拉德的。我在圣诞节的时候送了拉德一大包这东西当作礼物。好傻的礼物，不是吗？但是如果我记得没错的话，这么做是因为准备他的礼物的时候我用光了自己的圣诞节基金，所以我去了爸爸的烟草商那里，记在爸爸的账上，给他做了一大包火柴盒。他没有真的用它们。自那之后，这些火柴就满屋子都是了。我觉得我们永远都用不完了。"

从那一刻起，我就把火柴盒拿在手里了，像她那样心不在焉地拿着，走的时候我也打算把它带走。

成功仿佛总是裹着一层暗蓝色的蜡，若隐若现。

对于我和拉德的事，她突然变得很严肃。"你不知道你对他来说意味着什么，"她说着，"亲爱的，我不知道你对他是什么感觉，而且似乎我也没有权利问你——"她停了一下，然后继续说道："他不能告诉你，但我必须告诉你。不要让他太迷恋你。为了你自己好，一定不要。事出有因——对于拉德的那些事情，我们必须要有所保留。"

这些话在我心里停留了一会儿，有点儿不寻常。你配得上他吗？她试图在警告我。我感觉得到，从她身上能感受到。这感觉不可能有误。

突然，他出现了，在门边看着我们。他看起来不是很开心。"你都对艾伯塔说了些什么？"我感到他的声音听起来有一点不快，甚至有一点紧张，"有什么事是我不能知道的？现在你不能告密了，对吧，蕾拉？"

她试图一笑了之。"拉德，你不应该这么监视我们！我们很可能在讨论女生的私事呢！"

"我们可以走了吗？"他对我说。

"是的，"我说，"可以走了。"再久留就不太好了，也没有理由再久留下去了。

我很好奇她到底想告诉我什么。

回家的路上，我几乎没怎么说话。

"你怎么闷闷不乐的？"

我无力地笑了笑。"没事，"我说，"没事。"

我心里想："我找到罪证了，不是吗？"

事隔一天，我去见了弗勒德。他听我说了好一会儿。"那么，你抓到罪证了吗?"

我把火柴盒给他看了看。

他检查了一遍,摇了摇头。"这些东西毫无价值,证据不足。而且,你没有上交你在现场发现的火柴盒,而是丢了它们。所以这些证物都将是你的一面之词。虽然说现场有火柴,派对中也出现了同样的火柴,但它们不能证明什么。这些火柴很有可能是别人之前留在那里的。你还有什么更直接的——"

"我知道,"我说,"我随时可能发现证据,所以我才来见你,我想做好准备。我不知道怎样才能得到现场证明,它们可能会随时消失。下一次出现在你的面前——我要拿出更确凿的东西。"

"你一定要拿到。"

"你觉得我应该怎么做呢?"

他想了想。"你一个人去了那个地方?"

"一个人。"

"你很肯定会发生什么事情?"

"看到这些火柴之后,我肯定。"

"我让我的人给你安点装置。他们去的时候,要务必保证你的住所里没有别人。"

装置在那个星期完成了,弗勒德亲自过来监工。

"这是什么?"我说,"像是一台旧的监听工具。"

"就是监听用的,"他告诉我,"这是多合一功能的,和办公室里的那些监听器是一个运作原理。"

我说:"明白了。就把它装在这里吗?"不知道为什么,我觉得有点毛骨悚然。

"随便什么地方都可以,我会告诉你大概的监听范围。你不用大声叫喊，可一旦你超出监听范围，声音就会模糊不清。"他用脚画出一条分割线，"让他在这里面说话。"

他收拾好了东西。"离这个机器越近越好，正上方效果最好。我觉得它迟早会派上用场。"

我仿佛能感觉到我的脸颊被红灯灼烧，不知道为什么。

"现在，为了方便你启动装置，我把开关放上来。看，这里的尽头有一条开关，当你打算录音的时候，就用拇指把它按平。我会把它装在这里，在沙发后面，然后藏在这两个一绿一黄的靠垫中间。记住开关在哪里。应该很容易操控，用手按一下就好了。"

"是挺容易的，"我想着，"只要用指甲用力按下去就好了。"

他有着男性工程师特有的完美主义情结。"现在让我们试试吧，"他说，"我已经在工作室里试过了，但我还是在这里再检查一下。"

他做了几个动作——不是在线的尽头，而是在机器盖子正下方。"说点什么吧，轻声的，就好像你在和他说话一样。"

我十指紧扣。"我不知道要说什么。"

"随便什么都行。"

空气里有一种让人晕眩的嗡嗡声。

"如果他注意到了怎么办？"

"那就告诉他是水管之类的。"他关上机器，"我们不可能把它完全藏起来。"他又对机器做了些动作，对我说："现在听着，是回放。"他把手放开。

很诡异的声音："说点什么吧，轻声的，就好像你在和他说话一样。"

一个软绵绵的女性声音答道："我不知道要说什么……如果他

注意到了怎么办？"

"那就告诉他是水管之类的。"

我分辨不出自己的声音。人们说你永远无法分辨这一点，因为我们极少听到自己的声音。

他关了机器。

"你要把这个留在这里？"

"他听不到的。声音将从这里出来。"

"如果带子用完了，我怎么知道呢？"

"不会用完的，你会有很多带子，只是不要浪费。我的意思是不要整个小时地录音，只在有情况的时候录就好了。"接着他说，"如果你觉得情况异常，就打电话给我。"他走到门口，快要离开的时候，好像临时才想起什么事情似的，"随口问一句，他叫什么？"

我说："我不想提前告诉你他的名字。虽然我觉得是他杀的，但如果不是，给你他的名字也没什么作用。如果真的是他，我再告诉你好了。或者你会从录音里听到。"

"真是典型的女性思维啊！"他关上了门。

我站在那儿望着绿色和黄色的靠垫，心想，为什么我这么不开心？

我票丢到了一边。

"这票可是我抢来的，"他饶有兴致地抗议着，"那场表演的票售罄了，要到下个月四号才再有票。"

"今晚不看了，我改主意了。"

"在这新的灯光下看着你，突然很想拥抱你。我想有一个家。看，灯光暗暗的，想象一下，婚礼气球慢慢上升，彩带枪响了，还会有三明治！你有能力改变一些东西，难道不是吗？你让我觉得我已经结婚十年了，而且我能想到的只有最好的那部分。"

"不要开我的玩笑，"我无力地央求道。已经设定好了情景模式，一进去我们就要玩猫鼠游戏。这游戏又苦又甜，而不是满嘴俏皮话的欢愉。

"这里，伸到这里，抬起你的脚来。把你的脚收起来。不，是另一边，我想坐在你的那边。"在黄色和绿色的靠垫之间，"今晚将是我们互相进一步了解之夜，将是我们回忆往事之夜。"

我觉得自己正磨刀霍霍。

我们喝了一点小酒，聊了一会儿天，直到我觉得差不多是时候敞开心扉说话了。我们说话的语调很低，灯光很暗，背叛的斜影倒映在墙上。

"这俗不可耐，却是事实，"我说，"女人不想做男人的第一个真爱，那是因为男人还太嫩。所以你别让我失望，拉德。不要让我觉得你缺乏魅力。我允许你有两个、三个 应该容许你有几个？在我之前？"

他没有逃避话题。"两个就够了，"他嘟囔着，"如果你一定要小事化大的话。"他的声音带着快要忘记的倦意，"她的名字叫帕齐，我当时二十岁，那是我的第一次。她住在哥伦布大道。那时那里还有块写着'EL'的广告牌，广告牌正好挂在她卧室所在那一层的玻璃上。啊，不是的，他们叫它前房。我记得要在火车抵达之前把话说完，不然就要等很久也说不完那句话了。"

他试探着问道："有点说不清楚，是吗？"

"可是你很爱她。"

"我想我曾经一定很爱她，不然我不会记得这么清楚。那段感情持续了大概一年，我想它真的在我的记忆里闪闪发光。可能是因为那时我才二十岁，她才十八岁，我们不可能年轻回去了。我曾经每个星期天都去哥伦布大道的公寓吃晚饭，有好几个月，我一次都没有缺席过。

"后来，我犯了一个错误，我带她去了一个派对。灰姑娘不应该去派对，故事终究只是故事。我为她感到自豪，所以很开心地向朋友炫耀她。但是，我记得她回去的时候哭了。在派对上我没有注意到任何东西，但她说人们嘲笑她，只有女孩子们嘲笑她。之后好一段时间，她不愿意跟我出去，甚至不愿意见我。

"但很突然的，她让我再带她去派对，和上一次一样的派对，同样很拥挤，安排好了派对后我去接她。我记得她从楼梯走下来的样子，全身都用精致的皮草包裹着。灰姑娘的故事有了一个悲伤的结局。她将派对上发生的事告诉了她的姑姑、她的表姐还有我不知道的人，大家凑钱给她配好这身装束。

"派对的那晚她一直穿着那身装束。她在没人注意的时候打开房间的窗户，好让冷风吹进来，这样她就可以一直穿着那身皮草了。那一次，没有人嘲笑她。我想大家都太年轻了。

"她回家的时候那么开心，甚至有点怪异。她一直亲我，好像我们再也不会见面了。

"我们真的再也没有见过面。警探隔天去了她家，她因为偷窃皮草而被关进了女子监狱。"

他突然站了起来，离开了可被监听的范围。我知道，谁不想重返二十岁呢？突然，他停下来，不说话了。他就站在监听器旁边，我的心跳加速。

"我们来听点什么吧！"他说。

"那机子坏了,直流电坏了。"

我的语调明显升高了许多。我必须尽快制止他。他的手已经放到了机器的盖罩上。"拉德,到这里来,到我身边来。在我说话的时候,不要满屋子乱走闲逛。"

"我不知道你希望我待在你身边。"

我确实希望,老天知道!我告诉他:"我希望你现在就到我身边来。"

他回来了,绕了一圈才坐到我身旁:"随时听命。"

我在心里默默松了一口气。

接着他告诉我第二个女孩的故事,那个女孩不是她(米娅)。我一听到不是她就失去了兴趣。

这个故事比较简短。他长大了,心也更加封闭了。

"然后呢?"

"然后就没有了。其他的都——无关紧要,你不会想知道。"

"只有两个?"她(米娅)没有出现。

"只有两个。"

"你告诉了我你爱过的女孩。现在告诉我关于你恨的人吧,当然是女孩,一个你用心恨的女孩。这是女人对男人最感兴趣的地方,你爱的和你恨的。"

有那么一会儿,我觉得他不会说。他沉默了那么久,也许他沉默不是因为他努力去回忆,而是那回忆本身令他沉默。"有那么一个人。"他终于说了。

"是怎样的人?"

"她已经彻底烂掉了,由内而外地烂掉了,连烂掉这个词都不足以形容她有多烂。"他依然恨着她,他现在是在抱怨往事。

"如果她的外表能如实地反映她的内心,她会马上被送入传染病院以防危害他人,但是她没有。别人也没有——"

就是这里,故事马上开始了。他一开口我就知道了。

"她在一家夜总会工作。"

我小心翼翼,一只手在我的身后摸索着,这很困难。

这差点干扰了他那缥缈的思绪。

"你在做什么?"

在这安静的当下做那个动作比白天弗勒德测试的时候更加惹眼,我惊恐地想着。我们快要大功告成了。"是电冰箱,我要给它解冻。你继续说。"

"她是我唯一——"

"唯一什么?"

他停了一会儿。

"唯一什么?"我用疑惑的语气问道。

"唉!她是我唯一希望她死掉的女人。"

我等着。

而后,他用一种怪异阴沉的语调优雅地说道:"现在她死了。"

"她叫什么?"

"你干吗想知道她的名字?"他说,有点后悔了。

"哦,因为这跟你有关。爱一个人的时候,就想知道关于他的一切。"我抬起头望着他,接着把头倾向他的脸,说:"告诉我她的名字。"

"她叫默瑟。"

"是她的姓?"

"她的全名是米娅·默瑟,也许只是她的化名。"很顺利,就让它这么进行下去吗？真相会自然地浮出水面，就像拉开一把卷起来的雨伞的外罩，起头的部分是最难的，之后就会不费吹灰之力了。

"我们刚认识的时候只是过普通的夜生活，谁都会有那种夜生活的。在某个地方遇见一个人，可能是某间酒吧，然后开始约会。这种关系至始至终都与爱情无关，相信我。至少，那时候我还不恨她，我以为她是一个称职的床伴，可能有点贵，因为她没有灵魂，所以需要一些物质上的东西去填补内心的空虚，那是她们唯一的享受。

"有一晚，她知道了一些关于我的事。"

他的讲述再一次停顿。

"什么？"我想都没想就问。

"没什么。一天夜里，我在她住的地方生病了，她受了点惊吓，想叫医生，诸如此类的事情。"

我不明白他在说什么，但我觉得最好不要干扰他。

"不幸的是，她发现了蕾拉的存在。那时候蕾拉已经和别人订了婚，那个人大老远从英国赶来，对她来说，他就是她的全部。而且，蕾拉很单纯——你知道，她一直在欧洲上学——因此，虽然她是我的亲生妹妹，但她并不了解我。就是这点事，让情势变得很糟。那个蠢女人不愿意相信这一点，不过不论她愿不愿意，事情都不会有什么不同。"

我还是不明白发生了什么事。我觉得他在故意闲扯，故意使我听不懂。

"然后，这个女人突然，这个恶魔——我觉得是她的某个医生朋友给她出的这个主意——我发现她有了一些变化。她先是对我献殷勤，殷勤到让我难以置信。我有时会在凌晨三点去她那里喝一杯，但她开始顾左右而言地缠着我软磨硬泡，因为她对即将到来的蕾拉的婚礼产生了极大兴趣。最后，我觉得我应该直接告诉她：'不要，你以后不会见到我了。'之后，她改变了花样，还是很殷勤，但不再说那些顾左右而言他的话，开始直接谈钱，两万五或三万五美元之类的巨款，问我怎么能弄到那些钱？"

"我直接告诉她，不知道，我不知道。

"那么，或许蕾拉知道？她说。

"蕾拉也不知道，我告诉她。

"那么，这样的话，我觉得那位尊敬的某某人，那个某某人的长子，蕾拉的未婚夫，他也许知道呢？

"我开始觉得事有蹊跷。她还是一如既往地殷勤，漫不经心地提起蕾拉。蕾拉的未婚夫不会想到蕾拉会生那种病的，因为我，蕾拉的哥哥，曾经生过那种病。这会让蕾拉的未婚夫很担心。

"'你可以试试看。'我说，'我会杀了你！'"

我几乎不能呼吸，感到心跳加速，而他却感觉不到，实在太神奇了，他离我这么近。

"她并没有以此要挟我，你得明白，事情就是我告诉你的那样。她假装放弃了这笔钱。那时我没有搞懂她，她只是掂记着她或者她的同伙，或者我，想知道怎么能搞到那笔钱。我不该轻易相信她放弃了，我们忘了这事，难道不是吗？她十分亲切地和我道了别。她说：'两三天后我们会再见的，我等着你来，可以吗？'最好笑的部分就在这里：'两三天后我等着你来。'

"我告诉她我不会再来了。她极其宽容地对我笑了笑，说：'现在不要这么说，拉德，我受不住。我不会让你这么做的。'那句'现在'达到了她的目的。她在我心里种下了一颗种子，然后随着时间流逝，那种子在我心里发芽。

"她让我熬过了一个很糟糕的夜晚，第二天我就告诉了蕾拉，那似乎是我唯一应该做的。他们是多么好的两个孩子啊，他自己还是一个男孩，那些脸颊红润的、单纯的英国年轻人中的一个。我求她不要在意，不要让这种事影响到她。我说：'不要让这件事吓到你们两个。这没什么，跟你没什么关系，真的，我只生过那么一次病，只是如此而已。你并没有，不是吗？那么，这就说明我的病和你没有关系。反正你总是要离开这儿的，我们会好多年都见不到彼此。如果现在你把这事儿说出来，只会造成无谓的恐慌。'

"说服她真的很难，天晓得，但最终我还是说服了她，我让她相信了我那次生病没什么，我还要她承诺什么事情都不会说出去，而我也不会因为莫名的原因而毁了她的生活。我没有告诉她我会付钱给那女人，要那女人置身事外。我没有告诉她那个女人的存在。我只告诉了她一小部分的事实，而我则会让那女人远离她，永远无法威胁她。

"然后我试着自己去解决这一切麻烦事。我去了她那里，正是她死的那天的中午，过程万分艰难。当我进去的时候，她看起来很害怕，似乎发生了什么事让她改变了主意。我以为她是在怕我，但现在想起来，事情似乎没那么简单。我告诉她我带了一大笔钱，虽然没有暗示她是给她的封口费。然而她放弃了那笔钱，甚至不愿意碰那笔钱。她声称我误解了她的意思，她没有要钱的意思。她只是随口说说。她很害怕，不知道是什么原因。我试着把钱留在那里，她坚持要求我把钱带走。唯一的解释是，她突然失去了勇气，担心我在设圈套，一旦她接受了钱，就会因为勒索而被捕。

"她的反应让我很不舒服。我让她想一想,我一会儿再回去。她迫不及待地让我走,从她的面部表情可以看出。等我再去的时候,她是不会让我进来的。所以,在她没有留意的时候,我做了点手脚——往门缝里塞了点东西,这样,等一下我可以自己进来。

"我回家的时候,蕾拉站在那里等我,像雕像一样站在屋子中间,一动不动。我只看了她一眼就知道发生了什么事。她改变了主意,告诉了她的未婚夫(关于我得那种病)全部的事情。她迟了一步,他在蕾拉坦白之前已知道真相,从其他渠道得知了。

"我问蕾拉,他是不是那种出了事情就最先开溜的男人。

"她笑了笑说不是的,他不是那种人。自始至终他说的只是:'亲爱的,我多么希望我最先是从你那里听到这件事啊。'她说:'我放他走了。他不希望我这么做,但我必须那么做。爱情已经死了,我们之间的爱已经不存在了。他会继续等下去,但我不想要他了。得不到他的心,我宁愿不要他。母亲和我会宣布婚礼取消。拉德,爱情就像鸡蛋壳一样脆弱,不是吗?碎了就再也拼不起来了。'

"我从没见过蕾拉流泪或者闷闷不乐。她高高地昂着头,酷极了。过了一两个月,她乘邮轮去了南美。她不会再爱上别人了,我知道。

"他们两个人的生活都毁了。几个月后,他抛开他原本的生活,飞去中国。

"总之,那天,一切就那么发生了,我再次回到了那女人那里。不难猜出那个其他告密的渠道是什么,她无意间说漏了嘴。我觉得我已经明白为什么我第一次去见她时她那么害怕。我曾告诉她,如果她说出去,我会杀了她,而且我打算那么做。"

"你打算去那里杀了她?"

"我去看她是否还活着。如果房子里有二十个证人，我会亲手杀了她。"

我难以接受他这样说，胃里排山倒海般难受。"所以？"

他苦涩地笑了笑。"我到那里的时候她已经死了。有人替我做了这件事。她躺在地上，枕头在她的身上。我用袖口隔着手掌把她推到了一边，好像在碰什么肮脏的东西一样，然后检查了她的心跳，确认她真的死了，一如我想要的那样。我把她掰直，向做了这件事的人脱帽致礼，这个人给我省了麻烦。然后我走了出去，关上门。我记得她的猫跟着我跑了出来。连她的猫都受不了她。"

"所以你没有杀她。"

"我本来会，但是我没机会。"

内心深处有一缕叹息离开了。那叹息离开之后，我才发现它曾经存在于我心底，那么深沉的悲叹，以至于似乎永远不会消逝。

他说："我不要求别人相信，只是希望你相信，虽然这确实是事实。"

我相信。是的，对我们爱的人，在一个这样的空间里，我们会说实话。

我的手离开了开关。我的手是自己离开的，监听器特有的嗡嗡声消失了，很安静。我觉得自己像个游到岸的游泳选手，筋疲力竭，躺在他痛苦陈述的往日碎片中，无法再动弹半分。

我睁开眼睛望了望四周，很奇怪，四周好像是我从没见过的新景物。我好奇灯怎么突然比以往亮，好奇为什么它们莫名地闪着光，熠熠生辉。我的心像是轻吻着上等香槟的瓶塞，轻松无比。多傻啊，心都要透过我的喉咙飞出来了。还有音乐，是从哪里来的呢？轻快的鼓声莫名地响起来了。也许音乐根本就不存在，但也无所谓了，就连詹姆斯·亨利也会嫉妒我现在的心情。

他没有杀人。他没有杀人。他确实没有杀人！

他沉默了许久。放在我身上的手越来越重。我挪了挪，他的手慢慢地滑了下来。我及时抓住他的手，并慢慢地让他放轻松。然后我整理好自己，站起来。

我站着俯视着他，过了一分钟，看向别的地方。我把手放在监听器上，又把手拿开。

"你要离开这里，"我默默地命令自己，"你要离开这里，听到了吗？"

他在沙发上挪了挪，让自己靠得更舒服。这样他离我远了一点。

"你想再喝点什么吗？"我轻声问。

他没有回答。然后他睡眼朦胧地说："亲爱的，我太困了。我可以在这里打个盹吗？只睡一小会儿？等一下我就走了。给我盖点什么东西，我就不会再打扰你了。"

他再次闭上了眼睛。

我轻手轻脚、不紧不慢地收拾起我的衣物，然后把它们放在那个廉价手提箱里。我站在门边，然后又走回他身边。

我讨厌写字条。但是我不希望他等待。他可能觉得我会回来，可我再也不会回来了。所以——

再会了，亲爱的。
你并不认识我。
我也从不认识你。

我让灯开着，这样当他醒来的时候不至于感到太孤单。他已经够孤单了，至少别让他醒来的时候陷入黑暗中。

  我慢慢地关上门，最后看到的是他的脸，光线随着门缝变细而最终消失不见，我带着那个最后的记忆离开。虽然我不想带着，但我似乎无法忘记。我的心留在了他那里。

  我一只手提着那轻轻的手提箱，走进夜里，顺着大道走下去。不知道要去哪里，只知道我要离开这里。永远离开。离开这里是唯一的方向。越远越好，离开这个爱情可能生长的地方。

第九章　哥伦比亚 4-0011，麦基

"麦基去了他的夜总会，我能为您效劳吗？"

我试图让自己的声音听上去很热诚，"嗯，也行，不过最好不要。对了，我忘了，那地方在哪儿？"

"要是你不知道在哪儿，肯定也不知道麦基是谁吧，姐们儿？"

听得出这声音不是管家，不然他不敢那么称呼我。我对那个人的不切实际的想象——坐在挑窗旁俯瞰第五大道，边弹着烟灰边漫不经心地翻着报纸——瞬间灰飞烟灭。是夜总会，或者更确切地说，某种程度上是政治社交场所，人们在那里打牌或做其他诸如此类的事情。

"不，我认识麦基，他让我打到他的夜总会去，但是我弄丢了电话号码，所以只能打到这里。"

那声音说："你怎么知道这个电话号码？他从来没给过别人这个号码。"

"我自有办法。"我轻声说。

那头的声音换人了，新的声音更加低沉，轻松中又透露出粗俗："你是在找跳舞的工作吗？那么来这儿吧，我们会给你个面试。"

所以，这里也是夜总会，他们之前说过："他的夜总会。"那么，他就是夜总会的所有者了。

这两个声音和我愉快地交谈着，一个接着一个交替出现。"过来面试吧，让你见识一下什么是真正的面试。"

另一个声音插进来道："记得带上你练习时穿的短裤。"

我在电话里将自己说成是镇上一名小舞者，以一种友好亲昵的方式说着话。似乎这是我认识他们的最好方法。"嘿！小伙子们，快发发慈悲吧。你们知道，我一个女孩，迫于无奈需要找份工作，可这儿该死的地方又那么多。"

两个声音在旁边窃窃私语，但我还是听到了一些："要不要告诉她呢？"

我听不到另一个人的回答——因为距离还是有点远——但是我得知了结果。"好吧，这里是九十夜总会。"这时传来一阵奇怪的咯咯笑声，听起来很蠢，又让人毛骨悚然。"别说我们取笑过你。"他非常严肃地说出"取笑"二字，从未有过的严肃。在此之前，我一直认为"取笑"这个词在是用在连环画或者舞台上取笑无知。

那地方实际的门牌号是八十八号，我猜被命名为九十号是因为这个店名使店门入口处的霓虹灯占用的空间少一些。

走在路边，一个浓眉的人在门口徘徊着，仿佛他刚刚浮出水面呼吸空气。"要找工作吗？沿着这条巷子，穿过第二个安全出口就到了。"

我沿着巷子一直走，穿过第二个安全出口。敲门，一只手拉开重金属把手，我根本没兴趣去注意门后的那张脸，也不关心他的样子。我走了进去,房间半暗,门没有关上,在我的背后像一道白色裂缝敞开着。片刻后,只听见'砰'的一声,门被关上了。

莫名的恐惧感袭来,我甚至不知道自己到底在惧怕什么、惧怕谁。我想可能是因为那扇关闭的门。不论如何,我来到了一个新的世界。

这个地方看上去死气沉沉,散发出一股发霉的味道。桌子杂乱地挤在角落里,不规则地叠在一起,好像随时都要掉下来。其中一张桌子被单独拉了出来,旁边坐着一个男人,大衣里子外翻着垂在椅背上。他坐在黑暗中,无所事事。还有大约八个或者十个姑娘围在他周围,站在那里仿佛在等待着什么,有的上身穿着无袖上衣,所有人都光着腿。

那可怕的赤裸近乎猥琐。取悦,通常是将里子翻出来给人展示。

坐在桌子旁边的男人说:"你是来应征的?那就脱掉衣服吧。"

"就放在地板上?"我克制住情绪。

他们开始冲我吼,那个男人说:"女佣会过来收走你的衣服,她这会儿刚好不在。真麻烦。"

我妥协了,把衣服整齐地卷成一团放在挂在墙上的灭火器上。

她们傻笑着。我依旧比她们中的大多数穿得多,所以不懂她们在笑什么。

一个面容憔悴的深肤色女人缓缓走到我面前,上下打量了我一番,好像我像个怪物。

"你不可能通过面试。"她对我说,"你还是早点穿上衣服,节省你宝贵的时间。"

"为什么,您凭什么这么说呢?"我面不改色。

"所有来这里的应征者,只有外行人才会不带练习短裤而穿着逛街的衣服，看看你周围的人，没发现你不一样吗？"

我站在那儿，无助地缩成一团，因为脱得只剩下白色人造丝三角裤。

她对我流露出一种轻蔑的同情，像块屏风一样背对着我："好吧，动作快一点，蹲下。"

我一边脱衣服一边在她背后说："能给我一个暗示吗？如果被问起我之前工作的地方，我该怎么说？我真的很需要这份工作。"

"那就去城外找工作吧，"她补充道，"那对你更好。"转身回到那些有经验的应试者中之前。她对我说的最后一句话是："我再说一遍，你永远不会通过面试的，我只看一眼就知道结果。"

可我自我感觉良好。

这时，门开了，男人们进来了。先进来的五个人一进来就一起说道："老板，就是这个角度。已经过去三四天了，那些报纸对此连个小版面都不给，只写了数字九十，直到他们醒悟……""好吧，希望我还能给你补上亏空，这并不容易。我已经快完蛋了！""我告诉他如果他不兑现我们开的价，我们会选择其他人，但是他仍坚持到最后一刻，看看是否——"然后他们散开了，最后只剩下一个人。这个身影在逼近，空洞而虚无，仅仅是背景光下的一个轮廓。这个身影很高大，几乎是诡异的高大，可能部分原因是那难以捉摸的昏暗。

他说："多兰，准备好了吗？"

桌子旁边的男人回答道："哈里，打灯吧。"

于是在我和他之间出现了一条闪光的小路，所有人都在这条小路上拖着步子前行。我好像站在路的这头，他坐在路的那头，要成功就必须经过这条路。我必须穿越它。

我略过了大部分其他人，努力往他的方向看。他慢慢地点灯，慢慢地消失，又慢慢地出现在我的视野里，慢慢地出现在这个滑稽的故事里，而这个故事便是我的一生。我猜测那盏灯在缓缓移动，看上去又似乎是他渐渐地被地迎面射来的光照亮。

他很高，大概有六英尺高，举止敏捷，好像每个关节都刚刚涂过油。黑色的眼睛和头发，散发着棕色的光。一张酷似爱尔兰人的面孔，我猜一定很英俊，但是又很冷酷。这种冷酷并不是残酷的、恶意的，如果你能理解其间的区别，就会懂得这种冷酷中透露出热情，尽管这种热情有些反常。而另一种冷酷是确实的、冷淡的冷酷，会用一种不可抗拒的力量将你无情地打败。

我认真地看着他，看着他的手：一只插在口袋里，一只扶着门把，准备关上他刚刚经过的那扇门。当然，它们可以那么做。当然，它们一定那么做过——不止一次，而是很多次。我看着他的眼睛。它们一定见过他做那件事，毫不畏惧，就像它们看见这些女孩。我不得不走向那条连接我们的小路，真相将在路的尽头等待着。

有人从墙边推出一台钢琴，坐了下来，手肘沿着键盘擦拭着上面的尘埃。钢琴上面有一块板不见了，当他敲击着那处音符的时候，可以看到里面移动着的金属丝。

桌子旁的男人说道："好了，所有人排成一列，做时阶步。"

我试着去按他说的来做，其他人似乎也有同样的打算。我走到了第三个位置上。然后，我被往后挤到第四个位置，又被旁边的人侧推到了第五个位置，被胳膊肘往后推到第六位，进而绕道到第七位，而此时，整条队伍歪歪扭扭，好像蠕虫似的排成了一条线。我最终站在倒数第三位。我的脸一定烧成了红红的两团。

这一招是为了淘汰那些明显不合要求的人，以便他们对留下的人单独进行二轮面试与筛选。我是第一个被淘汰的。每次他说抬起左脚，我都会抬起右脚。而当他说抬起右脚，我又会抬起左脚。一旦开始做错，我便不知道该如何调整过来。

最后，桌子旁的男人说道："嘿，你，三号，你出来，你搞乱了整支队伍。"

我走了出来，往前看而不是看他。他指向出口："穿上衣服。"他厌烦地说道。

站在办公室门边的高大人影开口了："再给她一次机会。"他说。他比他的手下要宽容一些，我想后者之所以挑剔，大概是想表现自己是如何尽职尽责。

"你会做什么？"他带了几分冷淡的友善问我，"你有某种特长或单独表演的才能吗？"

这是我与麦基的第一次对话。虽然我的脸上仍然是一片通红，仍然小心翼翼地向这条光明大道迈出了一只脚。

如果我说没有，就得离开。"是的，"我说，"我——我可以单独表演。"

"你会表演什么？"坐在钢琴边的男人问道，吐出了一片从雪茄嘴脱落的烟草叶。

我不知道该做什么。我记得有一样东西是柯克以前喜欢的，但是只记得名字，却不知道该怎么去做。"月光与玫瑰。"我结结巴巴地说道。

那人开始弹琴，我才意识到这首歌过于缓慢，以至于我什么都跳不了。我对跳舞一无所知，只会两件事：一是单脚旋转，也就是说，我会来回摇摆；另一样是高踢腿。于是我开始单脚旋转，并且高踢腿。由于第三次高踢腿踢太高，我跌倒了，沿着一条直线滑出,直直地摔下来,一屁股坐在地上,几乎没有多余的动作。

现场响起一阵大笑。站在门边的人也做出了一个嘲笑的表情。我爬到放着我裙子的灭火器旁,不声不响的。

突然,他的脸僵住了,把手伸向自己的脸,仿佛要触摸它,又放下来。他惊讶地问站在桌边的男人:"等一下,我刚才笑了吗?"

"谁没笑啊?"

"我可是不会被轻易逗笑的。我从来没有被自己的夜总会逗笑过,更别说是别人的。如果她能使我和这里所有的人发笑,那么她能使一个不苟言笑的观众怎样呢?"他对我说,"待在原地别动。"

我没动。他想了想:"你能每天晚上都像刚才那样做吗?每隔三到四个踢腿就直直地摔下来,持续五分钟?"

"当然可以。"我回答道。

"美女们,你们有一个特别的同事被录用了,她每周会得到七十五美金。"

带有敌意的嘘声从我身后响起。

我报上了名字和住址,却并没有立即离开。我在周围溜达着,但毫无收获,因为他再没有看我一眼。

一切结束,她们挤在一起开始换衣服的时候,我离开了。他也从正门走掉了。回家的路上,我拦住那深色皮肤的女人,并用肘子碰了她一下。"谁说我做不到?"我轻声说。

在接下来的一周里,我没有再接近过他。有时,我可以从远处看到他。他从来不看彩排,这不是他的工作。他设计整场节目,然后让多兰来负责排练。

我排练的时候会在臀部周围围上一种缝着钢丝线的保护圈,

这样摔倒的时候就不会伤害到我的脊椎。如果没有这层保护圈，不到四十八小时，我便会躺进医院了。接着，当他们做礼服时，会把重重的棉花放到裙子下，这种展开的箍裙式衣服使我的保护圈不会被发现。我的保护圈像一团朦胧的黑色薄雾似的可爱东西。我还在腰上拴了两条带子，当我摆动胳膊的时候，它们就会像翅膀一样展开，而我的头上会有一个光环般的半圈银弧。人总会收获最意想不到的朋友。

我摔得越来越熟练。尤其当他们为这个舞台铺上了一层蜡之后，就更容易滑倒了。但多兰警告我不要做得太好。"如果你做得太好，看起来像是排练过的，就会失去可笑的效果。试着做得像是不经意的，就像第一天做的那样。"

我们在演出当天下午五点进行了一轮彩排。我第一次穿上表演礼服，在那之前，我一直穿练习短裤之类的。

我开始注意到了什么。在我看来，有事情要发生了。我老是观察到一些征兆，那些征兆告诉我应该开始做些什么。我希望自己能够完美地完成。

第一个征兆来自管理服装的老妇人。这是她的工作，她上了年纪，也倦乏了，并不关心我们穿上衣服后是什么样子，她只在乎它们是否合身。她帮我穿上了那件礼服。并在裙底弄了点小花样。然后，当她一抬起头而我正想看看穿对了没有的时候，她却停下来，一动不动地站在我面前。

"怎么了？"我问道。

她像是喘不过气来："在这里说这种话是罪恶的，但是你看起来就像——就像教堂里祭坛上的画。"她似乎不敢靠近我或是帮我扣上裙子搭扣。

此时，另一个演员进来了。由于我是新来的，因此我是第一个试装的。当时进来的是面试那天那个深肤色女人，她在头上弄了点什么。我感到怪异，她像是脚底生了根似的，那样站着维持了一会儿。之后，她回过神来，对我哼了一声道："你是第一个穿上'简'的衣服比不穿要好看的人。今晚他们最好在外面准备担架，因为受伤者会特别多。"

第三个征兆来自多兰，我曾经无意间听见他说，他是如此厌倦漂亮女孩，反倒是去动物园盯着一笼子丑陋的猴子的时候会让他觉得轻松。但当我上场的时候，他惊得下巴都掉了，保持那样的姿势好一会儿。他说："你真的就是那个干瘦的……"他没有继续说下去，也不需要继续说下去。

我心里暗想："如果他（麦基）也像他们这样吃惊，那我几乎已经走上了光明大道。"

我听他们一遍遍地诉说自己的难处。在一间夜总会里，没有任何观众比开幕夜观众更难取悦。而当我踏上这个舞台的时候，渐渐懂得他们话里的意思。对我来说，这不算什么，因为我没有台词要说，也没有歌曲要唱，我的演出跟这群观众并没有关系，因为我只是表演给一个人看的。

灯光和面孔都是模糊的，如同全速运转的机械车间，没有人看向舞台。人们在餐桌间谈天说地，服务生托着餐盘和酒杯从我和舞台间络绎穿梭，就连卖香烟的女孩都比我得到更多人的注意。

终于有人注意到我了。坐在靠后桌子边的某人给了我一声拖长音的口哨。接着，喧闹声开始减弱，一下子安静了不少。再接着，全场完全安静下来，直至变为死寂。

我能感觉到某些事情。我不知道自己现在看起来是什么样子，而此时此刻我也不需要了解这个。我只知道我影响到了他们。既然我没有做任何事情，那么必然是因为我站在那里，是因为我的样子让他们变成这样。

我听到一个醉汉说道："真的是她吗？我要用我的零钱来打赌。"

一阵怪异的沉默似乎降临此处，掺杂着怀旧的气息，令人伤感。只有音乐继续播放着，缓慢而高雅，带着一点点忧郁，那正是我们安排的。为了制造最完美的反差，我要在庄重柔和而不是喧闹嬉笑的音乐里直直地摔倒。

我踢腿，然后倒下，一阵喘息声传出来。然后，我再次那么做。虽然笑声姗姗来迟，但总算来了，那笑声被我这种重复的怪诞动作从他们身上不断地勾引出来。我知道我在破坏自己的形象，但我不在乎。这不是我所渴求的，也不是我想要的。我并不是一个表演者。

我下台的时候，只想问在一旁观看的导演多兰一件事："麦基先生看了吗？他有什么感想？他说了什么？"

"他一直站在那里，直到你出来的前一分钟，"他说，"然后他接了一个电话，有人想祝贺他的开幕表演。他直到最后都在那里打电话。他唯一错过的就是你的演出。他就在那儿，刚刚回来。"

我转身溜回更衣室，虽然这礼服让我看起来像一只被鞭打过的、骨瘦如柴的小东西。没日没夜的辛苦都付诸东流了，我身上的瘀伤也枉费了。

每次我下台的时候都会问："麦基先生今晚来了没有？他看到

我了吗?"

有时他们说:"他还没有来,估计等一会儿才到。"

就这样,五个晚上过去了。

到了第六个晚上,我下台的时候依然穿着那条礼服。我在更衣室里坐着,等待着。当管理衣橱的女人让我脱下它时,我说:"我要穿着。"

"你不能一直穿着,"她说,"我负责管理服装,你必须脱下来。把它给我。"

"让我再穿一会儿!"我威胁地吼道。

其他人拥入房间,问:"嘿,你在等什么?返场加演?演出已经结束了,你难道不知道吗?"

是的,我是在等返场加演。或者更确切地说,我等待的是一场首映,但不是他们以为的那种。

那老女人不停地缠着我:"我要回家了,给我那件衣服!"

"如果你想要它,你可以把它从我身上一块块地撕下来!"

那个深肤色女人经过门口停了下来,看了我一眼。接着,她改变主意走了回来。"我想我明白你要做什么了。"她说。她的头朝门口偏了偏,说:"他在那边,是在表演结束后到的。"

我像是没听到她说的话一样,一动不动。

当所有人都走了之后,我站了起来。我避开老女人颤抖着想要挡住我的手,打开门走了出去。我在更衣室通道口站了一分钟,认真地看着夜总会的办公室。他坐在左侧台边的桌子旁,在乐队的另一边。有两个人跟着他,都是平时跟在他身边的人。

后方靠墙处有一张桌子,最近被腾空了。那并不是一张好桌子,我绕道朝它走了过去——经过他的桌子。

当我经过的时候,他们正热烈地谈着话。

他们的话语停顿在一个下降的音节上。

"我成功了。"我对自己说。

我听到他低声问道:"那个收起翅膀的天使是谁?"

我坐到了靠墙的座位上,没有看房间里的任何人。过了几分钟,一抹阴影遮住了我白色衣服的一部分。

"我以前是不是见过你?在你回答我之前,我知道这是个老把戏,但是我现在很真诚地问你,这不是一句俏皮话。"

"我是在这里为您工作的演员,麦基先生。"

"我付给你多少钱?"然后,还没等我回答,他就对别人说:"叫多兰立刻过来,他还在吗?"

多兰很快过来了。

"付给这位小姐双倍薪水。对了,她叫什么名字?"

"她是艾伯塔·弗伦奇小姐。"

"她是做什么的?"

这一次是我回答的:"我是表演一屁股坐到在地板上的那个人,麦基先生。从我进来的地方,以一条直线摔倒滑过房间,直到离开。您不记得我了吗?第一天,我是犯了错才做了那个,现在他们让我每天晚上都那样做。"

这让他有些恼怒。这是他自己的主意,但他忘了。"这是你今晚最后一次那么做。到底是怎么回事?你们到底有没有常识?"

多兰很快离开了。

他说:"到我的桌子这里来吧,我并不经常有机会与一位天使坐在一起。我希望每个人都能看到我和天使坐在一起。"

他没有对跟在他身边的那两个男人多费口舌。"好了,"他对其中一个简单地说，又对另一个说："再见。"他们没有丝毫迟疑就起身离开了。

不过，我听到其中一个对另一个说道："是时候了，已经过去很久了。"这话说得并不带有恶意，而是很平静。

在我们等香槟的时候，我想到了柯克。一个声音模糊地穿进我的脑海。"哎呀，你看起来很难过。我从未见过这么可爱的你。"这是别人的声音还是发自我的内心？此刻我无法分辨。在我们等待香槟的时候，我坐着想到了柯克。

在门边与他告别是极为艰难的。

"语言是种奇妙的东西，不是吗？"我隔着逐渐变窄的门缝说道，"你说出的话的意思往往和你所想的相反。喜欢一个人，为一个人设想很多，其实，那是你把自己的意志强迫到他们身上，不会让他们开心，反而使他们痛苦，伤害他们，还会使他们感到羞辱。不是吗？我一定要记得这些，直到现在我才明白其中的深意。"

他低头看着地板。"别那样看我。"他用几乎听不见的声音说。突然，他带着后悔清醒了，香槟的酒力消散了。

"晚安。"我满含温暖的善意说。我慢慢地关上门，门的边沿把他的脸切掉一半，又切掉四分之一，直到完全看不见他的脸。我拉上了门栓。

过了很长一段时间，我听到有人从门后走开了。我一直在挂念着柯克。一瞬间，我在内心深处却不记得他是谁了。有人形色苍白，有人躲在门后。

要将他甩在门外是毫不费力的。

"别站在那里看着我，麦基。我无法回应你那种表情，你是知道的。"

"别对我恼羞成怒。你就像一个即将消失的天使。你在门关上之前再对我笑一下就好。难道这个要求过分吗？关上门缝之前给我一个笑容吧。"

我慢慢关上门，门的边沿把我的笑容切掉一半，又切掉四分之一，直至他完全看不到我的笑容。我拉上门栓。过了很长一段时间，我听到他离开。我挂念柯克，却不记得他是谁，也许他就是门后的那个人。

自从那天晚上之后，一屁股坐下式的摔倒表演结束了。我现在只需要站在一整列人后面表演就可以了。虽然不是字面意义上的站，但是实际上跟那也差不了多少。他找了个人来教我一些简单的旋转、踮脚和下腰的姿势，这就足以伪造我在跳舞的假象。"当你站在台上的时候，除了你的脸，不会有人注意到其他，所以你只要在地板上稍微动一下就可以了。"多兰说。

我没再在后台多说过话。可那些暴躁又易怒的被压抑住的情绪，使得一丁点的小摩擦都充满了危险。曾有人在我的镜子上用眉笔写着"杜巴利"[①]。我并不知道谁那么饱读诗书，但是我不在乎。我有什么好在乎的？

然而，在某一个晚上，连这种装模作样也结束了。就像他做过的其他事一样，夸张地结束了。

我们站在舞台中央的时候，他走了进来，身后跟着两人，斯基

---

① 这里指的是杜巴利夫人，她是法国路易十六的情妇。——译者注

特和基特斯。当然,他永远不会独自一人。他在那里站了一会儿,看着我。他有些不对劲,我不知道他到底怎么了——嫉妒、占有欲或是其他。

突然,在音乐伴奏声中,他发飙了,像扔了一枚手榴弹到地板上,打破了这种的假象。"关掉音乐!关掉那些聚光灯!嘿,你到那边去,把聚光灯从她身上移开,听到我说的话了吗?如果你不那样做,我会把整个舞台当作一根火柴那样烧掉!"

音乐停止了。聚光灯也黯淡下来。我身后的女孩停了下来,抬高膝盖。我也停下来,在我身边旋转着的黑影都静止下来。

他怒目而视,我很害怕。我不知道这是怎么回事。他没喝醉,虽然他的神色很复杂,但他的头发、他的领带、他的衣服都保持着完美的冷静状态。

他的声音像是犬吠,震撼着这个封闭场所的墙壁。"把他们全部弄出去!收拾桌子!别管他们有没有付账,把他们弄出去!他们不会再看到她了!我再也不会让他们每晚这样看着她!"

斯基特试图用一只手抱住他,同时又试着不显得太粗鲁。我想他是怕麦基会拔出枪来。

不多时,舞台就变得一团乱。人流逆行顺行,比较怯懦的客人冲向正门,舞台上的女孩则拥入后台,拥入更衣室。

"那人是毒瘾发作了吗?"就在我身后,一个人胆战心惊地对另一个说道。

我听到了答案。

"不是,他是爱上她了。"

一股冰冷的恐惧涌入我心头,像我第一天来到这里时那么恐惧。我像是脚上生了根似的,伫立在原地,几乎是唯一一个没有在奔跑的人。

夜总会经理恳求着:"麦基先生,请别这样!我们的生意正在下滑。麦基先生,想想您在做什么!如果你想,就把那个女孩带走好了——我会让人把她的外套送过去的——但是至少得让我们继续营业,让其他人跳舞。那样做有什么不好呢?"他带着哄人的口气问道,"好吗,麦基先生?好吗,麦基先生?"他一遍又一遍地恳求着。

"好吧!"他终于吼了回来,"让他们跳舞;让他们喝到看不清东西,我——管他们做了什么!但他们不能再在这里看到她,除了我以外,谁都不准看到她!"

夜总会经理立刻打了个响指。"伙计们!换一首快速伦巴。快点,在我们失去更多的客人之前,快点播放啊!"

有人从我身后为我披上了外套,天使的服装。我被很多只手轻轻地却又强制性地推向了他,就像将一顿午餐轻轻送到了一只凶猛狮子的血盆大嘴里。

我迈着有些凌乱的步子走过舞台——那曾是带我走向他的光明大道。而在舞台的另一端,他站在那里等着我,张开双臂迎接我,引领我到他身边。

当我到达他那里与他站在一起的时候,突然——我不知道为什么——他变得那么顺从。他是那么懊悔,他又变成了他平时的样子,一个只对我温柔的人。

他为我整理了我的外套,揽着我的腰。"来吧,天使,不要害怕,"他说道,沙哑的声音里充满着关怀,"我只是想带你离开这里。"

我的目的达到了。但这使我开始思考,我怎样才能再回到这里

——再次离开他——择机而动。

他的住所很奇怪。高高地矗立在中央公园西部的炮塔上。我知道在纽约有几个类似的地方,但没有几个人能来这里参观。很难说那里到底有什么可以用"奇怪"这个词来形容,很难指出到底是什么,并不是因为它太大,梅森的公寓甚至更大。也并没有明确的反常或是古怪,他似乎把室内设计完全交给了装潢师,但那并没问题,虽然似乎有一些冰冷的形式主义,但这类设计总是如此。问题是,这里有些不协调。这个地方的设计和里面住的人难以融合,每一处都充满了矛盾。

站在这间堪称完美、气氛恰当的客厅里,扫视一圈,所有的东西都没有那个脱掉外套的男人引人瞩目。他坐在那里,衬衣的袖子挽过袖窿,脚边立着一个啤酒瓶,正在一张嵌入式桌子上玩单人纸牌。

或者,我是正好走进了一间客房,非常男性化的客房,每一个细节都是完美的。那男人会打开半开的门,带着可以理解的骄傲向我展示:"这是其中一位男士的房间。"

被提到的男士——基特斯或是另一位男士——一只手拿着烟斗横躺在床上,另一只手上散漫地挂着一把左轮手枪。他翻转扳机,吹着枪口。在墙上,与细心挑选的狩猎版画并排挂着的,是一张令人震惊的裸体画,从某本艺术杂志上剪下来的。

于是房东麦基生气地失声叫道:"快盖住那东西——你到底是怎么回事?我在带她参观你的房间!"

房间的主人从床上爬起来,走向那墙,把一只手放在了中间,就那样站在那里等着我们结束参观。

我并不感到尴尬或者偷偷发笑，只是感到很蠢。我可是在夜总会工作的舞女啊。

诸如此类的事情。主人的举止与周围的环境如此不协调。

他没有试图做什么。

他只是不带任何冒犯地说："你可以拥有这一切。"

我没有装聋作哑，只是轻轻地闭上了眼睛，然后又睁开。

我在那里待了大概一个钟头。

当我回到家，脱下我的外套随意扔到一边的时候，从衣服口袋里传出了轻微的噼啪声。

我把手伸进去，摸到了一张支票。我去他那里之前，口袋里并没有这东西。那支票上签的名字是"杰罗姆·J.麦基"并在背面注明一句话，以宽慰我的不安："这是为你目前提供的专业表演而预先支付的下一年度的薪水，九十夜总会。"那是一张一万美金的支票。

我在一夜之间变成了全纽约薪酬最高的舞女。

我知道怎样使用这笔钱最有效率。他把我的防卫武器交到了我的手上。

我在一张信封上贴上邮票并写上他的地址。我涂好口红并在信封的签名处印上了我的红唇，在下面写道："但我不需要。"我把那张支票放进了信封并寄了出去。

这意味着我将用这笔钱得到更好的回报。

在接下来的几天里，他每天给我打两次电话，跟我讲关于某个舞会的事。他是提醒我不要忘记我承诺过会陪他去，让我不要食言。我不太明白他为什么这样。其实这是我的荣幸，但是他一再坚持的态度让我感到仿佛我与他一起赞助了这个舞会似的。

"我希望你早早地准备妥当,我会派车去接你,大概六点,如何?"

"你不必这样,我可以自己过去——"

"我不同意,你想都别想,你应该乘车出席。"

接着,他继续说道:"你能为我做件事吗?穿上那套天使的服装。那衣服在你那儿吗?我希望其他人也能看到我看到的你。"

虽然我还在跟他说着话,但我自己心里暗忖:"保险柜就在那个房间的壁炉上,应该是书房或是其他什么房间。我看到了。"

"好的。"我对他说。

他就像个孩子一样;我从没有听过这样的情话:"我都快等不及今晚的到来了。哎呀,离晚上还久着呢,我在那之前应该做些什么呢?"

"舞会会来的。"我平静地说。我心想:"总会来的。"

当晚,他穿着一件晚礼服。整个场所挤满了花商和舞会承办人。他站在那里检视着一张大长桌,那桌子上足够摆放二十至三十人的餐具。

他仍旧像个孩子一样。斯基特谦恭地站在一边看着他,当麦基走过来跟我打招呼时,斯基特悄悄地往桌前挪了一步。麦基立刻义正言辞地发怒道:"你又拿了一块盐焗杏仁。我之前告诉你不要这样。我要打碎你的下颚,这样你等会儿就不用吃饭了!"

斯基特愧疚地退到了刚刚站立的位置。

我告诉自己:"这些人手上都沾过血。"

"今天是什么日子,是你的生日?"我问他。

"比那更棒的日子。我不会告诉你的。时机成熟时,你自然会知道。"

另外一个人，基特斯，匆忙地走过来："我没法系好这条领带。我一定是太紧张了。我们从来没有举行过这么正式的舞会，只办过吵吵闹闹的那种。"

"我可以帮你。"我提出来，打算在麦基面前展示一下。

他向我走近。他的脸闻起来有剃须水的味道。"多奇怪啊，"我暗自惊奇，"他们和其他人并没有不同，只是缺失了道德感，而这从表面是看不到的。"

当我系完他的领带，麦基靠在我的胳膊旁。他的脸色看起来有点难看，而他的领带，我发誓在前一刻还是系得好好的，此刻正松散地垂下来。他在嫉妒自己的跟班！

在接下来的半个小时里，他过去的生命在我面前三三两两地浮现，不，那不是他的过去，而是他的此时此刻。谁知道在我身旁迎来送往的他，在那些时候到底身在何处？也许他曾在某个采石灰场里披着麻袋，紧抱着脚裸，抵着喉咙。抑或，他是一具埋在停车库水泥地下的骷髅，在遥远的某天被挖了出来。他那些无法无天的岁月在那遥远的过去的生命中被遗忘。

于是，他的当下在我面前三三两两地复苏了，带着约束和拘谨，这是他们刚刚热衷的体面方式。这些男士太过温顺，甚至带着卑微的礼貌。你不必挪动，他们就会搬来椅子来迎合你。而女士也太拘谨了，挂着瓷娃娃般的微笑，仅仅为了微笑而微笑，如同男士带着的人偶。一般女士去参加聚会惯有的略带高昂兴奋的声音和活泼的动作是这些女士所缺少的。稍微放开一点，可能就会为这清冷的氛围增加温度，但是她们似乎都怕那么做。

我站在他的右边。

我一直在想："保险箱就在他的书房里，在那边，在我的右边。今晚正是好时机,他们所有人都在这里。比我独自来这里的时候要安全多了。"

他的声音打断了我的思路:"我没为你准备礼物,因为——你不仅仅是一位客人。我为你准备了点别的。"

我四下观望,她们全部在感叹那些小小的金制香粉盒,我记得我从不曾拥有过其中一个。

她们的交谈很可笑,但是我来这里不是为了取笑她们的。追根究底,我是谁?我问我自己。我不过是站在她们之间的一个绝望而隐秘的生物,甚至比她们更没有安全感。

接着,其中一位夫人十分巧妙地来打圆场,像是想要制止一些长久盘旋于她们脑中的噩梦般的记忆;她们曾因为一个小小的争执变得无法收拾,最终酿成了悲剧。"哦,我们别讨论政治了,用餐的时候讨论这个不好。总之,我们都是优秀的美国人,我十分肯定。你同意吧?弗伦奇小姐?"

"你说得对。我们当然是。"我诚恳地微笑着说。

他们有太多的禁忌,对他们中一半的人而言,与他们所获得的显赫权势伴随的,必定是地狱般的体验。

他站起来。

基特斯对坐在他旁边的人"嘘"了一声。斯基特也对在他对面的人说道:"嘘!老板要说点什么了。"

麦基看了看我,又看了看他们。"我有话说。我猜你们都在想,为什么今晚会聚到这里来?好吧,其实是这样的。每个人都会找到他的另一半,但是大多数男人只找到了女人。而我是这芸芸人海中的幸运儿,我找到了一位天使。"

他们都看着我机敏地鼓起掌来。

"把你的手给我,天使。"

我机械地伸出手,开始有点害怕,尽管我知道接下来会发生什么。

那东西一分钟之前并不在那里。我不知道是否有人刚刚把它从他椅子背后递给了他,或者它刚才被桌子上的什么东西掩盖住了。突然间,那个漂亮的毛绒盒子出现了。一瞬间,光滑绸缎衬里有光芒一闪而过,紧接着,盒子空了。

冰冷的、像死亡一样冰冷的东西滑落到我手指底部,袭击着我内心的最深处,让我不寒而栗。

现在,那光芒来自那里,不断地从那里闪耀过来,仿佛永久地在那里闪耀着。我从来没有见过这么大的钻石。

他把它举到唇边,吻了一下,再放了下来,这亲吻也像戒指那样击中了我内心深处,让我恐惧。

"我宣布我和艾伯塔·弗伦奇小姐定婚了,我们准备结婚了。"

我的瞳孔就像惊叹号一样在上下眼睑之间紧绷着。在桌子周围一片震天响的拍掌声和祝贺声的喧闹中,他俯身向着我说道:"对他们说点什么吧。怎么了?我没有吓着你吧?看看她,看看她惨白的脸。这是不是太突然了?不要害怕——"

我不停地想:"这不是真的。事实并非如此。"

他们的喧闹声渐渐消退了。他们在等待,他在等待。我不得不做些什么。当你突然被告知自己订了婚时你会做什么呢?你会跳将起来然后从桌上逃走,然后说"不,我拒绝这个荣耀,谢谢"吗?

"对他们说点什么吧。来吧,对他们说点什么吧。"他用手臂把我抱起来。

真希望柯克的脸此时能不出现在我的视线里——

我发现自己突然已经站起来了,那么我一定是刚刚起身的。我不敢看他,也没有看他们。我高举香槟,高到我可以看到天花板上的灯光染成黄金色。我没有将酒杯对着他。我把它对向高处,穿过灯光,穿过天花板,朝着——高处的地方,不管那里有什么东西。

"敬我的丈夫。"我冷静地说。

"戴着它,"他在书房里劝诱我,"你要把它摘下来吗?我想我好像曾在哪里听说,这么做会带来坏运气。"

"作为结婚戒指,"我临时编了个理由,"结婚仪式举行之后,它才真的是,而不是现在。我只是担心它的安全。这么多人在这里——而你永远不会了解他们的。你看,它已经有一点松了,我不希望发生什么不好的事。当我待在这儿的时候,就让我把它放进你的保险箱里吧。我会在离开时再把它戴上的。"

他觉得我很有魅力。如果我坚持自己的想法,他就觉得我很有魅力。"所以说,这就是为什么你想在这里把它单独交给我。你真是一个多愁善感的小女人,不是吗?我都不知道你为它考虑了这么多。好吧,给我吧,我会为你把它放在保险箱里的。"

我继续让自己变得更有魅力:"我希望我自己把它放进去。这是我的戒指。"

我把手放在密码表盘上,以一种充满信任而又无奈的姿态站着等待着:"告诉我,我该怎么做。"

有那么一刻,他与生俱来的小心谨慎让他徘徊不决了。他向我投过来一个短暂而谨审的目光,几乎无法察觉地犹豫了一下。

我睁大眼睛。"我认为这只是一枚订婚戒指。"

他举起了我的手,把它放在嘴唇上,作为补偿。"没错,"他说,"在这儿等一分钟,等我把门关上。"

他又走回来了。

"我不会为你之外的任何人这样做。首先,把它稳住,让那个小箭头指向正上方。就是这样。现在,这样转动它,直到它指向数字十一——"

他把最后那拨人送走后回来了。

"嗯,你喜欢吗?我为你举办的派对怎么样?我很高兴你留到了最后。我当时有些担心你会——"

"这是我的派对。在所有的人离开之前,我不能走。"我不经意地把手指放在嘴唇上打了一个哈欠。

"累了吧?要我送你回去吗?"

"我几乎累得回不去了,"我懒洋洋地说,不经意地把手指放在嘴唇上打了第二个哈欠,"回去真麻烦,要一直走到——"

他因为关心而生出了一个主意,抑或是从我的哈欠里得出了这个主意。"喂,你不是想要——要是因为我待在这里而让你感觉在此过夜不舒服,我是不会意外的。如果不是这个原因的话——"

我环顾四周,仿佛突然对这个建议认真起来。"你知道,这主意不是那么坏——我完全不觉得自己会介意,只要你不误解。"

"我怎么可能误解呢?"他真诚而热烈地抗议道,"对你我来说,这种阶段早就过去。你不应该对我说这样的话。你现在应该了解我。你在这里就像回到自己家一样安全。"

"那么我想我会留下来,"我冲动地说,"毕竟我们已经订婚了,而且我实在太累了,不愿意再去介意别人怎么看。"

他吵吵嚷嚷且满腔热情的反应证明,我展示给他的信任使他感到自己受到了多么大的恭维。紧接着是一长串的电话订购,然后所有的卫生用具都送到了。我不知道他怎么能在那么晚的时候还能买到这些东西的,可能是从哪个酒店买的——十五分钟内就送到了。

我在要就寝的房间门口与他告别。我对他说的最后一句话是:"现在你不会做任何让我后悔的事情,对吗?"

我知道他不会。我可以从他的表情里看出来。他会觉得那像是亵渎教堂。

被他崇拜着——虽然我在那时没有意识到这一点——比单纯地成为他欲望的对象更加危险。

"祝你好梦。"他带着些许尴尬的态度却又得体地说道,甚至抑制着吻我的冲动,以免让人误以为这举动是意图打破我们之间的微妙平衡。

我听到他走向"伙计们"那里。从我待着的地方,我能听到他走进去时说:"听着,不许喝酒了,你们两个。今晚有一位女士住在这里,我不希望她被你们的吵闹声打扰。"

鸦雀无声。他们有足够的眼力,不会在不恰当的时候傻笑或说话。他们一定很了解他。他们一定知道他什么时候是在开玩笑,什么时候是在较真。

首先,得把它稳住,让那个小箭头指向正上方。现在,这样转动它,直到它指向数字十一——

保险箱很容易就被打开了。在这个令人昏昏入睡而又相当寂静漂亮的公寓里,它很容易被安静地打开。

我先把挡在前面的戒指盒移到了一侧。然后,我小心翼翼地把后面的金属安全柜取出来,小心翼翼,没让它在取的时候刮划到其他什么东西。我把它放到桌面上，轻轻地打开。债券，全部都是债券。这些债券不是他的；而是被登记在一个叫做迈克尔·J.狄龙的人名下。放在它们下面的是各种法律文件、契约或留置证，还有我看不懂的其他什么文件。我匆匆把它们浏览了一遍。我并不想要它们中的任何一样。于是我又关上了保险柜。在保险箱的上格里还有一个更小的内置型盒子。我把它取了出来，也放到桌上。

纸币被紧实地叠成几块小砖的模样，像银行做的那样用条状标有数量或面额的马尼拉纸捆扎起来。我没理会它们。在它们下面放置着几捆夹好的、穿了孔的支票。我翻阅着，扫视收款人的名字。

在我快速翻着的时候，她的名字突然在我面前一闪而过。我又翻了回去，把那张支票找了出来。"米娅·默瑟。"二百五十美元。那是她的薪水还是其他的什么？在那支票上看不出什么。

突然，我匆忙将盖子合上，手忙脚乱地把盒子放回保险箱。我弄错了上面的插槽，没能一次就把它插回去，不得不撤出来一部分，再次瞄准。

为时已晚。

"麦基先生不会喜欢你这么做的。"从门厅那里传来了伤心的说话声。

我当时已经把门关上，使它与门框齐平。但我没有将它关紧，以避免门锁发出声音而将我暴露。而现在，门被打开了。是基特斯。他穿着深色绒布长袍，双手插在口袋里。

我苍白的脸像白色纸板那么僵硬。

"我的戒指在那里，我只是想看看它是否完好。我刚刚做了一个噩梦，所以——"

他头脑简单。但他同时也像头脑简单的人那样危险与精明："可是，那枚戒指就在你面前，你却把其他的东西拿了出来。我一直透过门缝观察你。"

我更绝望了。

"我不是故意要这么做的，你知道女人的好奇心有多重。不要——不要把这件事跟他说。"

我立刻意识到我这么说，犯了一个多么糟糕的错误。

他的脸扭曲成一个笑容。他走了进来，把门移回到原来的样子，与门框齐平。"好的，这只有你和我知道。"突然间，我第一天打电话时听到的那个高亢刺耳的声音从他嘴里发了出来，又戛然而止。

他向我走近。我把保险箱的门合上，试图抹去自己罪恶的痕迹。

他看着我，又看看保险箱。

他有什么地方不对劲。我一直都知道，我只是不知道他到底是哪里不对劲。那是一种非一般的残酷。我记起来我曾经见过他。但现在我没有时间了。突然，他把我拽向他。

"如果我告诉麦基你打算吻我，你知道他会怎么做吗？不要——求你了——啊，求你了，不要！不要让我们有任何麻烦。"

"我没打算吻你。你看，我是要吻你吗？我不喜欢接吻。"

"那么，你这样抱着我是为了什么？让我——"

"只要按住你让我拧一下你的手，像这样，如果弄痛了你，我会停下来，自从我第一次见到你，我就一直非常想要——"

我挣脱了一点点。"嘘！有人会听见。别出声！"

"只是按住你手腕上的皮肤，反方向扭一下，就这样。别出声，别尖叫！"

我之所以尖叫，是因为对将要到来的疼痛赤裸裸地恐惧，而不是因为眼下他对我造成的痛苦。我现在知道他有什么问题了。他崇拜痛苦。他是个那扭曲冲动的黑暗世界里生出来的东西。残忍，只是为了残忍。残忍不是惩罚，而是爱。

他被激怒了。"我告诉过你不要尖叫，不是吗？当有人像这样试图阻止我的时候，我根本无法停不下。现在我停不下来了！这是你自找的！"

我从未见过有人会如此凶狠地殴打他人。他躲进桌子，把桌子举起来，直到它被掀翻，然后向后在桌子上倒下，双腿在空中屈曲着，仰面躺着挣扎，桌子还压在他的身上。

麦基继续殴打，就像愤怒主宰了一切一样。他停了下来，在他打出第一拳的地方一动不动地站着。水泥般的僵硬。蒸汽压路机般的脉冲。

他用仿佛窒息的声音对我说："离开这个房间，快点。我会拿枪回来马上打死他，我不想让你看到。"

他冷酷无情地转过身去拿他要的东西，仿佛他刚才说的是"我要去取一块手帕"。

忐忑蜷缩在角落里的那个身影说："我抓到她在翻你的保险箱——"然后他就喘不过气了。

斯基特虽然赶到，却迟来了一步。

麦基用一种完全没有情绪的声音说："把枪给我，斯基特。你知道它在哪里。"

"你可以拿枪杀我，但这是真的，麦基，她刚才在翻你的保险箱。"鲜血从他的嘴角流了出来。

"他真的看到那样的事情了吗？"麦基在等着我否认。我唯一要做的事情就是否认，然后就不会有麻烦了。

有什么东西阻止了我。我知道,要是我矢口否认,他就会在接下来的三十秒内杀了那个男人。那是我唯一应该说的话。我不能承认,不能把我自己给卖了。在极端糟糕的时刻,一个人的本性反而会被更好地呈现出来,导致其失败。

他重复问了一次,语气里带着强烈的先入为主:"他并没有看到那样的事情,是不是?"

突然,不再需要多问了。风向微妙地改变了。我错失了良机。

"你看,老板。"斯基特用几乎听不见的声音嘀咕。他的手放在保险箱前门上,把门从门框里拉了出来。它已经被解锁了。

过了一会儿,他又关上。

"他不知道密码,"麦基喃喃地说,"这两个人都不知道。"他不是对着我说的。无法看出他是在跟谁说,也许他是说给自己听,为了某种悲伤的确认。

他没有再说什么。他停了下来,但我能感觉到他身上发生了改变。他正渐行渐远,而我失去了他的信任,就像有人站在岸上失去了被潮水冲走的小船,我无法阻止他离我而去。

"我送你回房。"他对我说。他的声音依然亲密而体贴,仍然带着他只对我才有的特殊的情感。

我伸出手去挽他的手臂,看到他下唇有一丝颤抖。我不敢继续看。

走到中途,我突然停了下来,双手抓着他恳求道:"麦基,你一定要相信我。我没看见任何我不应该看到的东西。"

"没有看到有关萨巴提诺的绯闻吗?"他冷冷地说道。

"没有。"

"或者有关占康威的东西呢?"

"没有，没有。除了迈克尔·J.狄龙的一些债券，我什么也没看到，而我压根没在意那些——"

他圈住了我。我知道那他才是他想要听到的名字；他是故意随便编些名字来引我说出口的。

"你甚至知道他的中间名字的首字母，"他苦笑道，"你知道如果那东西被发现，我可能会因此锒铛入狱，你不明白吗？你要知道那个迈克尔·J.狄龙就是那个'狡诈的狄龙法官'，那个'开塞钻法官'，他们是这么叫他的。他十一年前失踪了，我可能会面临更糟糕的指控！"

我听说过，这国家的每个人都知道他。这个"迈克尔·J."，我之前并没有反应过来。

他说话的声音很温和。他用一种宠溺劝谏的口吻说话，但不知何故，我有一种强烈的预感：我已经签署了自己的死刑执行令。

"我不会告诉任何人。"

"我知道你不会。"他抓起我一直放在他身上的手，像脱下空手套一样把它们移开了。他做得并不明显；仿佛是心不在焉的无意为之。他那举动好像在说："这东西为何会在我身上？"

他替我把门打开，无声地命令我进去。

"晚安，天使，"他讽刺道，"穿着黑衣的天使。"

当他关上门时，我吓坏了。我蹲在那里仔细地聆听着。我听不到任何动静。我也没期待会听到什么。如果他们要谈话，他们一定是在内部悄悄地议论。或者他们根本就没说话，或许他是在内心跟自己对话，然后其他人只是静静地等待被告知结果。

然后，一些安慰的话语突然从其中的一个人口中传来。他可能刚好在此时改变了位置，我能听到更多，有人在房间窗户对面或其他地方说的。

"别那么做，老板。"

从他那里没听到回应。

在一片蓝黑色的周遭中，我可以感觉到血液正在离开我的脸颊。这一判决必然是对我不利的，否则他不会沉默。那时那地，我想冲出去，把我自己丢到他的面前，在判决被通过且无法更改之前，我要孤注一掷地做最后的上诉。我知道为时已晚。那么不会有任何好处。偶像倒塌了；它不能放回到基座上了。我想起了拉德曾经所过的一句话："爱情就像一个蛋壳，一旦碎了，就永远不可能再黏回去了。"

这是漫长而令人窒息的等待。接着，突然，另一番不该被我听到的言论传进了我耳朵里。"长岛那个地方……"听起来像是有人在给他建议。

那建议一定被采纳了。模糊的声音向四周散去，越传越远，好像他们解散了，正在离去。从更近一些的地方，我听到了一个谨慎的声音低声问道："你跟我们一起去吗？"我依然没能听到答案。也许他只是摇了摇头。

终于，在紧邻我房间的什么地方，电灯开关咔哒一声被拨弄了一下，然后是语焉不详的一句话："——正在拿东西，马上。"

警报声在我内心疯狂地响起，伤害着我的胸口，叫嚣着："我必须离开这里！"内心惊恐的声音尖叫道，"哦，我要怎么才能离开这里？"

警报声突然平息了：铃声令人喘不过气。他刚刚在用他的指关节敲打门。

我以一种剧烈抽搐的动作靠着门，像老鹰一样伸展着自己，我把手臂尽量伸展到最宽。"别进来，我在——我还没拿好东西！"

"我不会进来。我只是想和你谈一分钟。"

我打开了门，露出一条缝，将自己的背躲在门后，不敢看着他。

"我和伙计们一起送你回家。"

"家，"我想，"坟墓里的家。"

"我还以为你说我可以——"

"我知道，但我得走了，我刚刚听到了一些风声，你不会想独自一人留在这里。我认为现在回去更好，不是吗？"

我能说什么呢？如果我试图抵抗，他可以直接进来拽着我身体把我拖出去。"就——就给我几分钟时间。我已经脱了衣服，我需要——"

他带着几分轻蔑把衣服抛进来。我想着：夜是那么长；死亡那么确定。"别花太长时间，亲爱的。伙计们在等着，我还要他们做些别的事情——在送你回家之后。"

"之后。"这是多么可怕的词；它像丧钟一样发出振动，即使在他转过身离去很久以后，依然振动着。

我穿过房间向窗扉跑去。我在窗扉旁停了下来，烦躁的情绪在我的身体里回旋着，如同晕船。太高了，从那里看去一切都失去了连贯，变成一团乱麻。黑暗中那一串像珠子般的灯光不再是曼哈顿，而是横跨东江的长岛河岸。河道近侧的东江大道比起在脚下深处隐藏着裂缝的中央公园西路显得更近。尖叫只将我的声音徒劳地划破阿斯特里亚的黑夜，而无法传到这块巨石的底部。

我忍痛离开。房间里有单独的浴室，我走进去。浴室的另一边有另一扇通往外面的门。在我还是他的女神的时候，那扇门就从我这一面锁上了。我将锁打开，仔细聆听着，全神贯注地从张开的双唇吸入勇气,小心翼翼地打开门,往外观望。

房间外一片漆黑,空无一人。有那么一二刻,我再次感到了希望。除了我进入的入口,只有一扇门。只有这一条出去的路。要么死,要么通过它。但是当我走到门前轻轻将它拉开时,把手处传来的声音粉碎了沉默,光的缝隙沿着门缝照亮,像一个无声而铁青色的保险丝突然被掀起。

希望再次落空。一个穿着短裤和汗衫的身影显露出来,从他的脚到搁在椅子上的腿上穿着吊袜。我还没来得及离开,情势就已经改变了,他移动得那么快,腿伸着,还有衬衫展开的哗啦声,空袖子像X形稻草人一样立在空中。一个压低的声音对大概在另一个房间的某人说:"带一点氯仿过来,以防我们和她在路上遇上麻烦。"

我再次将门平滑地关上,就像我偷偷地把它打开一样。门上沉默而温顺的铰链和闩锁是我唯一的救赎。

"我就像一只陷阱里的老鼠,"这样的想法不停地在我的大脑里跳跃着,"就像是一只陷阱里的老鼠。"

我的房间有一部电话。当我拉开浴室门重新进入时,灯光呈扇形散开,把我照亮了。电话像一只甲虫定在墙上,欧亚甘草精一样的黑色,闪闪发光的黑色。

当我与他之间只有薄薄的一扇门时,我该如何使用电话而不被发现呢?从我嘴里吐出的第一个字就会被寂静放大,回荡在房间。

我把自己重重地压在墙上,好像要用我的整个身体挡住那电话。光是把话筒从钩子上取下来它就发出了响亮的咔哒声。嘘!打给警察吗?我不知道。我一直不确定要给谁打电话,直到我把它像救赎圣杯一样举到了我的嘴边。我只知道我需要帮助,以最快的速度,用最糟糕的方式。

我以为他不会听到并接起电话，我不敢再触碰那个钩子。

然后，他接起电话时，事情自然发生了；在极度的紧张害怕中，我的心在对它唯一能记住的人自然地说话了。

第十章　再次来到巴特菲尔德9-8019
　　　　（赶紧，接线，赶紧！）

一个仆人接了电话，声音中有种蒙胧的睡意。

他没听懂我说话，我含糊得要命。噢，这个傻瓜，他害惨我了！我只好从头说一遍。

"快点！——拉德！我在说拉德，不是你！我只要拉德来接电话！别站在那里……"

"我知道，小姐，但现在是凌晨三点多。要是你告诉我你是谁，也许我可以，能否……"

"告诉他，我是艾伯塔，这是一个紧急情况。告诉他，如果他爱我，就赶快来接电话。"

我不知道我在说什么。我生活中的某些东西已经消逝了，没有人可以把那些东西带回来。

如果他爱我；如果他曾经爱过我。哦，对的，他一定爱过，因为他很快就会来了。我听见没穿鞋的脚步慌乱地走过来，听见什么东西倒下的声音，似乎是阻碍他前行的椅子倒下的声音。我能从他的话音中听到惊吓,睡意被粉碎了。

"怎么了?你在哪里?发生了什么事?"

而我像一只被困在洞中的小老鼠那样尖叫道:"嘘!仔细听着。我只有一分钟的时间。我在中央公园西路的公寓里。他们要对付我,是某些人。一分钟后,他们就会带我离开这里。拉德,帮帮我,我只能求助你了——"

"我叫警察来,我要他们即刻赶去那里,我和他们一起过来!"

"那就太晚了!他们不会及时赶到这里。我不会在这里了。他们会否认我曾经来过这里。人们将永远不会发现我在哪儿——"

心脏刚刚被一个上勾拳打到的时候,很难快速地思考。他却可以做到,又快又清楚地思考。他必须做到。"他们要带你去哪里,你多少知道点什么吗?"

"我听其中一个人提到长岛,但我不能肯定。"

"十有八九是指女皇镇桥。你现在在哪里?在西园的哪里?"

"在六十多号。"

"那么他们会带你通过市区穿过第六十七号,这样做要比向下走经过第五十九号快得多,那里没有路灯。也许我可以在他们面前拦截。"

"哦,拉德,无论你做什么,千万不要挂念我。他们可能会把我关在那里好几天,或者我可能根本到不了那里。拉德,他的车——车牌为072-027。尽量记住这个车牌号。"

我长叹了一口气,像正在努力爬上光秃秃的墙。

"拉德,他在敲门了。他在另一个房间里。他们已经准备对我——"

即便只是和他通话,即便他通话的地点距离我有一城之隔,也比什么都不做要强。

"拉德,拉德,你还在吗?哦,不要离开我——"

他已经离开了。他等不及挂断电话就离开了。

就在我回到浴室通风口边上的时候,麦基从另一个门进来了。这一刻,他的面孔令人感到很危险,仿佛要胁迫着我在此时此地就做什么事情,因为已经拖延了。随后,他的面孔平静了。"你准备好了吗?"

我跨过他身前的门槛:"你为什么把我这样丢人现眼地送回家?"

他好像没听见我说了什么。

我又试了一次:"麦基,你不会容许他们对我做任何事情的,对吗?"

这一次,他给了我一个最奇怪的笑容。我能明白这笑容的含义:"这地方一直有个软肋,就在那个地方。你只是行动得太晚了,现在那地方被封起来了。你清楚记得它的位置,不是吗?"

我们走进另一个房间,他对他们说:"她有点害怕,伙计们;开车别太快。"

如果我原先不知道是怎么回事,那么他们在我两侧走路的方式也让我明白了。他们离我太近了,完全像哨兵一样站在我的两侧。

突然,他的声音追上了我们,像套索一样把我们拽回:"等一下,我想对她说晚安。你们在外面等着。"

我平静地回头对着他。这是我见过的最奇怪的事情,虽然我是当事人,我仍然可以旁观这一切,因为我并没有参与其中。我怎么可能参与其中呢?

他用手臂抱住我,让我紧紧靠向他。我转过头去,他没能吻到我的嘴唇。

"晚安，"他沙哑地说，"晚安。"

从他第一次在保险箱那里圈住我并抱怨啜泣那一刻起，直到现在，我都很怯懦。现在，我能感觉到一股阴冷的轻视之火正在灼烧着我，同时融合着一点勇气，这使得我更僵直地背对着他。我很高兴。不管我离开这里之后会发生什么事情，至少我记住了很多。

他移开手臂，放开我，我微微笑了："现在那枚戒指在谁那里？"

"哦——等一下，我要把它给你。我想把它戴在你的手指上。"

他把它拿了出来，戴在我的手指上。

我让他这么做了。

我转过身，走回那两人等着的地方。从一开始，那戒指就已经有点松。我轻蔑地将我的手指向下甩了甩，像是甩掉手指上的泥或污垢一样。那戒指向下飞出，如同雨滴下落，坠落在那豪华的地毯绒毛上，闪闪发光。

这是我和他最后一次眼神相撞。

当我走过的时候，我往那枚戒指上踩了一脚，用一种至高无上的蔑视的态度将它踩在脚下。

"来吧，先生们，"我说，"送这位女士回家。"

斯基特让我坐在后座，他的身边，基特斯坐在驾驶座上。我们飞掠过第六十七大道的主干道，在我们两边，公园里弥漫着黑幽幽的荒芜感。他们行驶得很快，即使在凌晨三点半畅通无阻且人迹罕至的大道上，依然太快；我猜想他们希望快点了结。

我手持着他们给我的香烟——就好像刽子手惯于做的那样——没靠双手的协助，将香烟叼在口中。烟头发出的火花在行驶的过程中往后飞逝,在风中抖落。

没有人说话,有什么可说的?

当我们缓慢绕过一条长长的曲径,逼近大道出口时,一辆刚刚停下的出租车映入眼帘,它是沿着西行车道走的,在我们对面停下,一动不动地停在那里。它没有权利停在那里。很清楚,这是最后一座立交桥;也就是说,这是我们到达以前通过的最后一座立交桥。这些立交桥上空中承载着公园与大道间的车辆,形成了许多隧道。这些隧道发挥着各种实际的功用,每个纽约人都熟知它们。

无论是有意或无意,那辆出租车的车前灯在我们来到它们所照射的范围内的时候,骤然亮起。当这车前灯的光泼溅在我们身上时,那光一定在我们行驶的路上照亮了我们的车牌,如果那就是开启车灯的目的。我注意到这出租车的喇叭响了三次,每次都响得很长,那声响跟着我们追进隧道。

没时间来分析这一切;在可以思考前,一切已经是既成的事实了。有一会儿我想过,可能他在那辆出租车里,但在那后座上看不到一个人,只有那司机坐在前面。

到了隧道的尽头,我们看到了光亮,我们面前的最后一圈狭路在正变得越来越宽敞。突然,一辆黑色的没开车灯的轿车在半道上从我们前面窜出,滑出公路,向右侧倾斜。这样,这公路就变得像瓶颈一样狭窄,每行驶一段时间,公路就变得更狭小。

我听到斯基特在尖叫:"要当心,他要在那里拦截我们!"基特斯将车侧滑,我们滑向一侧,试图在公路上的路缘石和障碍物之间穿过,这间隙还没完全封闭,我们仍然有时间通过。

冒犯者即刻毫不费力地再次退回来,好像它在刹车的时候摇晃了几下,但太迟了,没什么好处。我们现在所做的一切都是要确保避免两车的挡泥板灾难性地互撞。我们已经偏离了方向，车子的两个内轮已经撞上了人行车道，车身倾斜，令人晕呕。片刻之后，当我们飞掠过挡土墙的时候，有一阵阵震荡感。

他靠奇迹般的熟练刹车技术，将车子在翻转前停下了，于是现在我们一动不动地潜伏着，停在那辆因为不遵守交通规则而引起所有麻烦事的轿车的另一侧。

受到车坐垫的猛烈振荡后，我们三个人就头晕目眩地坐在车里不动。基特斯的脸倒在方向盘上，由他的两条胳膊垫着。显然，在遭受麦基那可怕的一拳之后，这次的猛烈振荡会让他二度脱臼。

"狗娘养的！——你看到他想干什么了吗？"斯基特麻木地喃喃自语道。

突然，我边上的车门——这是车上仅有的两个仍然能打开的车门中的一个——被扳开。拉德正站在车外边，蓄势待发。即便在暮色里，我也认得他。

他什么也没说。没必要说什么。我本可以在他开门的时候冲出去，和他在一起，再跑回原来的地方，如同嘴里叼着一条松动的细绳来回摆动一样。但我不能。

"我不能，拉德，他正拿着枪对着我！"我嗓子嘶哑地说道。

"外面的那个人，你待着别动！不许靠近！"斯基特压着我的肩膀，警告他。

那香烟在我手上。我不知道该怎么做；我觉得要是我神志清醒地思考这事情，我就不能鼓起勇气来……我用本能行动。他的手就在我的身边，在我的臀部。我赶忙将自己的身体抽回，把点燃着的香烟深深按进他手上。

他像海豹一样咆哮着，要把那香烟拨掉，枪从手中滑落在座椅上。我从车里窜出来，站到地上，站到拉德旁边。我觉得我这突发的举动让那枪掉到了更远的地方，掉到了地上，但这个时候哪有时间看究竟发生什么！

拉德关上车门，并通过开着的车窗一拳朝斯基特打过去。那一拳打得斯基特失去平衡，他那时候正在弯腰拾枪，脸正往前靠，无端端地吃了这一拳。

我只看到他的那张脸和那一拳，以及出租车车盖的下方空间。车的前门打开，基特斯的小腿露了出来，他身体的其他部分并没有显露出来。我转过身，沿着被墙围住的陡坡道跑。"上来，快点！我有一辆出租车，在隧道的另一端等着我们呢。"我隐隐约约听到他这么对我说。

"当心啊，拉德，在我们跑到那里之前，他们会向我们开枪的。"

"你跑在我的前头。"他言简意赅地说。他本可以把我抛下不管，但他没有，当然——当我踌躇不前的时候，他用手臂搂住我的腰，把我往前推。我们两个就好像在暴风雨前逃离的牧羊人和羊，而天使在飞在高处的风中。

不过一会儿，他们对我们开枪了。即便我听到枪声，还是觉得有点不真实。在纽约的车水马龙之中，枪声不怎么响。我之前以为枪声会更响。

一旦我们绕过了车身，往隧道的入口处向前奔跑，这辆出租车就为我们提供了掩护。但我依然能听到他们在隧道另一头的疾步声。

"他们正向我们追来。我们可能永远到不了——"

一辆卡车缓缓行驶在东行线上，被我们的叫喊声拦了下来。当我们从卡车旁跑过的时候，我尖叫着："阻止那些人！他们想拦截我们啊！"

一个声音从驾驶座上传出,响亮而刺耳:"警察!有人抢劫!警——察!"过了一会儿,我听到一个声音,这声音仿佛是一个充气饮料瓶在飞掷时撞上铃铛又被反弹回来砸在地上的碎裂声。这是一个冗长而拖沓的坠落声。一对脚步声正持续不断地向我们逼近。

现在我们快到隧道口了。"来了,他按我说的协助我们来了!"拉德气喘吁吁地说。车尾灯闪烁着红光欢迎我们。当第二声枪声响起时,拉德将我扑进车里,我整个人蜷曲在自己的手和膝盖之间。一记低沉的重击声从车身的某个部位传来,好像有人用棍棒击打它。他死死抓住门把手。"带我们离开这里!"我听到他对出租车司机咕哝着什么,"开车吧,不要看四周!"

警笛响起,那声音是软弱无力的,又好似满腹牢骚,从第五大道的某处传出。一切都结束了。

我用双手爬上车座。然后,我懒洋洋对着他,他正将我的头发从额前拂起。

直到车子行驶到两个街区之外的阿姆斯特丹大道,我们一路上都没说什么话。

然后我说:"刚才那些事情难道真的发生过吗?如果是真的,我再也不会怀疑我在报纸上读到的任何事了!"

他说:"你要我带你去哪儿?回到我住的地方吗?"

我说:"不,他们会找到你的车子,然后到你家找我。带我回我的老住所吧,在那里我会没事的。他们不知道那里。前提是,那老住所依然可以住。"

"那住所仍然等着你,"他说,"它一直等你。我没让人拆掉它。我几乎每天都去那里转转,希望迟早有一天你会……"

"现在,我要去了。"我叹了口气。

"真好。"他低声补充说。

马上就会有阳光了。纽约又变老了一夜。我不憎恶这个城市。我宽恕了它。有他陪伴,宽恕并不难。有他温柔地陪伴着我。

"怎么?你好些了吗?"

"现在好些了。"我睡眼蒙眬地答道。

"你怎么会和那班人搅和到一起?"

"我要找出可以帮助柯克脱罪的证据。"

"柯克?谁是柯克?"

"我丈夫。"我不知道我在说什么。

然后我转念一想,"哦,他可能也知道现在发生的事了,他必须知道,这是迟早的事。"我太疲惫了。

"我是柯克·默里的妻子,他被判了刑,你知道的,我一直在努力帮助他,就是这么回事。我发现了他的名字——麦基的名字——我发现你们所有人的名字都写在她的一本小册子上,我看了那名单——"

我发现我伤害了他,所以我不再往下说。"那么,这是警方的任务——还是你自己主动要做的?"

"是的,是我自己主动要做的,但是——请不要这样看着我,不要觉得我这么做有罪。"我懊悔地说道。

"那么,这也是你跟我在一起的缘由?我只是你名单上的一个名字而已,我只是你的一个犯罪嫌疑人,而你只是一个侦察人。啊,我真不认识你,不了解你,也不是真的爱你——"

我们都陷入了沉默。我能说什么呢?我们不再交谈,我觉得这么做也许更好。我发现我严重伤害了他,比我想象的更无可挽回。

他手里一直拿着一个小玻璃杯。那个玻璃杯给出了第一个征兆。他的脸色没变；他的身体也没有动。一个嘎吱嘎吱的声响，就像有人用牙齿咬碎坚果的声响，一块白色小东西被他抓在手里，如同溶化的粗糖，液体从他掌纹间细细地流淌出来，然后棕色液体缓慢地变成红色，成为液滴而不再是一条连续的线。

我说："哦，你这是……"

他看着那液滴，似乎不懂那是怎么回事。然后他抬头看我，好像要问我那是什么。他的眼神古怪，却不正直。

他开始发抖，然后干呕。那干呕仿佛深入到喉咙，深入到胸腔，深入到肠胃，好像他已失控。后来他挺直身子，再次倚靠，又再次挺直。

我站着。"那是怎么回事？你怎么了？"

他握紧拳头，再次挺直身子。真可怕。

"把这个带上，"他叹息，"你是爱我的。如果你对我的爱有我对你的爱那么深的话，把这个带上，我快不行了，带上……"

我努力帮他。"靠着我。我带你离开这里……"

"我之前说过她很低俗！即便她令我不断警醒自己，你仍爬进了我的血液上，进入我的大脑里。现在我不能带你走，也不能让你离开。好吧，我可以带你走，如果我必须这么做的话，一定有办法可以不搞砸一切。"

在我察觉到发生了什么事情之前，他扼住了我的喉咙。但问题出在他的那些下意识反应：这些反应漏洞百出。他的动作起伏不定，像几波交流电同时贯穿他的身体，每一次都控制了他的手臂关节，两只手臂不停摇摆。当我在他面前步步后退的时候，我无意地被动地打到了他，随后我艰难与这局面搏斗。

"不,拉德!不是你杀的,不是你!拉德,你生病了,你不知道自己在做什么——"

他的口中泛出泡沫。

"我病了。"他说,语调惊恐,干哑,"但我知道自己在做什么。我要——"他再次扑向我,"哪怕只能活一分钟也要——"

他把我压在一个坚硬的东西上——我想是弗勒德带进来的那个柜子,我们两个人的身体压在那上面摇摆。

我试着和他评理。在这节骨眼上,我竟不感到恐惧,不像被莫当特或麦基施暴时那么害怕。和他在一起,我永不会感到害怕。"别——难道今晚还不够折腾吗?"我身后那柜子被挤开了,我们两个人像楔子一样嵌在一个很小的空间里,空间太小了,却足以置人于死地。

我盯着他肿胀的眼睛:"你不能这样。看着我,你爱我,不是吗?你不能这样做!"

"我以前就做过,这一次我也能。就像杀死她一样,我也能杀死你。"

"不是你杀的。难道你忘了?你说过你去那儿时她已经死了!不是你!不,拉德,说啊,不是你——"

"是我杀的。我从没告诉任何人,包括你。我怕我说了,我们之间就完了。现在你知道了,我完蛋了!你害惨我了。"

我瘫倒在地。"我喘不过来气,拉德,喘不过来——"

房间里一下子暗了,像乌云过境。而后,一切将变得清晰。

"空气——给我空气,拉德,一下就好——"

他不让我说话。他不让我干扰他。

他拖动我,像拖一个破娃娃。我的腿晃来晃去,像被抽去了骨头。

突然,他松开我,丢下我。我一拐一拐地,看不到他了。只剩我独自一人。朦胧的光亮,如同稻草地里的火花,警告着即将熄灭。终于,火花碰上了稻草,重新点燃亮光。生之光也再一次被点亮。

我一边咳一边抚着喉咙。模糊的人影在我眼前移动,直到再次正确聚焦。

他在敞着的窗户那儿,在窗户外,一只手抓住窗框,颤抖着,饱受折磨,背后是漆黑的夜。他病得如此严重,如此饱受痛苦,又如此孤独。我的心向他飞去,那被他刚刚狠狠地撕裂的心向他飞奔而去。

门开着,门外部署着几个人,以一种凝神以待的态度,冷酷无情地站着一动不动,定格在进门前的瞬间。其中有弗勒德,我一时竟想不起来他是谁。

我只知道我必须说话,必须赶紧说话,他们必须赶紧听见我的话。我抓住自己的喉咙嘶喊:

"别开枪,"我嘶哑地哀求,"别朝那男人开枪!"

我听见他们倒抽气。我慢慢转头看去,刚一看到窗子,我的眼睛看到的只是证明了我已经知道的,窗户那儿空无一人。

后来他们扶我起来,我蜷缩在椅子里,脸的一侧贴在椅背上。我的双眼无精打采地盯着空无一物的地板。噢,我始终听得到他们在干什么,听得到他们在说什么,有时他们甚至是在对我说,但我几乎没有回应。

"能及时赶到太好了。"是弗勒德的声音,我猜。我没抬一下眼睛。"今早发现了那辆无主车辆,警方调查了六十七大道出口的弹痕,我们才得以追踪至此。我们监视他好一段时间了。他在这附近经常出入,你离开之后他也常来。你失踪后我们查了麦基的生意,查到了这里。"

他放弃对我说话，转过身。我能感觉到他正向其他人摇了摇头，表示他白费了口舌。

我听到有人问："那是怎么回事？他之前好像在痛苦地抽搐。"

"我想他有癫痫病。"他沉声回答，"不管怎么说，在我看来，他那样子就是这么回事。"

我记得他曾经告诉我："有一天晚上，我在她那里时生了病。她害怕极了，想送我去看医生——"他的姐姐试图对我说什么："他不可能告诉你；我必须去——"

这都不重要了。我将永不再回忆那最后一幕。我的心是那样柔软。我只会记得他从我的面庞拂过时那张微笑的面孔。那是一百年前发生的事，也是一分钟前发生的事，是永远都会记得的事。

我突然站起来跑向窗户。弗勒德不明白我在做什么。"别往下看！"他警告我。

"我不会那么做，我会往上看——"我没有抬头看。记忆之所以成为记忆，是那记忆在你心里上升，而非坠落。

突然，在我身后，他们把他带回来了。恍恍惚惚，没有恶意，一定是什么人的手漫不经意地拉回了那一幕。

  我以前就做过，这一次我也能。就像杀死她一样，我也能杀死你。

  不，拉德，人不是你杀的，你说过不是你杀——

  是我杀的，现在你已经知道了，我完蛋了！

"水落石出了！"我听到弗勒德大声说道。

有那么一刹那，我无法忍受。我弯下腰想要远离这个声音，感觉如同一把钢刀直插进我的身体，再从我体内拔出。

弗勒德站在我身边，摇晃着我，好让我听清："你成功了！你拯救了你的丈夫！真相大白了！你如愿以偿了！你在听我说话吗？你明白吗？你已经做到了你想做的事了。他会回家的，用不了几天，他就会从中央监狱放出来了。"

我学着他说话，如同鹦鹉学舌似的，直到他不再摇晃我。"我已经做到了我想做的。他要回家了。"

我突然转向他，害怕地恳求道："所有人，请你们离开。我求求你们！快点离开吧！我受够了！有些事情是阻挡不了的！我不想让你们见到！"

他快速下达了一两个命令。"好吧，到此结束。你们带着所有的东西出去吧。她经历了太多。她已经疲乏到了极点。"他把他们都赶出去，之后自己也出去了。

我关上门，但是他们在门外，并未走远。其中两人走得特别慢。

泪水湿润而沉重，从我眼中奔流而出，将我紧贴着门重重地向下拽，脸贴着门。

我听见他们发现我哭泣后互相悄悄地询问着：

"她为什么难受？事情不是都解决了吗？她得到了她想要的，不是吗？"

"我不知道，可能正如你说的那样——她一定爱上他了。"

"她一定爱上他了。"我的悲伤泛滥成灾，不断地回荡着这句话。哦，是的，她一定已经爱上他了，她一定是的，好吧！

第十一章 终幕

他今天早上即将再一次离开我。

他总是离开我。我不知道他要去哪里，但每次他离去的时候，我都害怕永远看不到他回来。当他确实回来的时候，却只是为了再一次离开我。

他离开的时候像他平时总是这么做似的，慢慢地，恋恋不舍地，大多数时候是以凄美而令人受伤的方式离开的。每次他这样离去的时候，我就会听到那天夜里酒保的声音："快刀斩乱麻是最好的做事方式，梅森先生。"那是我们在"蓝色猎人"酒吧第一次见面那晚。

所有曾经说过的话，所有曾经做过的事，都再一次回来了，一遍又一遍地出现。当你拥有的越来越少，就需要持续不停地回忆。

今天早上，他再一次离开我。他蹑手蹑脚地、轻轻地、缓缓地移动着身子，背着我走出房间。他或许心想我尚在酣眠，不愿吵到我。他现在站在门边上。这反反复复开关的门，我从来度不过。不管我有多疼或多紧张，我始终无法度过我自己这关。他再次转过脸望着我。现在,他正慢慢地将门他身后关上。现在,他要离开了。

我直起身子,双臂伸向他,引起他的注意,向他表示我并未熟睡;他不该这样离去,至少得说些什么——"拉德,等等。"我唤了他一声:"别走!回来一下吧!"门却已经关上了。我能见到的只有他的面部轮廓。慢慢地,那轮廓也渐渐变黯淡。我抱紧自己的双臂,那是一种于事无补、无法引起他注意的姿势,而我不停地呼喊他的名字,越来越大声。每一次喘息,那声音都越发撕心裂肺:"不要把我留下!不要把我留下!"

而后,奇迹真的发生了,我的请求被他听到了。他的哭声就是对我的回应。他的面容再一次变得更清晰,回过头对着我,在我的面前徘徊着,焦急地在我身边坐下,用他的双手爱抚我的双手,企图以此让我那双疯狂的手安静下来。这么做至少能让我靠近他,也给我的额头一个宽慰人心的吻。

我猛地睁开了眼睛。我正躺在自己丈夫的怀里。

我向他藏起我的脸,不敢看他。我感觉他正用他的手指触摸我的外眼角,温柔地抚摸着,湿润润的。

"为什么当你醒来的时候,眼中时常有那么多泪水?"他轻声问道,"你在跟谁说话?是谁伤害了你?"

"我猜,应该是那个在我梦里的人。"

"我知道你经历了太多事情。如今不再有什么事了。"

"不会了,"我悲哀地同意道,"如今不再有什么事了。"

"天使脸蛋,永远不要离开我。"

"不会的。你也不要离开我,好吗?我不想孤身一人。"

"你这么忠诚。你是我的。"

他靠向我;他的脸贴近我的脸。他让我付出了很多。但那就是代价，我不会辩解。

"天使脸蛋。"他低声唤着。

他总是这样叫我；这是他给我起的名字。这是我俩单独相处时的名字。这是份特别的礼物，是他送给我的。

本书各章节译者分工如下：

第一章　朱昕辰译

第二章　郑佳慧、朱昕辰译

第三至五章　朱昕辰译

第六章　朱昕辰、郑佳慧译

第七章　朱昕辰译

第八章　王梦梅译

第九章　郑佳慧译

第十至十一章　朱昕辰译